JN172009

終をみつめて

往復書簡　風のように

八木誠一
得永幸子

ぷねうま舎

Bowwow
装丁＝矢部竜二

目次

第一章　「ふるさと」の原風景……41

プロローグ　白い道をゆく

八木誠一

雪原の一匹狼です　人恋う性で　何度も群れに加わろうとしたのですが
気がついたら　つれはいない
自分と対話して　自分と出会って　自分と自分がひとつになって　自分が消えて
俺が歩いている　旅の意味はいらない

久松真一は言った　何をしてもいけないと言われたら　あなたはどうするか
俺は言う　何をしてもいいと言われたら　あなたは　何をするか

白い道をゆく
すれ違う人との
いっときの触れ合いを
大切にしながら

（一九九〇年十二月三十日）

序　章　長い夜と望郷
――還っていくところとは――

ハンブルクにて

八木誠一　一九九〇年十一月二十五日

サッちゃん。お便りありがとう。お元気のようでなによりです。十月二日に当地に着いてからもう二カ月。美しかった晩秋の黄葉も散ってしまい、いよいよ冬です。ご存じの曇り空が続いていつも雨模様。たまに晴れてもお日様は建物の屋根すれすれに光って、三時になるともう夕方です。妻と私は、牧師館に移り住むことになった牧師さんの快適な私宅を借りて住み、それは自然保護区の近くで、白樺の多い森や、馬がいる牧場や、沼や池があり、よく散歩しましたが、それももう寒くなりました。地下鉄の駅まで六分、ショッピングセンターも駅近くにあって、買い物はだいたいそこで済みます。大学まで地下鉄を使って四十五分（ドアからドアまで）。授業負担は講義ひとつ、ゼミふたつ、実習ひとつ、週四コマです。

私は学生に、クリスチャンにとって仏教との対話がどんなに大切かを語ろうと思っているのですが、どうやらキリスト教にはあまり関心がなく、仏教のことを知りたい学生はいるようです。先日はチュービンゲンで諸宗教間対話の会があり、招かれて行きましたが、対話自体は、対話についての対話であまり面白くありませんでした。でもユダヤ教徒やイスラム教徒との対話は初めてでした。ハンブルクは人口二百万ほどで、中心街は都会的ですが、古い通りも残っていて、そこでは十七、十八世紀の面影が偲べます。和食レストランも三軒ほどありますが、せっかくドイツに来たのだし、安くてうまいワインを飲んで、なるべくドイツ風の食事を楽しむことにしています。

　ドイツ人は、昔はもっと勤勉で規則正しく生きていたと思うのですが、どうやら生活水準が十分高くて安定したせいでしょう、面倒なことはなるべくご免だという風で、これで現代社会の運営ができるのかと思うほどですが、現代社会はどこでもだんだんこうなるのかもしれません。なにしろ十月分の給料が入ったのが十一月始め（もう少しで食えなくなるところだった）、航空運賃は着いたらすぐ払うということだったのに、二カ月近くもたってやっと振り込まれ、その言い訳に、担当者が病気だったからとありました。でも、万事それなりに一応はきちんとしているから、まあいいのですけれど。だから統一ドイツが強大になったといっても、もう戦争なんてしんどいことは真っ平ご免だということでしょう。ドイツが世界平和を乱すなどということはとてもありそうもありません。

　こんなことで、ここの生活は悪くはありません。でもほんとうは、日本で日本の学生に専門のことを教えたかったのに、日本では神学や宗教哲学の専任にしてくれるところがなく、あらためて残念な気がします。もう人生最後のお勤めだし、最後になにを書くかもそろそろ決めなくては、と思っていますが、まだ先のことはわかりません。洋チャン*、チャコ**によろしく。気が向いたら手紙で近況をお知らせください。

＊　八木洋一　一九四〇年、東京都生まれ。六二年、関東学院大学神学部入学。八木誠一の下で学ぶ。以後、五十年余りの年月師弟であり、知己であり、継承者であり続けてきた。宗教哲学者。四国学院大学で教鞭を取るなか、得永幸子、新宮久子等多くの学生を育てる。現在四国学院大学名誉教授。『風跡』主宰。

＊＊　新宮久子　一九五二年、島根県松江市生まれ。四国学院大学大学院時代に、八木洋一を通して八木誠一と出会う。また、同じく院生であった得永幸子とも出会い、以後二人で演奏活動を行ってきた。現在四国学院大学非常勤講師。ピアニスト。『風跡』同人。

私という存在の匿名性

得永幸子　一九九〇年十二月二十六日

お返事差し上げるのがすっかり遅くなってしまい、申し訳ありません。先生がドイツご滞在中、先生と私との間で交わされる手紙を〈往復書簡集〉として、『風跡』に載せようとの企てを編集部から聞かされました。渡欧前に先生ご自身が、私を相手としてご指名になったということも聞きました。なんで私などを……というのが最初の感想でした。私がお相手では誰がみても力不足です。そんなことは私がいうまでもなく、先生は先刻ご存じのはずなのに、どうして私なんかを指名なさったのですか？　恨みます。でも、編集部の強引さと、チャコの「サッちゃんとペチャペチャしゃべっている感じが誠一先生、楽しいんじゃない?」という言葉にほだされて、乗り易い私は、じゃあんまり活字になることを意識しないで(少なくとも意識しないようにして)、誠一先生と四方山話をすることにしようか、などとついいってしまったのです。そこで、十一月二十五日付けで私宛にくださった先生のお便りを、往復書簡集の第一便にしてはどうかというところまで、話はこちらで勝手に進んでいます。かくして、この手紙は第一便へのお返事となるわけです。

さて今日、十二月二十六日、日本列島中、突然冬になりました。強い寒波がシベリアからやってきて、日本をすっぽり包んでしまったからです。朝から冷たい風が吹き荒れ、わが家では空き瓶をいっぱい入れたごみバケツがコロンコロン転がり、ガレージのトタン屋根が隣の田んぼまで飛んで行ってしまいました。新しい物を買うのが大好きな父は、早速次はどんなガレージにしようかと浮き浮きしています。嵐の日には野性が目覚める私は、朝から興奮しています。もともと冬は私の一番好きな季節なのですが、最近では寒ければ寒いほど血が騒いでしまいます。

冬にはここ四国ですら、なにげないふとした瞬間に、ほんのちょっとした空気の匂いや、空の色、樹々のたたずまいが中部ヨーロッパの風景を想い起こさせます。街を歩いていて、車に乗っていて、突然胸が痛くなるような郷愁に立ち止まってしまうこともあります。ハーグやボストンが遠のきつつある記憶のなかから甦ってきて、ひどく近くに感じられ、「帰りたい」という衝動にかられます。そして、そんな自分をいぶかしく思います。ボストンでの日々は充実していましたし、懐かしく思う材料にこと欠かないのはわかるのですが、ハーグでの日々によいことはほとんど何もなかったからです。滞在許可証はもらえない、そのため社会的に非存在の身で何もできない、ついた歌の先生とはいまひとつ合わない、頼りに思っていた奴とは壮絶な喧嘩のあと絶縁状態。毎日わが身を持てあまして、することもなく、行くところもなく、途方に暮れて何時間も眺めていた北海を、なぜいつか死ぬ前にもう一度見たいなどと思うのか不思議でなりません。

もしかすると、外国に住むということ自体の持つある種の異常体験、少なくとも非日常体験を生きていた自分自身と、その心象風景としてのヨーロッパへの郷愁なのかもしれません。何にも属さず、身を守る物を何も持たず、もし行き倒れて死んでも日本の家族にそのことがきちんと伝わるかどうかさえ定かではない、自分の存在の匿名性を荒涼として果てしない海辺の砂丘で確認していたのかもしれません。あんなにも無防備で立っていたこと自体が、いまとなっては私の自意識にとって原点とまではいえないにしても、とても大切な核のようなものに思えます。あのとき、私はずいぶんたくさんのものを脱ぎ捨てた状態にありました。翻って、いまの私の日常生活は非常にたくさんの事柄と関わりを持ち、それらの間を縫うようにして成り立っています。そのことを嫌悪しているわけではありませんし、実はかなり楽しんでさえいるのですが、それでもときおり、あの独りでぽつねんと海辺に佇(たたず)んでいたときの自分に回帰していこうとする求心性にこころが振れるのを止めようがありません。

ヨーロッパは、そんな私の回帰性を引き寄せるものを強く持っているように思われます。ほんの一年足らずしか住まなかったにもかかわらず、「帰りたい」と思わせるのは私自身のこころのありようのせいだけではなく、ヨーロッパが私のなかの原初的なものを引き寄せ、あるいは引き出す世界であるからだという気がするのです。一言でいうならそれは、ヨーロッパ世界にいまなお色濃く残っている〈旧さ〉ではないでしょうか。あるいはその旧さを、誇りをもって蓄え続け、今後も保ち続けようとする〈不変性〉といったほうがよいかもしれません。彼の地で私を一番魅了し、かつ打ちのめしたのは歴史の層の重厚さと堅牢さでした。しかも長い歴史が遺跡や化石として埋もれているのではなくて、いまも人々の生活のなかに現役の文化として生きているということでした。そのなかに入って人々と交わりながら生活しようとするとき、それは言いようのない重圧となってのしかかってきて、息苦しさや無力感を私に感じさせたものです。なにしろ生活を変えようとか合理化しようなどという気は、ここの人たちには毛頭ないのではないか、と思わされたこともしばしばでした。そんな気もなければ、必要性も感じていないし、むしろ新しいものに飛びつくのは軽薄だと思っているようでさえありました。

いまでも忘れられないのは、オランダの主婦の家事労働のルーティンのあまりの規則正しさです。たしか木曜日には玄関の取っ手などの真鍮類を磨くことになっていて、その日は国中の家の前で女たちがドアの金具を磨き立てるのだそうです。土曜日の午後は車を洗う日で（昔はきっと馬車を洗っていたのです）、どこの家の前の道路でも男たちが車をピカピカにしていました。その他にも、洗濯物の干し方から鍋の置き方まで、何百年というあいだ同じやり方でやってきたという感じでした。日本人の目から見ると、もっと合理的・能率的にやれるのに、と思うことが多々ありましたが、彼らは一向に意に介さないようです。それでいて先生が仰るように、かつての勤勉さを失ったら社会は麻痺状態になるでしょうね。なかにはそんな社会のあり方を憂える人々もいるのでしょうが、概して困ったことだとは思っていないように見受けられもして……。

そこで生活していたときには、しばしばうんざりもし、イライラもさせられたのですが、日本に帰ってきてみると、それがかえって強い魅力に思われ、日本の社会や日本人がずいぶんうわっついてはしゃいでいるようにみえてきて仕方ありません。自分たちがどこへ行くのかもわからないままに、絶えずどこかに向けて猛進していくハーメルンのねずみたちのような危なっかしささえ感じます。

そして、故郷がいつも変わらないものとして私たちのこころを呼ぶように、いまではヨーロッパが私にとって「還っていくところ」と感じられるのです。そこでは断続することなくゆっくりと時間が流れ続け、人々は大地に足をしっかりつけて、淀みなく生活を営んでいくだろうという気がします。もちろん、私がいた頃のドイツはまだ東西に分裂しておりました。統一の気配さえ少なくとも私には感じられませんでした。あれからわずか四年の間にずいぶん大きな変化が起きました。それは確かなことでしょうが、でも社会機構が変わったところで、人々の生き方はそう劇的には変わらないに違いない、と思わずにいられません。やっぱり人々は変わらず窓辺にゼラニュームを飾り、朝からビールを飲みながら議論を闘わせるのだろうと思います。オランダ人は第二次世界大戦でひどい目に合わされているので、統一ドイツが何をやり始めるかと怯えながらも、やっぱり木曜日にはドアを磨き、運河が凍りつくこの季節、スケートで滑って、のどかに通勤しているのでしょう。

そして、この安定感はヨーロッパ社会の持つ鷹揚さ、懐の大きさと表裏一体をなしているのではないでしょうか。あの頃の私のようなあり様は、日本では到底許されないでしょう。アメリカでは可能かもしれませんが、もっとアウトローとしてきわどい立場に立たされただろうと思います。でもヨーロッパでは特に変わった人間としてみられることはありませんでした。自分の内なる必然性に駆り立てられてさまよう人間は、むしろ伝統的な存在でさえあるようでした。人々が心情的に許容してくれたばかりか、制度的にも日本やアメリカでは考えられないくらい柔軟でした。私の提出した滞在許可申請に対して、ハーグの当局からいつまで経っても裁定がおりないので、催促しに何度も足を運びました。何度目かに係官がこっそり教えてくれました。滞在許可申請中という判がパスポートにある限り、いつまででもオランダにいてよいのだし、EC内のどの国とも自由に往復してよい。滞在許可がおりてしまうと期限が区切られるし、それ以前に貴女（あなた）のような申請内容だと却下される可能性が極めて高い。催促にくるのは良策とは思えない。できれば私たちは貴女の書類は永久に忘れていてあげたいと思っているのですよ。だから貴女も忘れて自由に勉強し、あちこち旅してきてはどうですか？　あれから四年、私は申請を取りさげないままオランダを離れています。いまだに私の身許引受人のところには、当局から何の連絡もないそうです。私の申請書はいまもハーグ市局の未決書類の山の奥深く眠っていることでしょう。もっとも、これは懐の深さなどというものではなく、ただ単に役人たちが仕事をさぼっているだけなのかもしれません。どちらにしろ、彼らがボヘミアンの存在にめくじらを立てていないことだけは確かです。

ドイツの学生たちが先生の話される仏教について関心を寄せるのも、単に新しいものに飛びつくというのではなくて、自由に勉強し自由に旅する思想的ボヘミアンの可能性を彼らが秘めているからだ、といえば思い入れがすぎるでしょうか。でももし、ほんとうに彼らがまったく関心を失うまでにキリスト教に絶望しているとすれば、これから先、彼らはどうやって旅を続けるのでしょう。

私を魅了し打ちのめした歴史と文化の厚みからキリスト教が脱け落ち始めているのでしょうか。だとすれば、ヨーロッパもまた非可逆的断裂を経験し始めたのでしょうか。「還っていくところ」としてヨーロッパに郷愁を抱き続けている私には気になるところです。

郷愁

八木誠一　一九九一年一月六日

やだなぁサッちゃんたら、手紙を『風跡』に載せるっていわれたら、オタオタしてるじゃない。でも乗ってくれてありがとう。早速、四方山話をいたしましょう。サッちゃんがヨーロッパで、「何にも属さず、身を守る物を何も持たず……無防備で立っていた」のはつまり旅の状況でしょう。そして、サッちゃんがそこに回帰したいと強く感じるのは、私たちの人生自身が旅で、それを強く意識させてくれるような異郷の旅は、人生そのものの自覚ないし表現という意味を持つからではないでしょうか。まずは旅の話から始めましょう。

前信で書いたように、十一月にチュービンゲンに行きました。古い大学町、かつてヘーゲルとヘルダーリンがともに学んだところです。スポンサーの出版社がとってくれた宿は、ぼくが留学生時代泊まり歩いた安宿を彷彿させる小さなホテル、部屋にはシャワーもなく、窓を開けると路を隔てた前の家のおばさんと顔があうようなところでした。会合の翌日、町を歩きました。僧院教会から古い木組みの家々の間を縫う細い路を通って旧市役所前に出ると、広場には昔ながらの市が立っていました。そこからお城に上り、教会の塔が何本も立つ、くすんだ赤い屋根の旧市街とネッカー河を眺めていたら雨になり、傘なしでは歩けなくなったので、でも列車が出るまでにはまだ時間があるし、苔のむした石畳の急な坂路をネッカー河畔にくだり、ヘルダーリン塔で時をすごすことにしました。ここは詩人が住んでいた家、いまは記念館となっています。雨のせいか訪れる人もなく、河岸に面した温かい部屋にはソファーがあり、ゆっくりすることができました。壁には詩人の肖像画やこんな詩がかかっています。

住み慣れし　町にも何ぞ新しき　ものやあらむと
幾街角を経めぐれど　こころ慰む　ものもなし……

両岸の黄葉を映して音もなく流れるネッカーに雨が幾重もの紋を描き、半分ほど沈んだ小舟の舳先には鴨が一羽じっと動かずにいました。かつて詩人もこのような光景を眺めていつまでも物思いに沈んだのでしょう。すっかりロマンチックになって記念館を出ようとしたら戸口で受付の兄さんが、せっかくきたのだから訪問者名簿に名前を書いていけと言います。ぼくは憂愁に満ちた面持ちで、おもむろにペンをとり、薄い髪を掻き上げ掻き上げ、「赤城山　国定忠治」と記しました。受付の兄さんはにこにこしてありがとう、ありがとうと言いました。

八週間の講義を終えて、冬休みには妻とミヒャエリス教会でバッハのクリスマス・オラトリオを聴きました。とても上手で綺麗な、でもいささか野性味（ディオニュソス）に欠けた演奏でした。

それからトリアーにゆきました。これはモーゼル河上流の、ドイツで最も古い町です。あまり人は知らないけれど、ローマ帝国の首都だったこともあるのです。でも、防備に問題があるというので、やがて首都はコンスタンチノープルに移ったのですが。だからここにはローマ時代の黒門（ポルタ・ニグラ）や浴場や橋の遺跡があり、中世から近世にかけてのお城、教会、商家がたくさん残っていて、サッちゃんが大好きになりそうなところです。期待した雪はなく、雨模様の街を歩いているうちに、ミヒャエリス教会でうつったらしい感冒が出て、少し苦しかったので、ホテルの部屋で休みました。幸い、部屋は黒門の正面だったので、スケッチなどして時をすごしました。せっかくモーゼルワインの本場にきて、二千種類のワインを蔵しているというワインケラーを教えてもらっていたのに、こういうわけで飲みにはいけませんでした。だいたいドイツではライン、モーゼル河沿岸のようにローマ人がいたところはワインがうまいのだそうです。

大晦日の夜はクリスマスと違って大騒ぎをします。三十年前は爆竹を鳴らし——悪霊を追放するといういわれがあるそうです——、シャンパンを抜いて新年を祝っていましたが、いまは、パーティーをやってシャンパンを抜くのは同じですが、まるで市街戦のような爆竹だけではなく、派手な打ち上げ花火を夜空いっぱいに乱れ飛ばして、よく火事にならないなといささか肝を冷やしましたが、家は木造ではないし、雨ばかりで大木も濡れているし、大丈夫なのでしょう。

ハンブルクは戦争で徹底的に破壊されたので、復興した街は全体としてはモダンで清潔で活気があります。でも新聞は麻薬や暴力や学力低下や異常気象（暖冬）など、問題を見つけて騒ぐ種にこと欠かないこと、これまたどこかの国と同様です。

北海の経験

得永幸子　一九九一年七月三十一日

さて、一時帰国とはいえ、久しぶりの日本はいかがですか？　なんとなくご自分が異邦人であるかのような気がなさいませんか。先生のように何度も外国生活を経験されると、そのあたりの切り換えもすんなりいくようになるのでしょうか。それとも、切り換えが必要ないほど自然に移行なさってしまうのでしょうか。私など初めて一時帰国したときには、自分の居場所をどこにも見つけられなくて落ち着かず、一刻も早く向こうに〈帰り〉たくて、なんとも奇妙な気分でした。

アメリカを引き払って帰国したときには、自分でも驚くほど違和感がなくて、昨日もその前もここにいたかのような顔をして日本での生活に溶け込むことができたのですが、今回（といっても、もう四年以上も経ってしまいましたが）は帰り方が唐突で、自分のなかで切りがつかないうちに帰ったせいか、向こうでの生活があまりうまくいかなかったのでかえって欲求不満が残ったのか、それともほんとうにヨーロッパが好きだったのか、そのすべてなのか、日本でこれから自分が生きていくのだという実感をなかなか持てず、こころと身体を半分向こうに残してきてしまったような、不安定な自分をずいぶん長いあいだもてあましたものです。その頃、ヨーロッパへ〈帰りたい〉とどんなに切望したことでしょうか。

実はいま、私はある小さな喫茶店でこの手紙を書いています。ここには書き物をするときや演奏会前にイメージを凝縮させたいときなどによくきます。でも、ほんとうはここには北海に会いにくるのです。小さな、なんということもない喫茶店ですが、座ると真正面に瀬戸内海が開けます。帰国後初めてこの店にきたとき、一瞬北海の浜辺に点在するカフェに戻ったような錯覚にとらわれました。それ以来、あの奇妙な望郷の念を慰めるためにここにきては、慰めるどころか傷口をいっそう開いてしまうということを幾度となく繰り返したものです。始めの二年ほどの瀬戸内海は、私にとってまったく北海の代償にしかすぎませんでした。瀬戸内海を見ながら、北海を恋慕い、そこへ帰れなければ自分の人生を取り戻せないと思い詰め、帰ることのできない現実を呪っていたのだと思います。それがいつの頃からか、北海が逆に瀬戸内海につながっているのだなと思うようになりました。あのときハーグの岸に打ち寄せていた灰白色の波は、うねりを繰り返し、繰り返してこの瀬戸の岸辺にも寄せてくるのだなと感じ始めたのです。そうしてやっと、瀬戸内海は瀬戸内海のまで大洋につながっているのだと思えるようになりました。

いま、真正面に広がる瀬戸内海を見つめていると、私はいつしか北海の前に立っています。でも、同時に日本の四国の岸辺に立ってもいるのです。この小さな内海を通して、自分の現在がもっと広い世界に向かって開けているのを実感するときほど、解放感を与えられるときはありません。それで、いまもときおりこの店に帰ってきます。先生が仰るように、人生の旅の状況を鋭いかたちで生きていた自分の心象風景としての北海に会うために、そしてその旅がいまも続いているということを自覚するために。それだから、現在の私にとっては瀬戸内海こそが北海以上に北海なのだろうと思います。

合評会で、もしいま北海に帰っても同じ風景は見られないし、がっかりするのではないかという指摘がありました。きっとそうだろうと思います。生活の基盤を日本に残したまま観光客として訪れても、その北海はあの北海とはまったく別のものでしょう。前信で、「死ぬ前にもう一度北海を見たい」と書きましたが、もっと正確にいうと、「他のときではなくて、〈死の前〉にもう一度見たい」のです。そうしたら自分の旅の始めから終わりまでをそのまま受け止めて、素直に死へと移っていけそうな気がしています。そのとき以外に、あそこをもう一度訪ねることは多分ないでしょう。旅が続く限り、あのときの北海はあのときに属していて、私は新しい北海に出会うためになおも歩みを進めていくのでしょう。もしかしたら、いつの日か、死の前にすらもうあの海に帰る必要はなくなるやもしれません。

久しぶりのドイツは、先生にどんな岸辺のすがたを見せているのでしょうか。私などには測りしることはできないものですが、北ドイツの灰色の空に向かって佇立(ちょりつ)する菩提樹の白くくっきりとした輪郭が思い出されます。それでいて、一方でおいしいドイツワインににんまりしている先生のイメージもかなり生き生きしているものですから、こんな思い出話のような手紙を書けるのかな、なんて思ったりもします。

八木誠一　一九九一年十月二十九日

共生の願

早くお返事を書きたいと思いながら書かないでいたのは、いまぼくはどうやらひとつの転換期にさしかかっているらしく、それを書きたいと思っても、さてどこで切ってまとめたらいいのかわからなかったからです。

でもきりがないから、とりあえず書き始めた次第です。やはり、まずはこちらの様子から始めましょうか。この一年間というもの、ドイツは激動期でした。去年〔一九九〇年〕の突然の東西ドイツ統一から始まって、湾岸戦争、ベルリンへの首都移転決定、避難民問題となかなか大変です。東西両独の統一はできたけれど、東の水準を西並みに引き上げるのにはかなりの年月と莫大な金がいることがわかってきたのです。経済・文化・生活面でこうも差がついたのは体制の違いのせいだといわざるを得ません。湾岸戦争のときは反米デモが盛り上がったり、それが反イスラエルだと抗議されてポシャッたり、NATO軍の一翼としてならドイツ軍も戦闘に参加できるように基本法を改正しようという意見が出て有力になったりしました。ドイツには、世界平和のために軍事的に何も貢献できないといううしろめたさがあるわけですが、多分アメリカばかりが軍事的成功をおさめているのも我慢できないのですな、きっと。ドイツ軍とフランス軍とが合体して統一ヨーロッパ軍の中核になるなんて話も出ています。

それから大量の避難民が西欧、なかんずくドイツに流入して政治的・経済的・文化的・宗教的摩擦を引き起こしています。とくに東独では避難民が手厚い保護を受けるうえに職場を奪うというので——ドレスデンでは一時、失業率が五十パーセントを上回った——、「外国人憎悪」が燃え上がり、ネオ・ナチつまり極右が台頭して、避難民住宅への放火事件が頻発。政府は「外国人憎悪」を抑え込もうと躍起なのですが、他方では避難民受け入れをほんとうの政治的・宗教的亡命者に限ろうという意見が出て、そのための基本法改正に与党は賛成、野党は反対、目下の大問題のひとつです。

実はこちらでの「諸宗教間対話」はキリスト者と他宗教信者との共生がいかにして可能か、西欧はいかにしてキリスト教圏に非キリスト者の存在を容認しうるか、という地平で論じられているのです。つまり問題は、キリスト教の根幹を変えることなしにいかにして他宗教との共存が可能かということで、他宗教との対話を媒介にしてキリスト教自身を理解し直す、ということではありません。しかし、学会および教会レベルでの議論はかなり盛んになりました。

ところで、ぼくももう還暦だから、やはりなんとなくいままで自分がしてきた仕事を振り返る。そしたら、ひとつの立場が出来上がっているのです。いままで、別にひとつの立場を築くために仕事をしてきたわけではなくて、次から次へと考えなければならない問題が出てくる、それに没頭してきたわけです。そしたら最近ふと、ひとつの立場ができていることに気がついたってことなのです。といっても、大したことではありません。それは、「イエスが立っていた立場」です。いまさらちっとも新しくはありません。ただ、従来繰り返してイエスに返れという運動が起こったのに、そしてそれにはいつも相応の理由があったのに、いつもいつも失敗に終わった。それは従来はイエスの言動を直接に模範や規範にして、いきなりイエスに「従おう」としたからだと思います。だからイエスに返れという運動は、理想主義や倫理やヒューマニズムになってしまって、宗教になっていなかった。今世紀の大部分を支配した考え方は、イエスの宗教はキリスト教ではない、キリスト教とは、イエスをキリストと信ずる宗教のことだということで、人間イエスの宗教的立場は立場としては否定されてきたのでした。

でもイエスの宗教は、内容的にはキリスト教を含み、かつ超えるものなのです。しかもイエスの主張は、無理して信じる必要のない、自然に納得できることで、禅や浄土教とも通じる立場なのです。とはいえ、イエスをいきなり模範や規範にするのは間違いです。そもそもなんらかの言葉やかたちが直接に思考や行動を決定するのは間違いで、われわれはそのような言葉やかたちが出てきたもとに返って、そこから考え行動しなければならないのです。

ところで、イエスの言葉や行動を直接に模範や規範にするのではなく、イエスが立っていた立場にわれわれも立つためには、多くの問題を解決しなければなりませんでした。それは、現代の新約学を踏まえてイエス理解を遂行すること、神の支配を説いたイエスの宗教とイエスをキリストと宣べ伝えたキリスト教との歴史的・内容的関係を示すこと、イエスの立場と伝統的キリスト教のキリスト論・三位一体論との内容的関係、さらには仏教との内容的関係を明らかにすることなどで、それを経て初めてイエスの立場はひとつの独立の宗教だと主張することができます。大変口はばったい言い方で恐縮ですが、いままでぼくがやってきた仕事はちょうどそれだったし、これからもそうだということに気づいたわけなのです。

そして「イエスの立場」なのですが、「願（がん）」という浄土教の言葉がありますね。これはこころからの願いのこと、またその願いを実現させる誓いのことです。これは、旧約聖書の「信仰」と一致します。旧約聖書の信仰とは、教義の受容のことではなく、基本的には神の意志を自分の願として、その実現に主体的に参与することでした。ところで、神の意志がイエスの願となり、イエスをあのように生かしていた。その願の内容は「共生の願」だといえると思うのです。そして、私たちも共生の願が自分の願となることを願い、誓い、祈り、求めることができます。ここで大切なのは、「共生の願」にはもうひとつ奥がある、ということなのです。それは絶対の受容で、その裏面は「赦し」です。イエスの神は悪人を罰し滅ぼす怒りの神ではなく、善人にも悪人にも、義人にも不義なる人にも、太陽を昇らせ雨を降らせる神なのです（『マタイ福音書』五章四五節）。

われわれの側でも共生を願い誓うとき、まず絶対の受容と赦しがあって、そこで共生の願が自然に（『マルコ福音書』四章二八節）成り立ってきます。そうでないと、共生ということが成り立たないだけではなく、共生ということが再び理念や裁きの基準になってしまい、争いを起こすのみならず、共生の理念を掲げる理性や意志、つまり自我が宗教を担うこととなる。これは宗教の終わりにほかならない。これでは宗教はエゴイストの自己主張の仮面にされかねないのです。宗教は自我を破る深みから成り立つものです。共生の願はその深みからくるものだし、絶対の受容と赦しは、さらに深いところで成り立っている事柄だと思います。

ところが、原始キリスト教の終末論は神の国の到来のヴィジョンではありますが、『ヨハネ黙示録』を見ればわかる通り、戦争と勝利と支配と栄光のイメージに満ち満ちている。しかもキリスト者優位、男性優位の言語で書いてあります。しかし、共生の願の成就のイメージは当然そうではありません。平和で美しく楽しい「ふるさと」の回復というイメージのほうがはるかにふさわしいでしょう。

こうして、なんとなく「ふるさと」をめぐる、サッちゃんとの往復書簡のぼく自身にとっての意味がわかってきます。教会とは、そこでお互いの間に赦しと受容が成り立つ場、しかし単にそれだけではなく、それを基本として、共生の願が実現してゆく場なのです。それは喜びの場、楽しい祝祭の場であるはずです。そしてその究極的実現のイメージが「ふるさとの回復」だとすると、教会というところは、従来のように男性原理が支配するところではなく、むしろ女性的なるものが優位となる場だといえるでしょう。もちろんこういう言い方は、女性的なるものをあまりにも一面的に規定しすぎている、といわれるでしょうが、ぼくの言いたいのは、いのちをはぐくむという性を超えた営みは、やはり女性においてよりよく実現されてきたのではないか、ということなのです。これがぼくの転換期の報告です。転換期というのは、従来のように研究ではなく、伝道と教会形式（というのは、イエスの立場こそキリスト教会の本質だから）をも考えなければならないという、ぼくにとってはまことにありえないお話だからなのです。

北海の永遠——還っていくところ

得永幸子　一九九一年十二月二十二日

早くお返事を書きたいと思いつつ、お手紙を読んだときに感じた問いかけが重すぎて、たじろいだまま日々が過ぎてしまいました。何よりも、先生が自覚的に経験されつつある変動期に、はからずも往復書簡を交わしているというめぐり合わせのようなものに、畏（おそ）れを感じずにはいられません。革命の日にたまたま市に居合わせた（少なくとも本人はたまたまのつもりで）、近くの村人の心境です。逃げ出せるものなら逃げ出したい気持ちと、こうなったら一部始終を見届けたいような気持ちと……。

それに、はからずもではなくて、もしかしたらはかられたかな……という気もします。お手紙をいただいてからずっと、「こうして……サッちゃんとの往復書簡のぼく自身にとっての意味がわかってきます」という一文にひっかかっています。どうも、傍観者や見物人でいることは許されないよ、といわれているような気がしてなりません。ある出来事に出会った人は、出会った瞬間に多かれ少なかれその出来事の当事者になるのだろうと思います。とくに重大な出来事であればあるほど、その出来事そのものが、立ち合った人々を立ち合ったという経験において、当事者に変えてしまうのだろうと思います。かつてイエスという出来事に出会った人々が、それを契機にさまざまなかたちで変えられていったように。そして、どうも今回そういう意味での〈当事者〉になるようはかられた気がするのです。そう思うと、ますますたじろがずにはいられません。

先生もご存じのように、私は伝統的・保守的キリスト教のなかで育ってきました。なにしろイエスをイエスと呼んだことなど、ごく最近までありませんでした。イエスはいつでもキリストとセットでイエス・キリストと呼んでいました。私は人間イエスと出会う前に、キリストなるイエスと出会うようお膳立ての整った世界に生まれ育ってきたわけです。日本語を無自覚的に母国語として身につけたのとほとんど同様に、イエスをキリストとする宗教の言葉を身につけたのだろうと想像できます。というのも、初めての片言をいつしゃべったのか覚えていないのと同じように、いつイエスをキリストと呼び始めたのか、私にはまったく記憶がないのです。身につけたというよりも、身についてきた宗教の言葉は、気がついたら意識のすみずみまで網の目のように張りめぐらされていました。それは非常に丈夫で細かい網目でしたから、日常生活のほとんどあらゆる場面に対応する概念枠となり、あらゆる行動の規範となり、あらゆる問題に対する解決の手だてを提供しておりました。そして、私のすべての苦悩をもすくい取ってくれるはずでした。

けれども、私の宗教の言葉を私なりにどんなに駆使しても、抱き取ってもらえたと感じることのできない堅い核のようなものがどうしても残るのです。神を信じているという自負心のかたちをとって、他者の宗教や信仰を断罪する排他性のかたちをとって、祈りの言葉の隙間に滑り込んでくる自己陶酔のかたちをとって、それから……さまざまにかたちを変えながらも、その核、自我はたえず頭をもたげてきます。自我から解放されたいと願えば、その願いがまた自我をさらに目覚めさせるのですから、どうしようもありません。自我を捨てるのではなく、自我を抱き取ってもらえる地平を求めて、さまよい出てからもうずいぶんになります。ときおり、分厚い壁に小さな風穴が開いて、さあーっと風が吹き込んでくるのを感じることもあります。自分がしがみついてきた殻が一枚むけて、ふっと身軽になった気がすることもあります。でもほとんどその瞬間に、もっと分厚い壁やもっと堅い殻にぶつかってしまいます。しかも、一瞬の解放感を損なわせる契機は、悲しいことに「解放された」、「自分は自由になった」という自意識なのです。いつまでたっても私は、解放されたいと切望しながらも、自分の自我の回りをぐるぐる回っているばかりかもしれません。

そのような自分を感じると、北海を見たくてたまらなくなります。やはりあの岸辺に立っていたときの私は、余分なものを最大限削ぎ落とした生（なま）の自我と向き合っていたように思われるのです。それでいて、まったく同時に、その自我を超えるものに向かって運ばれていくような気もしていたのです。しかもそのことを、私はそのとき少しも恐れていませんでした。むしろ、とても安らかでした。かつて感じたことがないような、どこか原初的な安らかさですらあったのです。北海はちょうどこの季節になると、空も海もほとんど境界のない灰白色の薄明のなかにあります。空と同じ色をした雪が絶え間なく降り続いて、海と空の境界をいっそうぼやけさせます。はるかな水平線はほの明るい帯のようでもありますし、それすらも錯覚で実は見えないようでもあります。空と海との距離は遠いようでもあり、近いようでもあり……その定かならぬ距離が無限の空間となって、私を誘うように開けていました。そのとき、私は（ああ、この空間になら漕ぎ出していける。素直に身を預けられる。これが永遠ならば少しも怖くない）と思ったのです。

　実は、私は物心ついた頃からずっと〈永遠〉が怖くてしかたがありませんでした。ところが、小さなときから、神を信じたものは天国に行って永遠に生きる、と教えられてもきました。眠っていた者がみな目覚め、お互いに再会を喜び合って、神を賛美しながら永遠に生きるというのです。問題は、そこでは私が私であるという自意識も永遠に続いていきそうだというところにあります。私が私だという自意識が永遠に続くのなら、いつまでたっても終われない、いつまでたってもほっとできない……そんな時間が無限に続いていったらどうしよう……私にとって死の恐怖は、この世のものをいっさい削ぎ落した自我と無限に対峙しなければならないという点に凝集して、ごく幼い頃から私を慄（おのの）かせてきたのです。どこにいけば、ほんとうにほっとできるのか。どうすればこの意識を素直に預けられるのか。誰がこの意識を抱き取ってくれるのか。いつか来たるべきときに、なにげなくふっと体重を移すように向こうに行けるのか。旅のなかで、意識しないまま私が追い求めてきたのは、結局はそういう〈避け所〉だったのではないでしょうか。
北海を〈還っていくところ〉と感じるのは、あそこで私には、ずっと探し続けてきたことの手触りのようなものを感じられたからなのです。私のなかに悟りが生じたわけでもなく、北海が何かを教えてくれたわけでもなく、だから、これが救いであるとか、永遠とはこういうものであるとかいう理解ではまったくなかったのです。自我を捨て去れたわけでもありません。むしろ私が私であるということが意識を超えた事実として私に迫ってきて、逃げようのない状況だったといえましょう。そうなることを恐れながら、一方で望んでいたような気もします。凍りつくような厳寒の海辺に、あえて何時間も佇んでいたのですから。ただ、海の前に私がいて、私の前に海が広がり、空と海と私の境界に雪が舞っておりました。それがとても心地よくて、優しくて、私は自分がすっぽりと世界に包み込まれていると実感したのです。そうして、あんなに怖かった永遠が、懐かしい〈還っていくところ〉として私の前に開けていました。

あれから、もう五年が経ちました。帰国以来、自分にとって最も親しいはずの人々との関わりに呑み込まれそうになりつつ生きている日々、北海がとても遠い日もあります。でも、だからといって自分を責めることはないと思っています。自分の努力でそこへ帰りつけるという性質のものではないでしょうから。私にできるのは、私がいまこの時を共有している世界や人々と私との関わりのなかに、関わりの深奥に、再び北海をあるいはまた別の新たな岸辺を見たい、とただ希うことだけです。

先生の仰る「ふるさとの回復」と少しは通じるのでしょうか。もしそうなら、先生の「伝道」は

「ふるさとの回復」されたありさまのイメージを可能性として差し出しつつ、極めて具体的な個々の人々との間にふるさとを実現すべく、とことんつきあってくださるということなのかな、などと思ってみたりもしますが、いかがでしょうか。

帰郷

八木誠一　一九九一年十二月二十七日

ぼくは、北海は二度見ただけ。第一回目は、四月始めに「海辺の灰色の町」とシュトルムが書いた北独のフーズムに、妻と一緒に城公園を埋めつくすクロッカスを見に行ったときで、小さな美しい教会のある丘からは一面に白波の立つ北海が遠く見渡されました。二度目は、夏に同僚の教授の実家を訪れたときでした。一面に森と牧場が広がる平地をドライブして、羊が群れる緑の斜面を上がると反対側の斜面が海岸で、粘土質の浜には風をよけてぴったりと地面に葉を這わせた草が小さな白い花をつけ、湖のようなさざ波が海岸線を洗っていました。土佐の黒潮とはまるで違う不明瞭な灰色がかった碧い海は、水平線で霞んだまま雲につながっていました。サッちゃんがひとりぼっちで何時間も北海を眺めた状況とはまるで違うと思います。そして海は、ぼくの夢のなかではしばしば、実際には見たこともない小山のような高波が襲いかかってくる脅威、ぼくの存在を呑み込む無規定、無定形で見定めがたい何かなのです。

話が本題からそれますが、もう少しこの調子で続けさせてください。というのは、海はいずれにせよ、われわれの無意識のなかでは、一方では故郷と、他方では死と、そして多分再生ともつながっているのでしょうから。

何年か前、信州大学で比較思想学会があったとき、ぼくは松本は初めてだったので、学会の前の日に宿に着くとすぐ町見物に出ました。お城を見てから歩道橋を渡ると古い神社があり、境内でなんともいえない気分になって、しばらく年を経た大樹の下に佇んだのです。というのは石段の下に古い木造の家があり、それは住居ではなくて、お祭りに使う道具類を納めておくための建物だったかもしれません。でも初夏、薄暮の木立ちに囲まれたその家に、ぼくは故郷を感じたのです。ふとイメージが湧いてきた。ぼくはどこか遠くから夕方疲れ果てて故郷の家に帰ってきたのでした。家には老婆がいて、ぼくを迎えてくれるのです。家に入ると天井の梁も台所の板張りも柱も黒々と煤(すす)けて、でも家のなかは清潔に拭きこんであります。ぼくは土間の隅にあって薪がちろちろと燃えている風呂に浸かり、出てくると蠟燭がともされた食卓に酒の用意ができていて、老婆の給仕でゆっくりと食事をします。終わると老婆は、ぼくを次の間に案内してくれます。そこには夜具がのべてあり、ぼくはそこに横たわるのです――再び覚めることのない眠りにつくために……。

その晩、夢をみました。それは昼間のイメージの続きか、むしろ重複というようなものでした。ぼくは夜、幼少時と少年時代をすごした横浜の家に帰ってきたのです。その家は戦災で焼けてしまって、いまではよその家の壁の下にほんの少し玄関の敷石が残っているだけなのですが、夢のなかではあたりのたたずまいは昔のままでした。でも歩き慣れた通りも家々も、明かりひとつなく真っ暗でした。帰り着いたぼくの家も真っ暗でした。玄関から家に上がると母がいました。母だか暗闇だかわからない母は、黙ってぼくを迎えてくれました。疲れきっていたぼくは、そこでぼくの全体が受容されるのを、そしてぼくがぼく自身を受容するのを、感じていたようです。というのは、もしちょっとでも灯りがあってぼくを照らしたら、自分自身の姿を見たぼくはどうして自分自身を受容できるでしょうか。

「善人にも悪人にも太陽を昇らせ雨を降らせる」イエスの神は、無差別で絶対の受容の場であり、自我の死と再生の場です。そこで私は自分を見つめずに自分を受け入れることができる。その場を「ふるさと」と言い換えてみました。そこで人は自分自身に責任を負う緊張から解放されてやすらぎながら、しかしそこはただの憩いの場ではなく、そこでこそ初めて、故郷に帰った人間同士が受容しあって一緒に生きることのできる場なのです。

故郷のイメージは、よくぼくの夢に出てきます。他方、宗教の場で突き詰めた「故郷」、あらゆる人間の共通の故郷は、たしかに日本的・相対的なイメージをいったんは否定し尽くす異質的なものです。しかしそれはまた、人間的・伝統的なものに浸透してゆくもの、われわれの無意識には親しい日本的なイメージとして現れるものだと思います。日本的イメージはただただ異教的で、キリスト教はもっぱら欧米的イメージとして表現されるという説は、ぼくには信じられません。ぼくは洋風の食事は好きですが、教師になってからお腹をこわして熱を出し、何も食べられなかったとき、胃に納まった唯一の食べ物はお粥と梅干しだったという痛切な生の経験があるのです。

サッちゃんが北海で体験したことは、他人にはなかなかうかがい知ることのできないもの、ぼくにとってもそうなのですが、あえて推測してみれば、それはやはり、あくまで異質的でありながら、同時に私が何であるか、何でないかを問うことなしに私を包み、またそこで私は何をしてはならず、何をしなければならないかを忘れることのできる、そういう親しい場への暗示ではなかったでしょうか。海と母と、無意識のなかでは結びつきがあります。漢字でも、海のなかには母がいる。それはこじつけでしょうか。いずれにせよ、宗教的な意味での故郷というものは長い旅の果てに行き着くところというよりも、もし旅の途中のいま・ここでそれをみつけなければ、決して行き着くことのできない場所なのでしょう。そこではかりそめに出会った旅人同士が、でも旅をともにする間、具体的に故郷を実現すべくとことん付き合う場なのでしょう。サッちゃんのお手紙を読んで思い出したのは、先に書いた夢でした。茫漠とした北海と小さな社の古い家とを結ぶ何かがあると、しきりに思われたのです。

還っていく原風景

得永幸子　一九九二年二月九日

日本は今年、ひときわ暖冬で、コートの要らない日が多いのですが、それでもこの数日は冷え込んで、ここ四国でも山々は雪を冠っています。それさえも間もなく緩んで雨に変わることでしょう。元来激しい季節感が好きな私は、寒い寒いと言いつつ、寒波がくるとはしゃぐのが常ですが、今年は暖冬の優しさをふと受け入れる気分になっています。と申しますのも、昨年から今年にかけて、友人知人、そして友人の家族などを見送ることが度重なり、その意味では長い冬になったからです。

最も身近なところでは、先生もすでにご存じだと思いますがチャコのおとうさんが暮れに亡くなられました。いつの間にか私たちもそれぞれの親を順番に見送る年齢になってきたようです。一方、親の世代のほうも、自分の友人たちが一人また一人と去って行くのを見送る季節を迎えているようです。お正月のある夜、珍しくテレビもつけないで、父がこたつに一人じっと座っていますので、何をしているのだろうと軽い気持ちで覗きにいきました。そうしたら、父は友人の奥さんや子どもさんたちからきた喪中年賀欠礼の挨拶状を数枚並べて、その前でウイスキーを飲んでいました。あれはきっと独りでお通夜をしていたのだと思います。

　そんなことが重なって、いっそう〈還(かえ)っていくところ〉への思いも募ります。私にとって、〈還っていくところ〉とは、いつか来たるべきときに永遠に還っていくところであるのと同時に、日々の生活のなかで折りに触れ、こころが還っていくところでもあります。さらには帰りはしないけれど、いつでも帰ることのできる可能性を秘めて、私の背後に広がる背景でもあります。たしかに、「故郷」と呼んでもよいのかもしれません。でも、実際的な〈故郷〉で生活しつつ、なおも〈還っていくところ〉を希求せずにはいられない私にとって、「故郷」という言葉はかえって生々しすぎるのです。〈故郷〉から脱出したいと熱望していたかつてのような拒絶反応はありませんが、それでもやっぱり現実的すぎてかえって距離があります。もちろん、先生の仰る「故郷」が単なる出身地などをはるかに超えた宗教的「故郷」であることはわかるのですが、あえて私がしつこく〈還っていくところ〉という言葉に固執するのも、私のなかに依然として〈故郷〉に対するこだわりがあり続けるということなのでしょう。まして母親とか老婆とかいったイメージが〈故郷〉と束になってかかってきては、まるでお手上げです。イメージがさあっと乖離するような気がしてしまいます。北海にしても、たしかに海であることに違いはないのですが、そして私のなかで北海が瀬戸内海とひとつにつながっているのも確かなのですが、それでいながら、北海は北海であって、しかもあのときの北海であって、一般的名詞としての〈海〉には置き換えられない気がします。なにも北海を特別視して、他の海ではだめだというわけではけっしてありません。そうではなくて、経験の個別性・具体性ということなのです。まして海と母親は象徴としては同義的だという話になりますと、私には抽象的な思考としては理解できますが、経験とは大分ずれがあるといわなければなりません。少なくともあの時点で、北海に母性的なものを感じてはいませんでした。もちろん父性的なものも感じませんでした。正直いって父性とか母性とかいったことは考えてもみませんでした。ただ私という意識を超え、私が生きているこの時の流れを超えた何か大いなるものが私の前にその懐を広げている、私はそこにふと自分の存在を預けられるのだと知っただけのことだったのです。

むしろ父性的・母性的なものを包み込んで、さらに積極的に超えられるような新しい北海を、私の旅のいま・ここで見たいと切望しています。前信でも書きましたように、私はもう北海それ自身のもとに帰ることはないと思います。帰れないだけでなく、帰る必要もないのだろうと予感しています（断言する勇気はまだありません）。それよりも、もっといまのこの日々の生の只中で、いま私が生きている人間関係のなかで、新しい北海に出会いたいのです。現実から逃避するかたちではなく、故郷や父や母を放棄するようなかたちでもなく、しかも私自身を否定するかたちでもない。むしろすべてを突き抜けた先で、両親も私も楽に呼吸できるようなそんな地平に出会いたいのです。

父母と子という関係を超えた、そして超えているがゆえにその関係をすっぽりそのまま受け入れられる、そんなあり様がどこかで可能になるに違いない、この数年それが私の大きなテーマであり続けてきました。

ですから、いまの私にとって、「帰る」というときの方向性に水平の指向性はあまりありません。むしろ私の生きているいま・ここに留まってずっと掘りくだっていった先に、〈還っていくところ〉を掘り当てたいといったほうがぴったりするように思います。そしてもしかすると、〈還っていくところ〉は始めからそこにあり続けているのではないか。そんな気がしてなりません。たぶんそれは背景というよりもむしろ、原風景とでも呼んだほうがいいのかもしれません。

原風景に抱かれたら、旅はいったいどんな姿を現すのでしょうね。もしかすると、そのとき、生は限りなく死に近く、死は限りなく生に近いのではないかという気がします。無限の時のうねりの山と谷のように、対極でありながらひとつであるような気がするのです。チャコのお父さんは亡くなられる数日前まで、病室でお孫さんの仁君とコントラクト・ブリッジを楽しみ、仁君に勝っていらしたそうです。そうしてふっと足の位置を変えるようにして波のあちら側へ移っていかれたそうです。そのときチャコは、ひと足先にお別れをすませて、ここ善通寺で学生たちのコンサートを成功させるべく、いつものように、ほんとうにまるで当たり前のような顔をして頑張っていました。

こんな言い方をすると誤解を招きそうですが、最後の病室でお孫さんとコントラクト・ブリッジに興じているお父さんの光景を思い浮かべるとき、それ自身が原風景のひとつの実現された姿のように思えてなりません。

いつか来たるべき時に両親をそんなふうに見送れたら、自分もまたいつの日にかそんなふうに去って行けたら……この日々のなかに、原風景を両親と共有できたら……そう痛切に願っています。

第一章　「ふるさと」の原風景

癌

八木誠一　　一九九二年六月十日午後五時半

サッちゃんこんにちは。今回のお便りは第九信になるのでしょうか。でも一九九二年三月に帰国したぼくには、いま手紙を書く体力も時間もないのです。それで、こうやってテープに吹き込むとならできるから、今回はテープをお送りします。どうかお許しくださいね。

早速、お見舞いのお手紙をくれてありがとう。せっかくこういう機会だし、それからやっぱりわれわれの年齢になるとこういうこともよく起こることだから、少し経過をお話しておきましょうか。要するに直腸癌が見つかったのです。それで間もなく入院をして手術をします。そもそもの始まりはよくわからないのですけれども、とにかく一九八九年の十一月に韓国のソウルで学会がありました。それで行って講演などをしたのです。そのときにキムチだとか辛い焼肉だとか　ご馳走になって、とてもおいしかったのですけれども、翌朝、便に赤い血がついているんですね。まあなにしろ病気が病気だから、いろいろ汚い話になるけど勘忍してくださいね。それでそれがしばらく続いたから、日本に帰って十二月になってから人間ドックに行ったんです。そしたら腸内出血の有無を調べる潜血反応はマイナスでした。それから直接に覗き込む検査があるんだけれども、それでも何も見つからなかったんです。もっと詳しい検査をしようかといってくれたんですけれども、まあたいしたことないだろうと思って、やりませんでした。翌年の一九九〇年十月からドイツに行くことになって、それでその前に検査しようかと思ったんだけれども、なにしろ忙しいし、人間ドックに入ってから半年もたってないから行かなかったんですよ。それでひとつの教訓だけれども、自覚症状もなにもないときには人間ドックに入るのはとてもいいけれども、何か怪しい兆候があったらドックではなくて直接専門医に診断をしてもらうことですね。これとても大事なことだと思います。

さて、ドイツに行って、まったく普通に楽しく生活していたわけです。ところが去年、一九九一年の秋以降、タール便が出るようになって……このタール便というのは出血が溶かしたチョコレートみたいになって便にかぶさるのです。それで何か異常があるということはわかったんだけれども、なにしろドイツだと病院に行くのは面倒くさいし、大学との契約変更や何かも面倒くさいと思って、日本に帰ってからにしようと……それで三月に帰ってきてから人間ドックを申し込んだのだけれども、それが空いてないんですね。それで知り合いの医者に相談したら、便中へモグロビン反応というのをやれというので、これは潜血反応よりもっと敏感なんだそうです。それを二回やって二回ともプラスなんです。そうすると血は痔じゃなくて、もっと上のほうから出ているということになります。癌かなあと思って、そう、そのときの気持ちを言いますとね、第一にほっとしたんですね。これでやっとつらい人生から解放される。でもその次に人生ってなんて美しいんだろう……と思って、そしたら悲しかったね。

　それでもまだ決まったわけじゃないから、そのお医者の紹介で新橋の日比谷病院に行ったんです。病院に行ったらすぐ、当日できる検査は全部やってくれました。心電図とかレントゲンとか尿の検査とか、血液を取るとか……それで内視鏡までしたわけ。内視鏡というのはファイバースコープを突っ込んで直接腸のなかを見るんですね。そしたらバッチリあるんです。ぼくにもよく見えました。最後に総合判定するお医者さんのところで、もう写真ができていて、実際の大きさはわからないけれども、さくらんぼみたいな色と形したやつがあって、これ癌ですか、と聞いたら癌ですというのです。これは早く切ったほうがいいですと。それですぐ手術しようということになったんです。

　日比谷病院というのは、元来脳外科が専門なのです。日比谷病院は、かなり広い範囲に切らなければならないから、もしこころあたりの病院があるのならどうぞそちらにいらしてください。うちでやれと仰るのなら、誠心誠意いたします、ということだったので、さあ困ったどうしようかと思って、決断が難しくて弱ったんだけれども、結局妻の兄が築地のがんセンターに紹介してくれて、直腸癌の専門家、日本で有数の腕の持ち主だという専門医に連絡が取れ、すぐ診断を受けることができたんです。相談したら、もちろん日比谷でもいいんだけれども、やはり広い範囲を切るようなときには大病院のほうが安全だというんですね。じゃあこっちにしようと思って、ただがんセンターでやると手術がちょっと遅れますので、その間は制癌剤を使って癌の成長を抑えると、こういうことになったんです。

　そういうことで、入院先は築地のがんセンターということになりました。ここでまたいろいろ検査をやるんですけれども、日比谷でもいっていたし、それからがんセンターでもいわれたけれども、肝臓転移というのが一番怖(こわ)い、と。肝臓転移があると治癒率がずっと悪くなるというので、ちょっと気になったんだけれども——超音波を使って調べるんです——、ぼくは肝臓転移が起こるなんてことは何も知らないから、全然気にしてなかったんだけれども、そういわれると心配になってねえ、肝臓を触れてみたら異常があるんですよね。何となくわかるんです。いやな感じだなあと思ってね。それで超音波の検査室に行ったら、なんとその担当の人が、ここに異常があると感じているところを何度もしつこく検査するじゃないですか。ここに何かあるでしょうといったら、ええ、いまそこを調べているところですというんです。そうしたら、その人が痛いですかっていうから、いや痛くありません。何か変な感じがするだけ、と。CTスキャンは撮りましたかというから、いえ多分これから撮るんじゃないでしょうか、と。検査の担当者は診断をくだしませんから、その部位については執刀するお医者さんから説明を聞いてくださいといって、それですぐカルテを持ってそのお医者さんのところへ行ったんです。やっぱりもう肝臓にきたかなと思って覚悟していたら、肝臓転移はありませんというのです。なにしろお医者さんというのは患者が助からないと思うと、ほんとうのことをいわないらしいから、先生ほんとうでしょうねといったら、いや私は何でもあけすけにいうんだ、と。実はそのお医者さんとは、何も隠さない約束がしてあった。で、大丈夫です、転移していませんという。だからほんとうなんでしょう。嚢腫(のうしゅ)っていうのが三つあるんですって。これは放っといてかまいませんというんです。こいつはいのち拾いをしたというか、死に損なったというか……そういうわけですぐ入院の手続きをしまして、いまは入院待ちです。ベッドが空くのを待っているわけで、そのお医者さんもその間、一週間ほどアメリカからドイツに行くことになっているので、検査が終わるのが十八日ですから、まあ手術は二十日から二十五日の間ということになるのだと思います（実際は七月一日でした）。

ですから今回に関しては原発個所を切ってしまえば、一応健康体になって出てくるんだと思います。

ところで、この前のお手紙のなかで故郷のことを書きましたね。それでその故郷とか、絶対の受容とか、これは今日のお手紙でもう少し詳しく話すつもりですけど、……あの故郷ということに、サッちゃん、拒否反応を起こしていたけれど、それはやっぱり両親をなくしちゃって、あいだに距離を置いて両親を見ることができるようになっている人間と、そうでない人間との違いがきっと大きくはたらいているのでしょう。でもそれはともかくとして、ぼくはあれを書いたときから、つまり夕焼けの叙述から、松本での出来事、それからその後の夢を書いていて、これは死の予感だなあという気持ちはしていたのです。やっぱりあのとき、ああいう気持ちにぼくはなっていたのだと思います。だからさっきいったように、癌ですといわれたときも何もショックじゃなくて、ああそうですかと、それだけのことでした。

でもねえ、いまはやっぱり死ねない、もう少し生きていて仕事をしなければいけないという気持ちになりかけているのです。で、いつ何時、何が起こるかわからないし、とにかくいま、ぼくが伝道について考えていることを、せっかくサッちゃんにこういう手紙を書いているときだし、伝えておいたほうがいいような気がするものだから、それをこのテープの裏に入れておきたいと思います。

願と共生の物語

それはまず神話で始まるのです。

神様がこの世界を創ったのです。浄土教風にいうと、そのときに神様が誓いを立てました。「神の意志」ですが、〈願〉というふうにいっておきましょう。どういう〈願〉かというと、生きとし生けるものは生きている間、ともに生きるのだ。とくに人間については、人間はこの神様の〈願〉を知って、願に生かされて、それでその〈願〉の実現のためにはたらくのです。人間はそういうふうになって、そしてみなが一緒に生きる共同体を作ります、そういう共同体を実現させよう、これが人間に映った神様の〈願〉でありまして、〈衆生共生の願〉ですな。〈衆生〉というのは生きとし生けるものです。〈共生〉というのは一緒に生きる、〈願〉というのはさっきいった必ず成就するという誓願の〈願〉です。

さて、神様のこの〈願〉ですけれども、これは神の子といってもいいし、子なる神といってもいいし、あるいはロゴスといってもいいのです。このロゴスが、神様が創った世界のなかに入り込んだ、生きとし生けるもののなかに入り込んだ。それがはたらくのです。だけれども、人間という奴には自我ができましたので、自我で生きるようになったから、神様の〈願〉を見失ってしまったのです。見失ったということは、〈願〉が〈願〉としてはたらけなくなっているということです。つまり人間のこころに反映する仕方ではたらけないということですね。人間のなかに入り込んだロゴス、これをロゴスの受肉と言い換えてもいいのですが、なんならキリストと言い換えてもいいし、あるいは自我に対する自己と言い換えてもいいのですけれども、とにかくそれを受肉したロゴス、あるいはキリストと言い換えますと、これはいわば死んでいるのです。人間が殺してしまったのです。キリストは人間のなかで死んでいる――このキリストが甦らなければならないのです。そして、このキリストが甦ってはたらき出すのです、人間のなかで、ひとりひとりの人間として。そうするとみなが一緒に生きる共同体ができるのです。

さて、以上が神話の部分であります。

ところで、それではいったいどうしたらキリストが甦るのか。人間のなかに閉じ込められ死んでいるキリストが、どうしたら甦るのか。それはこういうことなのです。まずですね、ひとりひとりの生命、細胞のはたらきのひとつひとつに、神様の誓いが籠もっている。これを信じるのです。信じて、それが実現することを願うのです。すべてをありのままに受け入れるのです。つまりこの不完全な、というより罪だらけな自分自身、これを自分で受け入れる。それから憎たらしい、いやらしい隣人どもをそのまんま受け入れる。それから不幸と災害と不正に満ち満ちている人間の社会、これを受け入れる。そのまんま受け入れるのです。つまり自分と、一緒に生きている人間と、世界と歴史とをありのまま受け入れるのです。赦すといってもいいのです。そうすると、そこで人間の自我が死にます。滅びるのです。あるいは人間の自我が滅びなければ、こうして受け入れることができないといえるかもしれません。

これを〈信願〉というふうにいうと、浄土教めいた言葉になるかもしれないけれど、これはちょうど旧約聖書の信仰概念と同じなのです。それでその〈願〉を信じて、その成就を願うと、そうすると実際に〈願〉が甦ってくる。つまりキリストが甦って各人のなかではたらき出すのです。はたらき出すと、人間はみなと一緒に生きようと本気で望むようになります、願うようになります。そうすると、そこに希望が開けてくる。そして、みなが一緒に生きる世界を作るためにはたらこうという気持ちになってきます。そうすれば、もちろんそこでは人間が一緒に生きる。人間だけじゃありません。生きとし生けるものが一緒に生きることを妨げるものをできるだけ取り除いていこう、と。まあそれはたとえば戦争であり、病気であり、事故であり、不幸であり、我執であり、不正であり、災害であり、そういうものですが、取り除いていこうということに当然なってきます。

それはそれでいい。いいのだけれども、しかしだからといって、すべてのものをあるがままに赦して受け入れるのだということがなくなってしまうわけではなくって、それはそれで、そのまんま保たれているのです。非常に難しいかもしれない。でもそれは、イエスの言葉の場合だと『マタイ福音書』の五章の四五節にありますように、神様は不正な者にも正しい者にも等しく陽を昇らせ、雨を降らせる、そういう絶対の受容の世界があります。その上に神の支配という神のはたらきが及んでくる、はたらいてくる。そういう構造になっている。それと同じことなのです。あるいは人間の世界で類例をとれば、親というものは子どもを受容するのです。子どもが何であろうとあるまいと、何になろうとなるまいと、子どもを子どもとして受容する。しかし、受容していながら、子どもはやっぱり立派な人間になってほしいと願う。両方ありますよね。そういうあり方が成り立ったときに、われわれのなかで神様の誓いが目覚めてはたらき出す。あるいはキリストが甦ってはたらき出す。そのときに人間が、もちろん人間だけではなくって生きとし生けるもののすべてが、神様を映して生きるようになる。まあごく簡単にいうとこういうことなのです。

それでもし伝道をするとしたら、ぼくはこういう語り方をしたいと、それを、まだ生きているうちに、こういうかたちでサッちゃんに報告しておきたいのです。というのは、ぼくのなかではヨーちゃん〔八木洋二〕を中心とした四国学院のグループの思い出がとても強いのです。だから小さくてもお互いに受け入れて、赦し合って一緒に生きるという、そういう集会を考えると、やはりイメージとしてぼくは貴女たちのことを思い出すのです。こういうことで、やっぱり故郷というようなことも、サッちゃんに向かって書いたんだと思うし、サッちゃんがこの前の手紙に書いてくれました、「治ったらまたみなで一緒に楽しく、食べたり、飲んだり、おしゃべりしたりしましょうね」って、ぼく、ほんとうにそう思うんです。

ぼくはこれから健康になると思いますけれど、ひょっとして万が一のことがあったら、一番最後にはこういうことを考えていた、こういうふうな伝道をしたいと思っていた、そういうことをやっぱりサッちゃんへの手紙を通して四国の方々にお話しておきたいと、そういうふうに思ったわけです。

絶対の赦し

得永幸子　一九九二年十月六日

お身体の具合、その後いかがですか。手術が成功して、無事退院なさったとうかがってこちらはみな心底ほっとしています。先生ご病気、の報が流れた後、こちらでも重苦しい不安な空気が立ち籠めていました。その後、肝臓転移がなかったという嬉しい報せが届き、手術も成功、無事退院、と次々に朗報が舞い込んできて、暗雲が晴れたようです。手術前よりもお酒がおいしくなったともうかがって、さすが先生と妙に感心したりもしております。四国にいらしていただいて、みなで食べたり、飲んだり、おしゃべりしたりできるのもそう遠いことではないかもしれませんね。一日も早いご回復をこころから祈っております。

それにしても、先生が直腸癌に罹っているとの報せを受け取ったときの自分の動揺ぶりに、そして手術が成功して患部が全部除去できたと聞いたときの、あの手放しの嬉しさに、改めて「死」に直面することがどれほど難しいか思い知らされた気がいたします。先生がお電話くださったとき、手術の直前でしたのに、開口一番「お元気ですか」などと尋ねて返事のしようのない先生を絶句させたり、術後すぐに病院からお電話くださったときには、「きっとすぐよくなりますよ」などと実に無責任な、そして常套的な慰め方をしたり……。〈癌〉だとか〈死〉だとかいう言葉が関わりのなかに入ってくると、そこで思考が躓(つまず)いてしまい、そこから先の言語活動が途絶してしまうかのようです。もしかしたら〈死〉の訪れそれ自体よりも、〈死〉の訪れ来たるプロセスを生きること、あるいは意識的にそのプロセスを生きることのほうがもっと難しいことなのかもしれないとすら思います。それほどまでに〈死〉にまつわるタブーの呪縛は強いものなのかと、そしてその呪縛の前で自分がこれほどまでに無力なのかと愕然とするばかりです。

恨めしいことに、この往復書簡が進行中であったため、無力であるにもかかわらず逃げ出すこともできないと思われました。まして、いつしか往復書簡の話題が「ふるさとの回復」、「原風景への回帰」というところまで引き寄せられてきた経過がありますから……それでやっと覚悟を定めて「往復書簡続けます」と宣言したのですが、覚悟を定めたつもりだったとはいえ、先生の全快が近いことを知ってからこの手紙を書くことができて、ほんとうに嬉しく、しみじみありがたさを噛みしめています。とても素朴な感じなのですが、「先生が生きていてくださってよかった」と思わずにはいられません。

そして、先生とまたこうやって〈ふるさとの回復〉の話を続けられるのですね。もっとも私はいままでも〈ふるさと〉という言葉には抵抗を抱き続けておりますが……それはさておき、先生のお手紙を読んで、私がこれまで思っていた〈赦し〉と、先生が〈共生〉のさらに奥にある根源的〈赦し〉と仰るものは少し、いえずいぶん違うのではないかという気がしてきました。これまでの私が思っていた〈赦し〉は悔い改めさえすれば赦すというものです。それだって悔い改めさえすれば、それまでに犯したどんな大罪もすべて赦免されるのですから、人間社会の常識をはるかに超えてはいるのです。でも、先生の仰る〈赦し〉には、悔い改めさえ条件としては必要ないのではありませんか。人が悔い改めるか否かにかかわらず、また他の何をしようがしまいが、それにかかわらず、始めから絶対的に受容されている、そういう無条件の〈赦し〉なのではありませんか。これまでは、悔い改めれば得られる〈赦し〉だなどと考えてみたこともありませんでした。充分無条件に赦されていると考えていました。それでいて、赦されているというもっと確かな実感を獲得できるのではないかと、こころのどこかで探し続けてきたようにも思います。どんなに脱いでも、脱いだすぐ後から現れる自我の衣が絡みついてくる、とよく感じるのも、その現れなのかもしれません。そして、そんな自我を意識するときは、たいてい自分で自分を責めてもいるのです。

でも、〈絶対の赦し〉が私のこころの姿や行為や生き方とは関わりなしに、私に生命が与えられたのと同様、始めから無条件に与えられているとすれば、脱ぎ捨てようとして脱ぎ捨てられない自我すらも、予め絶対に受容されていて、ことさら脱ぎ捨てる必要もないということなのでしょうか。脱ぎ捨てなくても最初からすっぽりそのまんま抱き取られているのでしょうか。だったら、そういう絶対の受容のうちに自分が抱かれていることに気づくことこそが、悔い改めということなのかもしれませんね。

以前、私は日常をともにしている人々との間に新しい北海を見たい、両親と原風景を共有したいと書きました。いまもその願いは切実です。むしろ日々、その切実さは増してくるともいえます。でもいま同時に、それが願いとしてどれほど痛切であったとしても、もしかしたら新しい北海を見る必要はないのかもしれない、という気さえし始めています。私が見ても見なくても、かわりなく海が太古の昔からそこにあるように、すでに私たちは無限の赦しのなかにあるのだから、私たちがたとえ毎日壮絶な戦いを繰り返したとしても、それで私たちの関わりがまったく否定されるわけではない。傷つけ合い、貪り合わない関係なんてほとんどあり得ないけれども、だからといって絶望する必要もない。現れてくる関係のかたちがどんなものであろうとも、そのすべてがありのままに受容されているのだから……人を許せなくてもいいんだ、人とほんとうにはともに生きられていないと感じるこの私は、感じられないままにすでに赦されているのだ。そして、ともに生きられないと私が感じているその相手もまた、そのままで赦されているのだ。それだから〈共生〉を表現しているとは言い難い自己と他者を、いまお互いが置かれている関わりのままに受け入れ、その不完全なままの関係をともに生きていってもいいんだ。その上でこそ、人とほんとうにともに生きたいという願いが、責めではない純粋な願いとして立ち上がってくるのだ……いまそんなことを考えています。

そしてさらに、生きとし生けるもののすべてがそのままで〈共生の願〉に包み込まれているということは、生のうちに予定されている死もまた、そのうちに包み込まれているということなのでしょうか。〈共生〉とはいま生きているすべての生きとし生けるもののすべての間で成り立つばかりではなく、すでに生きたものと、これから生きるものをも含んで成り立つ、そう考えてもよいのでしょうか。もし、そう考えることが許されるなら、死は共生の破れを意味しなくなり、タブーの呪縛も緩むように思えます。愛するものに生きていてほしい、と願う願いはそのままに、でも死が絶望ではない、破局的な別れでもない。そんなふうに考えることも許されるのでしょうか。

さて、ここでひとつだけ、疑問が湧いてきます。どうして先生がご自分では伝道がおできにならないと仰るのか、が私にはいまひとつよくわかりません。先生はご自分にはカリスマ性がないからといわれますが、伝道に必要なカリスマ性とはどんなものなのでしょう。それはあったらプラスになるという程度のものではなく、伝道にとって不可欠なものなのですか。不可欠だとすると、カリスマ性は伝道の内容とまではいかずとも、少なくとも伝道の機能そのものなのでしょうか。以前、「伝道とはふるさとの回復された様を究極の姿として差し出しつつ、極めて具体的な個々の人々との間にふるさとを実現すべく、とことん付き合うこと」かとお尋ねしたことがあります。そのとき先生は、「宗教的な意味での故郷というものは……かりそめに出会った旅人同士が、旅をともにする間、具体的に故郷を実現すべくとことん付き合う場なのでしょう」と答えてくださいました。カリスマ性というと、私などは超越性とか強烈な指導力などを思い浮かべるのですが、それは伝道の内容について必要なのか、伝道者について必要なのか……。とことん付き合う旅人の同伴者に必要なカリスマ性は、「自分にはいまは行き先がわからないけれども、この人と一緒に歩いてゆけばきっと大丈夫だ」と感じさせてくれるものではないかと思います。行き先に対する理解の深さと確かさが、あえてカリスマ性というならカリスマ性なのではありませんか。私についていえば、往復書簡を通して、もう先生を同伴者と信じて歩き始めてしまいました。ですから、ものすごく自分勝手な言い方をすると、私にとっては先生にカリスマ性があるかないかは大きな問題ではなく、要は今後も付き合ってくださるのかくださらないのか、それだけが問題なのです。助けを必要としている病人とはそういうものではないでしょうか。もしかすると、それほど切羽詰まらなければ、人は旅の同伴者がそばに寄り添っていてくれても、そのことに気づきさえしないのではないか、そんな気もいたしますが、いかがでしょうか。

「死神」との遭遇

八木誠一　一九九二年十一月十二日

わが癌はものの数にも入らぬなり同室のひとのおそろしき話

死ぬるときかくもあらむか麻酔医の言葉のあとはなにも覚えず

入院の日々は夢かと思へども縦一文字開腹のあと

こんなことがありました。いつのことかはっきり覚えていません。入院が決まった前後だったと思います。夢か現つか幻か、家で寝ているぼくの右側に男が現れました。菜っ葉服みたいなものを着ていたような気がしますが、さだかではありません。あの世からの使いといった風情でした。男はぼくの傍らに腰かけると言いました。「ところでお前は死にたいのか生きたいのか、どっちなんだ」。死にたければ死なせてやるぜ、という感じでした。それでぼくは、いま死ぬ気楽さと、重荷を負って生き続ける辛さとをしばらく比較考量したのです。いろいろなことをかなり具体的に考えたから夢とも思えないのです。ぼくは言いました。「やっぱり生きたい」。すると男はファイルを取り出して開きました。そこには、ぼくの名前がついたカルテがあり、なにやらたくさん書いてありました。男はその一欄に「生きる」と書き込むとファイルをばたんと閉め、立ち去って消えました。

そのときまでは怖くもなんともなかったのに、男が消えたとたん、ぼくはほんとうにぞっとしました。もし、ぼくが「死にたい」といったらどうなったのでしょう、肝臓転移なんていつでも可能なのだから。この話をすると「死神に会った」なんていう人がいるけれど、ぼくはC・G・ユング風にいえば、「自己」が「いま生きる決心をしないとほんとうに死ぬぞ」と警告してくれたのだと思います。夢や幻は、しばしば見えない心の可視的な表現なのです。細胞には自爆装置があるという話を聞いたことがありますが、からだ全体にもあるのかもしれません。実際あの頃のぼくは、心理的に身体自爆装置のスイッチを入れかけていたような気もするのです。

手術後腸閉塞気味で入院が長びいたり、いろいろありましたが、経過はまずまず順調でいまは生活も平常通り、体重もかなり回復、もう何を食べても飲んでもいいのです——過ごしさえしなければ。退院してからは病院食の反動で、もっぱら好きなものを食べました。肉より魚がいいのだそうで、ぼくは魚が好きだし、でも東京は魚が高いから、四国はいいなとうらやんでいる次第です。それにしても退院して三カ月ぶりに冷酒で刺身を食ったときはカンゲキ、うまかったねえ。それからあと、飯のうまいこと。

さて、絶対の受容については、サッちゃんがお書きになった通りです。われわれは救われないいま、自我がふっきれないままで受容されている、ということです。

自分自身をも、一緒に住む他者をも、この世界をも受容するとき、自分のあるがままが絶対に受容されていること、故郷はここにしかないことが見えてくるのです。こうしてイエスの言葉でいえば、「善人にも悪人にも太陽を昇らせ雨を降らせる神」の子となったときに、その人の身に「神の支配」のはたらきがおのずから現成（げんじょう）するということです。

言うは易く行うは難し。というより、こんな簡単なことが容易ではない。お前さんはどうだ、自分も他人も世界も絶対に受容しているかと尋ねられたら、なんと答えましょう。その通り、嘘ではないけれど、やってみると凡夫の悲しさ、絶対の受容らしきものではあっても、からっと澄み切った心境ではなかなかありません。イエスの言葉はほんとうだと思い、イエスのいっている事柄も仄（ほの）かに見えている。でも、他方ではこんなときもあるのです。


荒磯にわが身打ちつけ嘆かまし寄せて崩れる濤（なみ）の数ほど

果てしなく晴れ渡りたる青空の我が悲しみに終わりあらめや

ぼくには伝道者としてのカリスマがないというのは、「ががたいわず、俺についてこい」といって人様を引っ張ってゆく貫禄がないということです。ぼくは群れを作ってリーダーに忠実な犬の性（しょう）ではなく、ひとりで好きなようにしている猫の性なんです。道は教えるから、あとは人に頼らず自分で行け、としかいえないのです。

故郷のお祭り。これが宗教だと思う。でもこれは単なる憧れ、夢なのでしょうか。でもぼくには秋祭りの太鼓の音が聞こえてくるような気がします。

歌いたいから

得永幸子　一九九三年一月三十一日

唐突ですが、私は一応歌い手です。でも、たいしたものではありません。歌い手にしてはそれほど美声というわけでもありませんし、声量もたかがしれています。体格的にも細すぎです。音楽性という点から見ても、まあ並みです。つまり、才能にはあまり恵まれていません。これはけっして謙遜ではなく、口惜しいけれど事実です。さらに、体力や身体の機能という点では歌い手としては大きなハンディを負っています。かくして、いつまでたっても歌が下手です。

でも、私は歌います。声がある限り、身体が動く限り、そして歌おうという気力が続く限り。上手だから歌うのではなくて、歌いたいから歌います。実に雑多な仕事をこなし、身体が三つくらいほしいとしょっちゅう悲鳴を上げているにもかかわらず、歌を取ったら私には何も残らないのではないかと思います。歌わなかったら、他のたくさんの仕事や雑務もしないだろうという確信があります。好きなのはもちろんですが、それ以上に私という人間にとって、歌は何か大切な預かり物のような気がします。歌と自分との関係がうまくいっているとき、人生の調子がいいと感じ、うまくいっていないと、人生から見離されたように感じます。風邪を引いたりしてしばらく歌わないと人生に不法滞在しているように感じられて、何に対してかはわかりませんが、肩身の狭い思いを味わいます。

だから、少なくとも私にとっては才能の有る無し、歌の上手下手は歌をうたうかうたわないかに全然関係ありません。私が歌いたいかどうか、歌わなければならない必然性を私自身の内に発見するかどうか、そしてそこに私自身を賭けていくかどうか、賭けよと命じるものがあるか、それだけではないでしょうか。

さて、昔から神官や巫女(みこ)は猫科の人々だったのではないでしょうか(プリマドンナにも猫科の人が多い気がしますが……)。夜中に真っ暗な道で猫に出くわすと一種の恐れを感じますが、犬に出くわしても、「お、夜回りご苦労さん」、という感じがするだけです。猫のほうがずっと非日常性や非凡庸性を持っていると私は確信します。もっとも私には、伝道者は猫科でも犬科でもどっちでもいいとしか思えませんが。だって伝道する相手の人は犬も猫もどちらも嫌いかもしれないでしょう?

歌う

八木誠一　一九九三年七月十二日

サッちゃん。「私、歌わずにはいられないの」という前便の第十二信をいただいてから、もうずいぶん時がたちました。この往復書簡はもともと私がドイツにいる間、サッちゃんと交わすもののはずでしたが、帰国して、病気をして、まだ続いています。第十三信をお送りします。

手術後一年経ち、その間CTスキャン、超音波、腫瘍マーカー、触診、さまざまな検査をしましたが、いまのところ経過は順調で、転移癌や新しい癌はみつかっていません。癌はやはり恐ろしい病気で、一緒に入院していたガン・フレンドのなかには退院後まもなく他の臓器への転移がみつかり、「モグラたたき」のようにあちこちの癌を叩いているうちに肝臓に転移してしまった、という人もいるのです。私はまずは無事で、生活もほぼもとどおり、でもなるべく無理はしないようにして、ものを書いてはいますが、現在は講義が一番主な仕事です。横浜市緑区にある大学〔桐蔭学園横浜大学。一九八八年開学。工学部の教授の大部分は東京工業大学の名誉教授。一九九一年から法学部が発足〕は、わが家の南方で直線距離はたいしたことはないのに、なにしろ首都圏は都心への東西の交通ばかりが便利で南北の連絡はひどく悪いから、わが家から大学までも四角形の三辺をまわっていくような行き方しかできず、かなり時間がかかります。だから使えるところはタクシーを使うという贅沢で、楽をしています。東京工業大学ではドイツ語を教えましたが、ここでは哲学と倫理を講じています。ドイツ語よりは専門に近いわけで、事実、この講義は自分の哲学と倫理を形作るのにとてもよい機会になりました。学生の質は、入学時の偏差値でいうと、数ある大学のなかでも下から数えたほうがよほど早いというものです。授業中、頭を並べてスヤスヤおやすみの学生たちもいますが、私語よりはましだから寝かせておきます。学生を授業中に叱るなんて、他の大学ではしたことがなかった。気味悪い感じさえすることがあります。

今日は、ある在日外人神学者の研究会でトマス・ディーンというテンプル大学日本校の準教授が、四国学院にいた栗林輝夫さん〔一九四八―二〇一五年。神学者。四国学院大学助教授を経て、関西学院大学教授〕と私のキリスト論とを比較して、両者は対話を通じて相補的となるべきだ、という研究発表をしました。栗林さんのイエス宣教理解は有益です。もし彼がキリスト教の絶対性を超えて他宗教との対話を認め、異教徒差別も下層民差別と同様イエス的でないことを認めれば、私も喜んで相補性を認めたいと思います。

こういうわけであまり仕事はしていませんが、ものを考えることは続けています。日本での反応を思うと、ぼくの仕事は専門家の大多数に無視されているのだから、ぼくの一生は遂に無意味だったとニヒルになりかけるのですが、でも考えてみればそもそものを考え始めたのは、他の誰のためでもない、自分のためでした。だから自分で納得のできる答えが見つかったのなら、それで十分、文句はないわけです。

サッちゃんの歌のように、ぼくも仕事をやりたいからやるのです。先日、妻と長野にゆきました。ぶらりと遊びに行ったわけです。善光寺の東北にある城山公園には東山魁夷（かいい）〔一九〇八―一九九九年。日本画家〕の記念館があり、数十点の絵の展示がありました。東山さんの創作活動のビデオも見ました。東山さんは、自分は一生の間、生かされて生きたという実感を持っている。生かすものに促されて創作をやってきた、その創作は、憧れと懐かしさという両方向の表現だったと思う、というように語っていました。こうしてみると、やはり歌わずにはいられない人々が歌うのですな、きっと。

自分のありのままを包みとってくれるものへの憧れと懐かしさ、というようなものがこの往復書簡のなんとはなしのテーマになっていたようですが、サッちゃんも、自身にかたちもなければ、人にかたちを押しつけることもない茫洋とした「北海」に包まれて、そこで歌の精と出会い、歌の精に導かれて、だから歌わずにはいられなくて、善通寺のステージへと帰ってくるのでしょうか。

歌といえば、先日遠山慶子さん〔一九三四— 年。コルトーの弟子、日本よりヨーロッパで知られているピアニスト、音楽評論家遠山一行氏夫人〕が、新しいピアノの練習室ができたというので見に行ったら、部屋というのは天井にうねりのある、扇形の小ホールでした。スタインウェイともうひとつ（名前を忘れました）、二台のピアノがあって、触ってもいいというからショパンの「雨だれ」とドビュッシーの「月の光」などを弾いたら——一台のピアノは重厚で落ち着いた音、もう一台は軽やかで派手な音でした——、遠山慶子さんは自分でも弾いてみせて、いろいろ教えてくれました。実は以前も同じようにしてフォーレの「ノクターン」の一番を弾いたことがあるのですが、今回も実にいい学習体験でとても面白かった。ぼくの場合、こころのなかに音楽があって弾いていることがわかる。だからそれを十分に生かして弾きなさいというのです（つまり技術が下手ということです）。ピアノというもの、長い間、触れたこともなかったのに、去年の冬頃から急にその気になって弾いていたのです、肩が痛くなるほど。考えてみたら、やっとピアノで歌う術を見つけかけているのかもしれません。——やはりだめでした。もうチャコ〔新宮久子〕ほど上手にはとてもなれません。歌は生の自覚、自己表出で、サッちゃんのなかでも生が歌として自己表現を求めているのだと思います。

間もなく善通寺で集中講義、久しぶりにみなさまにお会いできるのを楽しみにしています。

異議あり

得永幸子　一九九三年十月二十二日

この往復書簡も最近やりとりの間隔が開いてきて、だんだんあやしくなってきました。行く末が危ぶまれます。私自身が続けたいのかどうかを申し上げなければならないのですが、この問いを自分自身に差し向けると、単純なはずのことがとたんに複雑になってきます。

最初、往復書簡をやってみたらとのお勧めがあったとき、私に誠一先生のお相手など到底務まらないと思いました。まず、知識においても思想の深さにおいても、まったくお話にならないほど差があって、対話など成り立ち得ないだろうと思われました。それに、話題が当然、私自身の生き方を抜きにしては成り立たない事柄へ向かっていくに違いないことは、容易に推測されました。往復書簡というからには当然読者の存在が前提されているわけです。そのような状況のなかで、逃げずにちゃんと自分と向かい合えるのか、鋭く切り込んでくるに違いない先生の問いかけに、本気で答えるだけの覚悟があるのか、と何度も自分に尋ねました。そして逆に、先生と私との間の往復書簡で私ができることは唯一、逃げずに本気で向かっていくということだけではないかと思いいたったのです。それならば、とてもしんどいことではあるけれども、私にも何とかできるかもしれない。もしそれができたなら、きっといままで見ることができずにいた新しい地平線が開けてくるに違いない。実は、文字通り胸をドキドキさせながらの出発でした。

さて、第十三信まで回を重ねてきて、いま私の胸はあまりドキドキしていません。かわりに、お釈迦様の手のひらの上でじたばたしている孫悟空の気持ちがわかるような気分になっています。やはり、〝差〟がありすぎて、本気で相手にしてはもらえないのかなという気がしてなりません。今度こそ後戻りのできないことを書いてしまったと思ったときにも、先生にとっては先刻ご承知の初歩的経験知だったりするようで、「よしよし、いい子だ。いいことに気がついたね、その調子で頑張りなさい」と軽くいなされているようです。そうすると、身構えていた力ががくんと抜けて、次の書簡を書き始めるエネルギーがなかなか湧いてきません。そして、なんだかつまらないなと思うのです。

でも、それだからこそ、いま止めてしまったら、軽くいなされたまま私にとっては宙に浮いている問いは、今後も未解決のまま私のなかでくすぶり続けなければなりません。それでは私、困るんです。いまは拒絶反応を起こしていても、おとうさんやおかあさんが亡くなったら、「ふるさと」が私の求めている〈還(かえ)っていくところ〉だとわかるよ、と仰られても、私はいま、父や母との暮らしのなかで〈ふるさと〉を超えた〈原風景〉を見たいのです。父や母が亡くなってから見るのでは、遅すぎるのです。それに父や母が亡くなったから見ることができるのなら、私は父母の死を願わなければならなくなります。それではなんの解決にもなりません。それとも、先生の仰る「ふるさと」は、私がいまここに住む、生まれ故郷というものとは別のものなのでしょうか。それならば、どこがどう違うのか、違っているにもかかわらず、どうしてあえて「ふるさと」と呼ぶのか、呼ばなければならないのか。おそらく、先生の仰る「ふるさと」が何を意味しているのか、私にはまったく見えていないのだと思います。

同時に、親を親のまま、しかしある意味では親ではない他者として、新たに出会い直したいという私の想いの切実さを、先生もまた過小評価されているのではないでしょうか。〈拒絶反応〉という表現に孫悟空の必死の格闘を上から眺めているお釈迦様の冷静さがうかがえ、あるいは医者が患者を診断するときの客観性がうかがえるのは、単に私のひがみがなせることでしょうか。こうしてみますと、往復書簡とは言いながら、私たちは本気で立ち向かい合わずに、どこか永遠に交わらない三次元上の平行線を描き続けてきたようでもあります。多分それはある種の自己防衛とナルシシズム、そして活字になるものを作品として善きかたちに収めたいという美意識のようなものが、はたらいてきたからではないでしょうか。

私はそろそろそんな書簡の往復に息苦しさを覚え始めています。孫悟空なら孫悟空でいいから、悪戦苦闘していないふりをするのをもう止めようかなと思います。先生が見て見ぬふりなどできないように、そして問いに対する答えが見つかるまで、喰らいついて離れまいとも思います。つまり、往復書簡を続けたいという私の側の動機は極めてエゴイスティックなものです。でも、それではそれ以外にどんなことが書けるかというと、私には力がありません。先生は今後も往復書簡を続けるとすれば、そこに何をお考えになってのことなのでしょうか。いま改めて、どうして私を相手としてご指名になったのかな、と思いめぐらせています。

ずいぶん生意気なことをあれこれと書き連ねました。失礼のほど、なにとぞお許しください。

震える狼

八木誠一　一九九三年十一月二十三日

お手紙を拝見して、また手元にある往復書簡を始めから読み直してみました。いったいどうしてサッちゃんとの往復書簡を『風跡』に載せようなどと思ったのか。それはやはりチャコがいみじくもいった通り、始めはサッちゃんと四方山話をする楽しい気分で、『風跡』同人に異国からのお便りをしてみたかった、ということです。実際に往復書簡を始めてみたら、帰国後も続いていて、ぼくの病気の報告までしてしまって、しかも話の内容は「ふるさと」の原風景というような大変なことに及んでいます。これは相手がサッちゃんだから当然だといえるでしょう。ただ、ぼくはサッちゃんに、「いいところに気がついたね。よしよし」なんて態度で書いていたわけではありません。「ふるさと」の問題については、サッちゃんはぼくの返事で軽くいなされたと感じたらしいけれど——ぼくの書き方が悪かったのか——そういうことではないのです。

ちょっとだけ弁解させていただくと、サッちゃんは毎日、「天にいます我らの父」というような言葉を口にしていらっしゃると思うし（違うかな）、また『ルカ福音書』一五章の「放蕩息子の譬え」も身近に感じておられると思うのですが、そこでは「父」のイメージが出てきてもあまり抵抗はないのでしょうか。それなのにふるさとと関連した「母とか老婆など」というイメージにはまったく「お手上げです」（一九九二年二月九日の手紙）ということになると、なにしろこのイメージは個人的な事柄との結びつきが強いから、このようなイメージが個人性を失って、「父なるもの、母なるもの」

の象徴となるまで、往復書簡という枠内では立ち入らないほうがいいと思えたのです。だから、やはりサッちゃんはぼくらのように両親を失った人間とは違うなあ、ということで逃げてしまいました。「親を親のまま、しかしある意味では親ではない他者として、新たに出会い直したいという私の想いの切実さ」（十月二十二日の手紙）がぼくに十分伝わっていないとすれば、サッちゃんにも親を失うという言葉に込めたぼくの万感があまり伝わっていないらしい。でも、これはもう仰る通り、「経験の差」でなんとも致し方がありません。

ところでサッちゃんのいう「北海の風景」は、自分で見たわけではないから想像するよりほかないのですが、それでもぼくにはかなり強い印象を刻んでしまいました。解りそうでいて解らないからいっそうそうなのです。よく思い出してはどういうことかと考えてみました。言葉にしてしまえば、ぼくの描いたイメージとは違って、父なるものと母なるもの――またもやこの隠喩を使うなら――未分以前の無限定な「つつむもの」の予感かとも思われるのです。もっとよく説明を聞いて、できたらもっと詰めてみたいような気もしましたが。「ふるさと」は仰る通り、どこか遠くにありながら、いつもいま・ここに影を落とすもので、だからいま・ここでその影を見つけなければ、いつまでも辿り着くことのないものです。原点そのものとしては固有のイメージはないけれど、絶えず豊かで個性的なイメージを生み出すものでしょう。

サッちゃんとぼくには差があるというなら、ぼくはほんとうにあちこちと差を作ってしまいました。たとえば、クリスチャンという少数派のなかでは（無教会出身の）神学者という少数派に属し、そのなかでも伝統批判的で欧米依存拒否型の少数派、そのなかでもまた仏教と対話するなどという少数派、というよりはもう単独者で、八木洋一さんと違うのは、ぼくは大学で自分の専門ではないことを専門外の学生に教え、身近に自分のグループがいないということです。自分のせいだから文句はいえないけれど、いわせてもらえば、「お控えなすってお控えなすって。手前、生国と発しまするは横浜にござんす。長えわらじをはきやして、諸国四方の親分衆に、仁義を切ってはみやしたが、匂いが違うと嫌われて、杯もらえぬはぐれ者、一匹狼はケチな野郎にござんす」てなところ。

狼に樹氷落として風荒れる

「差があるから話ができない」なんていわれたらもう立つ瀬がないのですが、サッちゃんのいわれることもわかるから、今回は歌劇『沈黙』のお話でもと思っていたけど、今日はこのくらいにして、往復書簡を続けるか、しばらくお預けにするか、もうお仕舞いにするか、こんど会ったときにでも相談しましょう。サッちゃんは不満らしいけれど、読み返してみるとお互いに切実な出来事を話したりして、全体としてぼくには結構面白い経験でした。相手をしてくださったおかげさまでひとりじゃ書けないこういうものができた。これはこれでよかったんじゃないか、というのがぼくのほうのはなはだ勝手な感想です。

あいだ　関わりの根源へ

得永幸子　一九九四年一月二十三日

前信を読んで、言葉を人に伝えることの難しさ、想いを人に伝えることの難しさに溜め息が出るようです。でも、そんなことはほんとうは始めからわかっているはずのことで、難しさが、対話を諦める理由にはならないはずだとも思います。対話を疎外する要因、誘因は数限りなくあっても、それでも対話したいと願い続けるか、もう願わないか、それだけだと思います。対話者の「あいだ」に横たわる〈差〉にしても、あるのが当たり前で、そのこと自体が対話を不可能にする決定的理由にはならないと思います。むしろ〈差〉があり、〈違い〉があるからこそ対話したい、理解したいと願うのであって、同一体であれば対話の必要もないのではないでしょうか。私の表現力の不足のために、誤解を招いてしまったようですが、〈差〉があるから往復書簡を止めたいと申し上げたつもりはまったくありませんでした。そんなことは往復書簡を始める前からわかっていたことで、それこそが私にとっては往復書簡を始める理由でさえあったのです。

〈差〉や〈違い〉が人と人との関わりを断絶させる理由になってしまうのは、〈差〉や〈違い〉をマイナスとしてしか受け取れなくなったときか、逆にその存在をないものとして抑圧してしまったときだと思います。どちらも、〈差〉や〈違い〉がその内に持っている無限に豊かな可能性から、関わりが切り離されてしまったときではないでしょうか。私が申し上げたかったのは、往復書簡のなかでもっとその可能性に信頼をおいて対話したい、そうでなければ〈差〉がマイナスとして重くのしかかってきてしまうということだったのです。そして、私がそう感じているということを先生に知っていただきたかったのです。

いままでの往復書簡を無意味だというつもりももちろんありません。ただこれからも続けていくためには、もう少し〈差〉や〈違い〉そのものを突き詰めたいと思っただけです。〈差〉というと、やはり表現が否定的または切断的にすぎるかもしれません。むしろ「あいだ」と言い直したほうがいいかもしれません。でも「あいだ」は実は〈差〉や〈違い〉という意識が生じてくる元のところであって、〈差〉や〈違い〉そのものではないので、言い直すのはふさわしくない気もします。もしかすると、いま私が「あいだ」という表現で言い表そうとした事柄は、いままでの往復書簡でずっと尋ねてきた事柄であるのかもしれません。〈差〉や〈違い〉という意識が生まれてくる元である関わりの源についての認識の〈差〉や〈違い〉という意識がテーマになってくれば、これはもう一筋縄ではいきそうもありません。でも、〈差〉や〈違い〉を見究めようとすることは、私にとっては取りも直さず、その奥にある関わりの根源を見究めようとすることにつながっているのだということだけはわかってください。そこから離れてしまったら、〈差〉は越えがたい溝でしかないし、それを追求することは単に相手への拒絶になってしまうし、さらには攻撃になってしまうと思います。そして、防御壁を張りめぐらして、どうせ誰もわかってくれない、と自分をそのなかに追い込むことになってしまうのでしょう。

私には〈差〉ということを持ち出すことで、少なくともそういう意図はありませんでした。私は先生の仰る「ふるさと」という言葉には拒絶反応を起こしますが、先生の仰る「ふるさとなるもの」、あるいは「母なるもの」の内容はほんとうに理解したいのです。理解できないことの理由を「経験の差」などに帰すると、ほんとうに致し方なくなってしまうから、「親を亡くしたらわかる」などといわずに、親を亡くしたら見えてくる「ふるさと」は、「ふるさとなるもの」をストレートに映せるのに、親が生きていて〈故郷〉に住んでいると、どうして「ふるさとなるもの」が「ふるさと」から隔てられている、あるいは対極にあると感じられてしまうのか、ちゃんと教えてください。

せっかく始めた往復書簡がこのまま終わってしまうのは忍びないといったら、爆弾発言を投げたのはサッちゃんのほうでしょうが……という声が返ってきそうですね。続けるか中止するかの決断をめぐる気持ちが行き違ったままで終わるのは寂しい気がしますし、またこれまで読んでくださった読者の方たちのことを考えたら、決断もあくまで往復書簡のなかで成されるべきだと考えますので、あえてこのお手紙を書きました。

八木誠一　一九九四年八月三十日

ふるさと考

サッちゃん。このところひどく多忙だったとはいえ、すっかりご無沙汰してしまい、すみませんでした。ところで私たちの往復書簡もこれでやっと本題に入るのかもしれません――といっても、始めから何か特定のテーマについて意見を交換しましょうということではなかったので、だからやっとそういうテーマが見つかった、ということでしょうか。
まずは近況報告をさせてください。いま桐蔭学園横浜大学に勤務しているわけですが、家からバスと電車で片道二時間以上かかり、疲れるからといってタクシーを使うと交通費がかさむので、調布市深大寺町の家を売り、大学の近くに小さな新築の家を買って転居しました。四月末のことです。転居先は、神奈川県のなかに東京都が南に張り出した町田市の隅で、すぐ近くを流れている鶴見川を越えれば川崎市、丘を回れば横浜市というところ、大学までは鶴見川添いに自転車で二十分足らずです。大学の近くはかつて佐藤春夫が『田園の憂鬱』を書いたところなのですが、わが家のあたりにも木に覆われた丘陵が続き、何町歩かの田んぼもあります。実は丘のいくつかは横浜市が買って森林公園を作り、田んぼも残して「ふるさと村」に指定した地域なのです。だから箱庭的田園ではありますが、引っ越してしばらくしたら蛙の鳴き声がしきりに聞こえるようになりました。声を聞いたり見かけたりした野鳥は——スズメ、カラスなどは別として——ヤマバト、コジュケイ、ウグイス、メジロ、カッコー、ホトトギス、シジュウカラ、クロツグミ、シラサギ、ゴイサギ、アオサギ、カイツブリ、カワセミ、シギ、カルガモ、マガモ、セキレイ、アオバヅク、たまには小型のタカなど、という程度の田舎です（ヒバリがいない）。

ホトトギス間近に聞きて覚めにけり

「ふるさと」には少なくとも三つのものがあります。第一は、それぞれの人が実際に生まれて育った場所で、番地まで特定できるのが普通です。私たちがそこで生まれ、初めて家族や他人や、家や家具や、動植物などに出会い、さらに次第に自分自身に出会うようになった場所、人間としての最も基礎的な経験を初めて味わった場所で、だから経験は強い情緒をともなっています。家族との密着した生活があり、仲良しの友達ができたり別れたり、泣かしたり泣かされたり、叱られたり慰められたりしたところ、誰でも懐かしい思い出を持っているけれど、しかしそれがただちに「ふるさと」だというわけでは必ずしもないでしょう。というのは「ふるさと」が「ふるさと」になるのは、人がそこを離れるから、そして帰りたいと慕うからでしょう。「ふるさと」は人がそこから出てきた場所、でも喜んで迎えてくれる人々がいるから、そこへ帰ることができる、あるいは帰りたいと思慕したりする場所です。しかし、そうなったら「ふるさと」はすでに現実のものではなく、思慕が描き出したイメージとないまぜになった世界、むしろ懐かしさと憧れを表現するイメージであることを本質とするようなものです。このイメージには個人を超えたところがあると思います。これが「ふるさと」の第二のもの、「心理的ふるさと」です。だから現実のふるさとから離れたとき、あるいは、それを失ったとき、心理的ふるさとが現実化して、生まれた土地と重なってくるわけです。そうでなければ、生まれ育った土地はそのまま「現実の生活圏」、つまりふるさととはなにほどか反対のものにとどまっていることになるでしょう。

初めて訪れた町のたたずまいや家並みが、それが外国のものであっても、ふと、とても懐かしく感じられることがあるでしょう。たとえば南欧の小さな古い町かなにかで……。近くの喫茶店などに入って街角を眺め、人々の（何をいっているのかわからない）穏やかな話し声に耳を傾ける。それはいささか感傷的な経験ですが、午後の日ざしを受けた古い街角の静かで平和な人々の日常生活がなんとなく懐かしく感じられ、夕暮れが訪れて白壁についた小さな窓に灯りがともると、ふとそこで誰かが私の帰りを待ってくれているかのような錯覚に陥るのは、それが私の持つ、しかし個人を超えた普遍的な「ふるさと」のイメージと一致するからだと思います。それは私個人が生まれ育った場所を思い出させるというより、おそらく誰もが持つ「ふるさと」の心象を刺激し、揺さぶり、誘い出すのでしょう。こういうわけで生まれたところを離れたことのない人には「ふるさと」（心理的ふるさと）がない、という逆説があるのではないでしょうか。

　では、「ふるさと」を離れるとはいったいどういうことか。現実ではない、イメージの上での「ふるさと」とは、一口にいって、愛情に包まれて安心し切っていられる温かい場所で、寒風に吹き曝されて震えながら何もかもひとりでしなければならない、ということはないわけです。言い換えれば、ふるさとを恋う人間とは、ほんとうに頼りになるものは何ひとつなく、たったひとりになって、すべてのことを自分で考え、決め、それに対して責任を負いながら、しかもその決断が正しいという保証は何もなく、いわば見知らぬ世界に放り出されていつも不安であるような人間だ、ということになりましょう。そういう人には「ふるさとのイメージ」が生まれる、というより目覚めてきます。

　生まれ育った土地であっても、そこが現実の生活圏である限り、それは第二の意味の「ふるさと」ではない。第一の意味の「ふるさと」は、そこを離れた人間にとって初めて、第二の意味での「ふるさと」と重なってくる、といえるなら、同様なことは親との関係にもあるのではないでしょうか。

親との関係がいま・ここでの現実的生活関係である限り、「親」は「ふるさと」とは重なりにくい、まして後述の第三の意味での「ふるさと」の象徴とはなりにくいのです。

しかし、もし以上のようだとすると、「ふるさと」を出て、「心理的ふるさと」を恋うようになるについては、ただ時間的・空間的に生まれた土地を離れるのとは違った事情が関与しているといえます。つまり、そのとき人は孤独な自我となる、ということがあるからです。換言すれば、自我が自我として独立するとき、人はいわば「ふるさと」を出る経験をするからです。自我は突き詰めていえば、まったくひとりきりになってなにもかも自分でする、つまり正しいという保証のない決断を行い、自分で自分に全責任を負い、さらに自分の決断が影響を与える他人に対しても責任を負うようなものです。だから自我が自我となるとき、自我はいわば密着した情的依存関係の「ふるさと」を出て、さらに自分自身との親しい関係からも出て、ひとりきりになるのです。この意味では「ふるさと」を出たことのない人間でも（親を失っていない人間でも）、ほんとうに孤立した自我となるときには、やはり「ふるさとを出る」経験を持ち、したがって第二の意味での集約された「ふるさとのイメージ」を持つようになるでしょう。ただ、蓋然性の問題としていえば、第一の意味の「ふるさと」を実際に（空間的・時間的に）離れてみないと、人間は孤立した自我にはなりにくいので、したがってその人には第二の意味での「ふるさと」のイメージも現実化し難いといえるのではないでしょうか。

「心理的ふるさと」とは、生まれ育ったところと重なってはいるけれども、やはりそれとは違うもの、きっとどこかにあると思われるのに、そしてここ、あそこの町や家、森や川がそれをほのめかしていて、どうかするとあの角を曲がりさえすれば、そこにあるようにすら思えるのに、実際はどこにもない、というようなものです。とすればそれは、何かの象徴としての現実性を持つほかはないでしょう。そして、その「何か」とは、それこそ人によって違うのではありますが、まさに「心理的ふるさと」が象徴する「何か」であり、それはちょうど生まれ育った土地としてのふるさとが、そこを離れた人にとっては「心理的ふるさと」と重なり、それを暗示するのと似ているでしょう。さらに突き詰めていえば、その「何か」とは、「すべて労するもの我に来たれ、我汝等をやすません」と語りかけるところ、帰ってくる人を無条件で受容する場所、無限に離れているのに、いま・ここと重なっているところです。これが第三の意味で、いわば「究極のふるさと」です。長くなりすぎるから、今日はここまでにしておきます。この先はサッちゃんのお返事をいただいてから書き続けたいと思います。

第三のふるさと

得永幸子　一九九四年十二月十二日

書簡とは直接関係のないまったく個人的事情で、ここしばらく、私自身のなかで怒りや苦痛といった否定的感情が繰り返し繰り返し立ち上がることが多く、気持ちがかなり内側に向いています。不安定な状態のなかで、なんとか自分の日々の生活を成立させ、自分の生き方のペースのようなものを崩さずにいようとすることは、かなりエネルギーのいることです。そうすることが正しいことなのかどうかは定かではありませんが……。

こんなときこそ、「ふるさとなるもの」を切実に求めそうなものですのに、「ふるさと」という字を見ただけでもなぜか八つ当たり的に苛立つという現象がありまして、私はもしかすると、重症の反抗期にさしかかっているのかもしれません。

さて、反抗期にまかせていくつかお尋ねしたいと思います。先生の「第一のふるさと」は「第二のふるさと」、すなわち「心理的ふるさと」に対応していうなら、「生理的」あるいは「生物的ふるさと」ともいえるのでしょうが、「心理的ふるさと」が意識されてくるには何か非常に根源的な、あるいは人間の発生学的ともいえる指向性が関わっているような気がしています。「第一のふるさと」から出ること、あるいはさらに失うことが逆説的に「心理的ふるさと」のイメージを明らかにさせる、時間的あるいは、意識的契機となる。しかも、そうとう重要な契機となる、という点については異論をさしはさむつもりはありません。

それでもこだわるようですが、「第一のふるさと」の喪失は「心理的ふるさと」の成立の根拠ではないと思います。契機と根拠は違うと思います。まだ幼い八、九歳の頃ですら、私はよく草はらに寝転んで夕空を眺めては、「あそこが懐かしい。あそこに帰りたい」とひとりで感傷に浸ったものです。そして日が暮れるにつれて物悲しくなり、「私はいったいどこからきたのだろう。どこにいくのだろう」と考えたりもしました。もちろんその頃、私は故郷で家族とともに生活しており、多少孤独癖はあったもののさほど早熟な子どもではなかったと思います。もういくぶんかは自我を意識し始めていた。でもまだ輪郭のはっきりしない自我を生きていたと思います。私たちは「第一のふるさと」にすっぽりと包まれて生きていながら、なおもどこかで「ふるさと」から遠く隔てられて生きていると感じる何かを内にもっているのではないでしょうか。もちろんそれはイメージの萌芽のようなものにすぎないのでしょうが。

そして、その萌芽が「第一のふるさと」の喪失によって、一気にイメージとして結実するのだとすれば、しかも「心理的ふるさと」を「第一のふるさと」に重ね合わせることで、イメージがいっそう純化されるのであるとすれば、「心理的ふるさと」は始めから破れているのではありませんか。思慕が深ければ深いほど、憧れが強ければ強いほどその破れも大きいのではありませんか。たしかに「第一のふるさと」はこの世にある世界のうち、最も「心理的ふるさと」に重なる度合いが高いと思います。でも、その二つが完全に重なることはけっしてないのではないでしょうか。

以前先生は、「親をなくしたらふるさとが見えてくる」と仰いました。それは「心理的ふるさと」が「第一のふるさと」と重なり合って私たちを包んでくれるということはけっしてありえなくて、それだから私たちは第一でも第二でもない「第三のふるさと」を求めざるを得ないのだと決定的に知らされるという意味だったのでしょうか。それならば、「第一のふるさと」を、つまり故郷や故国を失い、親を失うことと、「第一のふるさと」に抱かれつつ「第一のふるさと」の効力が失われたことに気づくという仕方で「第一のふるさと」を失うこととの間にある、決定的な経験の差とは何なのでしょうか。

もちろん、私は故郷や故国、そして親を失うという経験を軽んじる気は毛頭ありません。かつてルームメイトだったベトナム難民の少女が、私などうかがい知ることすらできない根っこの喪失感にどれほど苦しんでいたかを垣間見ましたから、国を失うことは、故郷を息苦しく思うことと同じだなどという気はありません。親をなくした友人たちを身近に見て、その経験の重さをいつかは自分も背負わなければならないものとして、その同じ重さに耐えられるだろうかと思うとまるで自信がありません。そのとき私はいまの何倍も切実に、激しくひとりの自分を知ることになるだろうと思います。それでもなお、いま自分の求めているものが、「心理的ふるさと」が「第一のふるさと」と重なり合えないところでしか見えてこない何かであることは確かだと思うのは、私の思い上がりにすぎないのでしょうか。

そして、時間的には一番最後に見えてくる「第三のふるさと」が、発生的には一番最初なのではないかという気もしています。ある意味でそれは〈私〉の存在の根源のようなものではないのか。この世に生を享けたというその事実自体、「第三のふるさと」から隔てられるという経験ではないのか。だから私たちはそこへ還っていこうとする根源的指向性をもっているのではないか。「心理的ふるさと」は、それについてのひとつの意識のかたちなのではないか。そんなことを考えながら、一方で「第一のふるさと」が「心理的ふるさと」と相克しあう日常にいともだらしなく苛立ち、苛立ちのゆえに不当にも「第一のふるさと」に呪咀(じゅそ)を浴びせ、そんな自分にいっそう苛立つという私です。

根源への郷愁

八木誠一　一九九四年十二月十四日

なかなか切れ味のよいカウンター・パンチで、Q&Aではあるまいし、せっかく対話をしているのだから、しかるべき「反抗」がなくてはやり甲斐がないのですが、あそこまで全部いわれてしまうと当方書くことがなくなって、まいったね。でも問題がいろいろ出てきて、もう一、二往復で終わりかと思ったけれど、この調子ではもう少し続くのかな。

まずは横道から。九月末に四国学院大学で日本新約学会があって善通寺を訪問することができました。もろもろの事情で集中講義がなくなり、もう善通寺に行く機会はあまりなさそうだから――サチャコ・コンサート（サッちゃんとチャコ）へは何とか駆けつけたいと思っていますが――、この前に行ったとき、みなさまにお会いできたのはほんとうに幸せでした。「花岡」のマスター主催の月見の宴にも連なったし、親しい方々と美酒珍味を楽しみながら歓談もしたし、お月見の夜は宿に酔って帰ったのに床についたら目が冴えてしまった。

名月や見え隠れして寝つかれず

手帳をひっくり返してみたら、一九七五年十月に日本キリスト教学会が四国学院であり、多分そのとき初めて善通寺へ行ったのです。学会のあとだったたか、「宗教の言葉」について講演をして、その夕方、ヨーちゃん〔八木洋二〕の家でパーティーがあった。一九七九年からは集中講義その他でほとんど毎年、善通寺へ行きました。サッちゃんに初めて会ったのも七九年のことでしょう。集中講義のあと、みなで小豆島に遊びに行った。

瀬戸内にけぶる島山幾重にも重なり行くも我が思い出は

善通寺は、ぼくの「心理的ふるさと」のイメージと重なっているようです。だから本題に帰ると、仰る通り根拠と契機（機縁）とは違うので、第一のふるさと（実際に自分が生まれ育ったところ）の喪失は――それが空間的に故郷を離れることであろうと、あるいは故郷の只中でなにほどか孤独な自我となって愛情で密着した生活の外に出ることであろうと――、それは第二の心理的故郷のイメージ活性化の機縁であって、根拠ではありません。ただ、第一の意味での故郷喪失による郷愁がないと、第二の心理的郷愁はむしろ単なる他郷への憧れとなって、望郷とはならないでしょう。というのは、この憧れがほかならぬ郷愁を含むと認知するためには、どこかで望郷ということを経験的に知っていなくてはならず、それは具体的にはやはり第一の意味での望郷であろうからです。

こうして第一の意味での郷愁が、第二の「心理的ふるさと」恋しさと重なり、ないし後者を喚び起こすとしても、心理的郷愁にはもともと経験的現実性はないのです。事実として実際に「あそこ」にある生まれ故郷とは違って、「心理的ふるさと」は「あるはずで、どこにもないもの」という矛盾した性格のものです。そういえば、町田の里にも収穫期には祭礼の太鼓の音が聞こえてきます。

そこに仄(ほの)かにふるさとを感じても、ぼくは所詮よそ者にすぎないのです。

ここもわがふるさとならず秋祭

第二の「心理的ふるさと」は仰る通り破れを本質とするもので、それはあらゆる憧れの場合と同様だといえるでしょう。破れているから、実際にはないけれどあるはずだから、自分を超えたもの(つまり第三の意味でのふるさと)の暗示また象徴となるわけです。ところで、第三の意味の故郷とはたしかにわれわれの生と死を包むもの、といってもそこから生まれてくることが、そこを「出る」ことではなく、むしろわれわれが「自我」となることがそこを離れることであるようなものでしょう(だから、ここには第一の故郷喪失との類比があるわけです)。だから「存在の秩序」からいえば、仰る通り、まず第三の意味での故郷があり、その喪失がこころの奥底に根ざす漠然とした、でも強い郷愁の根拠であるわけです。つまり、この故郷喪失をかなり歪んだ仕方で自覚している集合的無意識があるので、これが具体的な故郷喪失の経験を「機縁」として活性化されると「心理的なふるさと」のイメージを喚び起こし、「あるはずで、ないもの」への郷愁を生み出すように思われます。だから経験的には、存在の秩序とは逆の順序で、さまざまなレベルの郷愁が現れてくるわけでしょう(認識の秩序)。

いささかプラトン風にいうと、まずイデアがあり、それから本来それを宿しているのに、それを忘却している理性があり、第三に理性にイデアを想起させる経験的事物があるのだけれど、われわれの理性は経験的事物を見るとイデア界を想起してこれに郷愁を抱き、ついにはそこに天翔け戻ろうとする、というのに似ているかもしれません(プラトンの本質は詩人です。元来哲学者というものは理想主義者ではなく、アリストテレスのように、ずっと醒めた現実家なのですから)。結局、「認識の秩序」からいうと、郷愁には第一に「そこ」と特定できる「ふるさと」へのものがある。でも故郷には帰れないし、仮に故郷に帰ったとすれば多かれ少なかれ幻滅するだろうから、そこで第二の「ここではない、どこかにあるはずのふるさと」に対する心理的郷愁が喚び覚まされ、その根は実は無意識のうちに第三の故郷、「あそこ」が同時にまた常に「ここ」であるような「根源」——イデアとは違ってかたちのない、かたちのもとですが——に対する郷愁であるわけです。

さて第三の故郷ですが、これは「ここではない、どこか」を求める気持ちの底に、「どこでもいい、だから、ここ」に落ち着く気持ちが出てくるとき、それも、無理矢理にそう思い込むのではなくて、自然にそういう気持ちになるときに、つまり自分も世界も歴史もひっくるめてそのまま受容する気持ちに自然になるときに、ほかならぬ「ここ」こそが求めていた「そこ」だ、とわかるようなものです。そういう「自然」がほんとうにある、というのが、ぼくの伝道といえば伝道なのです。その「自然」こそが、実は第三の「ふるさと」そのものだともいえるのです。

ところであの「北海体験」の本質が何なのか、そろそろサッちゃんのもっと詳しい自己分析を聞いてみたいですな。もしかするとそれは、「ふるさと」などとは何の関係もないものかもしれず、もしそうなら、この往復書簡全体がコメディー・タッチのハッピーエンドになるわけです。

時の変容のエネルギー

得永幸子　一九九五年一月二十九日

やっとお話が「第三のふるさと」に辿り着いたようでほっとしたら、またまた、話題は私の「北海体験」の精神分析に向いてしまうのでしょうか。先生が何を示唆したがっておられるのか、振り向きざまのカウンター・パンチで暗示的にいわれるので、正体がよくわかりません。よくわからないので答えようがないのですが、私なりの「北海体験」は、「私という存在の匿名性」（一九九〇年十二月二十六日の手紙）、「北海の経験」（一九九一年七月三十一日）で詳しくお話した通りです。たしかに先生の仰るような意味では自己分析が全然できていなかったかもしれません。そうお思いだからこそ、いま自己分析を迫っておられるのでしょう。でも、ちょっと待ってください。体験を言語化して他者に話そうとする営み自身、相当反省的・分析的行為ではないでしょうか。もちろん私自身、自分の深層心理を問うという意図はありませんでしたが。それよりも、私にとっては経験そのものが、とても魅力的で豊かで新しかったのです。ですからできるだけ、経験の内容をそのままに言葉に留めたかったし、経験を通して私のなかに見えてきたひとつの方向性こそが私を惹きつけてやまなかったのです。

「還(かえ)っていくところ」という言葉でしか表せなかったこの方向性は、帰国後この地で生きていくという覚悟のようなものが定まるにつれ、かえって大きな意味を持つようになってくるようです。この往復書簡で「第三のふるさと」がいつしか話題の中心になってきたのには、少なくとも私にとっての必然的な流れというものがありました。

たしかに、もしかすると出発点としての北海は「ふるさと」とはなんの関係もないものだったかもしれません。たとえそうだとしても、そしてたとえ自己分析あるいは精神分析を通してそれを確かめたとしても、確かめたこと自体がハッピーエンドを意味しないのではないでしょうか。出発点がずれていたとしても、北海が「還っていくところ」への希求を触発する契機となったことは確かですし、帰国後八年目を迎えようとしているいまの私にとっては、「第三のふるさと」に抱かれたいまを他者との関わりのなかに経験したいという願いこそが切実だからです。あえて北海と「ふるさと」とを切り離す必然性がありませんし、切り離しても、もし「ふるさと」を希求することが、人間にとって根源的な願いであるならばいったん抱いた願いをそっちのけにしてハッピーエンドになんかいたれそうもありません。それとも「北海体験」の深層心理を分析するまでは、私には「ふるさと」を理解することはできないというのなら話は変わってきますが……。

さて、私にとって北海は、いまは遠い記憶のはるかな背景のなかに沈んでゆきつつあります。たしかにとても心地のよい安心させてくれる背景ではありますが、背景は背景であって、主題ではありえないのです。こう書いてみて、往復書簡を交わしつつ生きてきた年月は思いのほか濃密な時の重なりであったのだと思わされています。あの北海すら背景にしてしまう、時の持っている変容のエネルギーはすごいなと、素直に驚嘆してしまいます。そのエネルギーに身を任せることのうまさ……いえいえ単なる節操のなさも相当なものかもしれませんが……。絶えず動いていく日々の生の営みのなかで、「第三のふるさと」は刻々とどのような姿を表すのだろうか。どう経験されるのだろうか。それがいまの私にとって最も深い謎です。ほんとうに日々深まる謎です。すべてが赦されている、自己も他者も無条件に受容されている、と初めて感じたとき、私のなかに喜びが湧き立つ代わりに、なぜ何か悲しみにさえ近いような森々とした静けさが生まれたのか。怒ることの少なくなった日々、怒りの代わりに私を満たしてくるのは、やはり哀しみであり、それは虚無ではないにしても老いの感覚に近いような気がするのはなぜなのか。それなのに、怒ること、裁くことの多い日、どこかで爽やかさ、若さが自分に戻ってくるように感じるこの不思議。啖呵を切って他人をなで切りにしている自分に思わず惚れ惚れしてしまうこともあります。これが不思議でなくて、いったい何でしょうか。私にとっては深淵のように感じられるこれらの謎を、自分自身に問わずにはいられませんし、先生にもお尋ねしたいと思うのですが、「実際に歩くのは自分でやっておくれ」と仰られると、あとの続けようがなくなってしまいました。

「第三のふるさと」のお話もあとを続けようがないのでしょうか。それで北海の経験分析へ、つまりお話の出発点に回帰してしまうのでしょうか。また、そこに話を戻すには北海は私には昔になりすぎました。ぐるっと回って還ってきた北海と旧くて新しい出会い方をするには、まだまだ生き方が足りない気がします。いまの私は北海を遠い海鳴りのように聞きながら、目の前に広がるこの海に漕ぎ出してゆきたいのです。

象徴・現実・神秘

八木誠一　一九九五年二月七日

もうかなり前、P・ティリヒ〔ドイツ生まれのプロテスタント神学者。アメリカで活躍。一八八六―一九六五年〕が来日したとき、久松真一〔哲学者・仏教学者。一八八九―一九八〇年〕と対話したことがあります。それは京都竜安寺の石庭を前にしての対話であったと思います。そのときティリヒは、石庭はある究極的なるものの象徴だと言い、久松先生は石庭はそのままひとつの現実だと語っておられたのが印象的で、記憶に残っています。というのは私には石庭はそのどちらかだというものではなく、両方であるように思われたし、いまも思われるからです。石庭との出会いはたしかに一面では石庭という現実自身との出会いにほかなりません。しかしそれは同時に、石庭が私のなかに喚び起こすものであり、それは東京にいてもイメージとして残っていて、そのイメージは私のなかに何事かを喚び起こし続けるわけです。石庭と出会うとき、それはイメージとして残らないひとつの現実との出会いなのですが、それがイメージ記憶として残る限り、それはさまざまなイメージに解消されない限りなく喚び起こし、それらはまたさまざまな反応を私のこころのなかに喚び起こすのです。そのときイメージは、すでになにほどかそれが喚び起こすものの「象徴」となっていて、それはまた同時に私のこころの表現となっている面もあるわけです。

サッちゃんの「北海体験」にもそのようなことがあるのではないか、と思えたのです。それはそれ以上、分析しようのないひとつの現実経験であり、それを言語化する行為は、その経験にかたちを与え、自分のなかに組み込み位置づけることですが、それと同時にその体験はひとつのイメージとして「象徴」また「表現」の意味をもつのではないでしょうか。

「ふるさと」というと、おそらくは多くの人が、厚いコンクリートの壁に囲まれエアコンの効いた人工照明の部屋で、記号化された情報を処理しながら大量の仕事をこなしている人為の世界ではない、緑豊かな、やさしくもあればおそろしくもある、懐しくも不気味な「自然」に抱かれた里を思うのではないでしょうか。しかし、もしこれ以上、「第三のふるさと」について語るとすれば、私たちはキーワードを「ふるさと」から「神秘」へと、つまりいっそう未知なるものへと、超えてゆかなければならないようにも思います。住み慣れた「この地で生きていく覚悟」を決めたサッちゃんは、まさしくなにもかもが既知に見える「この地」の底に、暗い世界から明るみのなかへと流れ出す「地下水」を掘り当てることにならざるを得ないのではないでしょうか。

第二章　成熟の風景

――捨てる季節の自我と他者――

捨てる季節に

得永幸子　一九九五年九月三十日

夏に久しぶりにオペラ公演に参加しました。乞食の役で出演しました。もともと私には主役をやりたいとか、いわゆる二枚目役をやりたいという拘泥はほとんどなく、どちらかといえば悪役、汚れ役のほうが燃える性ですから、実をいうと大変楽しくやれました。やるなら、オペラや演劇は汚れ役に限ります。悪役、汚れ役が存分にその作品の影の面を彫り込み、脇役やその他大勢の群集が生き生きと地の部分を描き出したとき、初めて主役が主役としての華を咲かせられる気がします。私には能力的にも、いわゆる華があるかないかの点でも、主役はあまりむきません。もしやらせてもらったとしても、たぶん優等生的で堅くって、つまらないだろうと思います。それはそれで私の永遠の課題なのですが、なぜか汚れ役をやっていると、汚れること自体を無条件に楽しんでしまうのです。主役や準主役を盛り立ててあげようとか、この舞台での自分の役割をちゃんと果たそうとか、始めのうちは考えたりするのですが、稽古が進むにつれて、そんなことはどうでもよくなって、乞食だったら乞食にのめりこんでしまいます。地としての自分の役割を踏み越えて、図になりたがったりして、危ういこともままあります。なにしろ本質的に目立ちたがりやなものですから。

それにしても、なぜ汚れ役はこれほど魅力的なのでしょうか。想像するに、汚れ役の役作りは、捨てるところから始まるからではないかと思います。健全で善良な市民としてのさまざまな日常的所作や表情、言葉使い、音楽家としての教養や矜持を捨てよと、役が要求します。ときには長年苦労して身につけた発声法を裏切るような声を要求されることもあります。もちろん、どんな二枚目役でもほんとうは同じことなのでしょうが、汚れ役は役をもらったそのときから捨てる作業が否応なく始まってしまいます。しかも自分の表皮を何枚か脱ぎ捨ててみると、どんな悪人でも、魔女ですら、たいていは始めから自分のなかにいるのを発見することになります。それは恐ろしくもあり、ひどく魅惑的でもあります。たとえ、それを前にしていったんたじろいだとしても、表皮を脱ぎ捨てると出てくる新しい、けれどどこか懐かしい自分が——原始的な自分とでもいえそうですが——、役のなかで水を得て生き生きと動き始めると、捨て切れずにいた恥かしさやプライドなどといったものは、その原始的エネルギーによって、ひとたまりもなく吹き飛ばされるに違いありません。自分のなかに、ある意味で封じ込められてきたこのエネルギーが舞台という状況のなかで解放されていく。役という肉体に宿り、作品という時間を生き始める。それらは制限であると同時に強力な磁場でもあるのです。それに身を委ねる快感は、許された生を生きるものの最も原初的体感に極めて近いのではないかという気がしてなりません。脱ぎ捨てることが魅惑的なのは、きっとそのせいです。

そうして私は乞食の役をほんとうに楽しみました。何も持たず、何にも属さず、何も為さず、何も残さず、そして何の意義もない、人間社会の価値をみんなきれいさっぱり持たない人、動物のような即身性でべったりと地面に張りついている人、その生こそが天賦の生であり、それをそのまま生きている人。それゆえの迷いのなさと靭（つよ）さ。かつてニースで会ったジプシーたちの濃い輪郭をなぞるようにして思います。ジプシーたちは捨てることでそうなったのではなく、始めから与えられなかったのです。与えられなかったから、持っていないのです。ですから、そこには恥や後悔や言い訳は存在する必要もありません。それは現実の生において、私が余分なものを捨てようとして捨てられずにもがいたり、失ったことに気づいて立竦（たちすく）んだりするのに比べて、なんと自然でそれゆえ毅然とした生のあり様だったことでしょうか。ジプシーと出会った当時、私はまだ捨てようとする契機よりも獲得しようとする契機のほうがずっと優勢な時期にいました。それでも、私は彼らに魅せられずにはいられませんでした。以前別のところで彼らとの邂逅については書きましたが、それ以来、ずっと彼らに憧れと畏（おそ）れとを持ち続けてきたような気がします。そしていま、自分の人生について抱いてきた多くの幻想を少しずつ捨てていく長い季節の始まりを迎えた私にとって、ジプシーははるかな道程のかなたをひたひたと歩んでいく、遠くて懐かしい人々になりつつあります。舞台の上で乞食を演じることで、もしかすると彼らの息遣いをもう少し身近に感じられるかもしれない。そんな想いもありました。ほとんど歌う部分のない役でしたし、もっと出番の多い、したがって歌う部分もずっと多い役から事情があって替わった後でもありましたので、いっそう、彼らの背中に呼びかけたい気持ちが募っていったのかもしれません。

歌い手が舞台の上で声を出さずにいると、まるで何も為さず、何も生み出さず、何も残さない生のあり様を、垣間生きるよう求められるかのようでした。たしかに私にとって舞台の上での空虚はそのまま人生の空虚を意味してしまうのです。歌わなくても、舞台で生きられるか、役らしい役無しに舞台を楽しめるか。動きさえなくても、舞台で呼吸し続けられるか。舞台で凝縮される人生そのものの空虚を、これから長い時の流れを経て深まっていくに違いない過程において、天賦のものとして受け取っていけるか、不遇の嘆きなしに、むしろ約束された自由として味わえるか。二重三重の問いを投げかけられての乞食でした。いま現在の私はこの問いに対して、ノーとしかいえません。むしろ全力を振り絞って、「私に活躍の場を頂戴！」と絶叫したいのが正直なところの私です。同時に、捨てる季節の確かな始まりを耳の奥で聞いてもいますから、いっそう追い立てられ、怯えるのでしょう。

だからこそ、乞食の役を楽しんでやれたことで、救われた気がしてなりません。前奏曲が始まったときからずっと、出番のない間、上手の袖幕（そでまく）の影に蹲（うずくま）っていると、まるでずっと以前から舞台となっている町で棲息してきた乞食のような気分になった自分、後から写真をみると、おねだりをする子どものような翳（かげ）りのない表情で物乞いをする自分に、かすかな希望を見出している今日この頃です。

ゴッホの死

八木誠一　一九九五年十月二十五日

　もうこなくなったかと思っていたお手紙が着きました。乞食役を楽しんでいらっしゃる良家のお嬢さま、まるで一度、地下道でダンボール箱に寝てみたいと思っている金持ちのお坊ちゃまみたいだ、なんて冷やかしたら、みもふたもない。実際はちょうど日曜日だったし、寝椅子にひっくりかえってお手紙を手にしたまま、長いこともの思いにふけりました――「演技すること」と「捨てること」との関係如何（いかん）、とか。サッちゃんのお手紙を了解するのは必ずしも易しくはないからね。ところで考えたことの一部分をお伝えしましょうか。それは、もし――仮に――ぼくがドラマに出るとしたら、いったいどんな役柄だろうという、いままで思ってもみなかったことなのです。

　そもそも歌劇や歌舞伎や演劇というものですが、これは観ることは観るけれど、ぼくにとっては自分でやる気はまるでないというジャンルなのです。それは子どものときからで、邦画にしても、当時子どもたちまで熱狂した坂東妻三郎や嵐寛寿郎は映画で観たかどうかすら記憶が定かでありません。原節子や長谷川一夫や大河内伝次郎は戦後になってからテレビで観たのだと思います。好きだったのは笠智衆で、地味な演技に人生のペーソスをしみじみと漂わせたものです。

　ぼくは、そもそも脚本なんてものを書いたことがない。もし書くとすれば、そうですね、いつか友人から「お前は主役になっていないと機嫌が悪い奴だ」といわれたことがあります。そうなら、私が主役、いや独演でしょう。つまりパントマイム。題して「ゴッホの死」。

ゴッホが写生に出かけます。崖の上に出てひろびろとした田園風景を描き始めます。突然あたりが暗くなり、空にオーロラのような、もっとどぎつい赤や黄や青の光が現れて、ぐるぐると回り出します。驚いてゴッホが立ち上がると、目の前に厚いガラスの壁ができていて進めません。舞台は突然現代都市のビルの屋上に変わります。ガラスの壁越しに光が渦を巻きます。歩き出したゴッホは、四囲をガラスの壁で囲まれているのに気がつきます。その壁は少しずつ、ゆっくりと、でも確実にせりだしてきて、動ける空間が狭くなるのです（なにもないところに、壁があるかのように手で叩いたり、押したり、押し返されたりするのが演技の見せどころ）。空間は次第に狭まって、ゴッホはついに両手を挙げたまま動かなくなる。光の乱舞。この間、音響は一切なし。幕。

これではあんまりだ、というなら、最後に雷でも鳴らしましょうか。稲妻と雷鳴でガラスの壁が音をたてて砕け散ります。バッタリ倒れるゴッホ。妖しい光が消えて、夜空一面に星が現れ、そうですね、何にしましょうかね。アルビノーニの「アダージョ」が聞こえてくる……でも「倒れたゴッホ」は結局何かを「捨てた」んですかね。

春雷や我も独りと嘯（うそぶ）けり

いま・ここでの驚き

得永幸子　一九九五年十一月四日

　昔、大学に入学したばかりの頃、私は日本では最も過激だとされる左翼系の障害者運動の団体に関わっていました。なにしろ、極めて真面目な社会福祉学科の学生でしたし、正統的な障害者でしたので、ある時期までかなり本気で活動していました。さまざまな活動のなかに、障害を持たない学生ボランティアが擬似体験として、車椅子に乗ったり、目隠しをして歩いたりというものがありました。初めて車椅子に乗って素朴に驚き、感動したことを興奮しながら語る学生に、活動歴の長い古参の障害者が決まって浴びせかける台詞が、「車椅子に数時間乗ったからといって、われわれと同じ体験をしたなどと思うな。なぜなら君らはこの後、車椅子を降りて、歩いてうちに帰り、もう二度と車椅子に乗ることはないだろう。しかし、翻ってわれわれはもう二度と車椅子から降りることはできないからだ」というものでした。学生の新鮮な想いがいっぺんに空気の抜けた風船のようにしぼんでいくのを、何度見たことでしょうか。車椅子から降りられないということが、この人間関係の状況のなかではある種の優越感または不可侵の領域のごとく語られることに、まてよと思ったことが、この運動から私が離れた最初のきっかけだったように思います。

　良家のお嬢様が乞食役を楽しむという前信十月二十五日のお手紙の冒頭を読んで、すぐ思い出したのがこのことでした。良家のお嬢様かどうかはさておき、私自身、自分が骨の髄まで小市民、それもひどくまっとうで当たり前の小市民であることは否みようがないと自覚しております。本物の乞食とはかけはなれた日常を送り、万が一にも将来乞食になりそうもありません。そうなるには用心深過ぎ、小心者でありすぎる自分もよく知っております。たしかに、乞食ではないから乞食役が楽しめるのであって、本物の乞食なら楽しいどころの騒ぎではないでしょう。舞台の上での乞食役は、現実の乞食ではありえません。どんなに名優が迫真の演技をしたところで、それはあくまで演技でしかありません。舞台というひとつの場の上でのみ成り立つ切り取られた世界です。しかし、その一片の模倣の世界があたかも現実の世界そのままのように人々を映し出したり、ときには現実の姿以上に現実の世界の本質をえぐり出したりすることさえあるのではないでしょうか。その一種の魔力に取り憑かれて、人は舞台に立ち、劇場に足を運ぶのだろうと思います。

この魔力に身を委ねること、そのとき自分に起こるであろう身やこころの揺らぎを自分のものとして受け取ること、もしかしたらそれが舞台の上で「捨てる」ことかもしれません。舞台に上がる前に、何を捨てようなどと計算することはできません。予測もできません。こうなれたらと願うことはあります。願うだけで、願ったからといって叶う保証などまったくありません。願ったこととはまったく違う自分がそこにいてびっくりすることのほうがはるかに多いのです。そしてびっくりしている私は、当たり前のようですが、そのときの私なのです。十年後の私でも、十年前の私でもなく、そのときそばにいた誰か別の人でもなく、間違いなくそのときの私のなかの驚きなのです。十年後の自分から見れば、つまらないことでも、もっと厳しい修羅場を生き抜いている人から見れば、ただのお遊びでも、そのときの私にとっては驚きであります。そして驚きというのは、必ず何らかの変化を喚び起こすでしょうし、その変化はどれほど些細なものであっても、深く根を降ろす性格のものだという気がします。それさえも軽視するとなると、もはや演劇に限らず、いかなるパフォーマンスも無意味になってしまいます。

さて、先生の「ゴッホの死」はなぜゴッホなのですか。両手を挙げたままの死とバッタリ倒れる死とでは随分意味が違う気がしますが、どっちでもいいのですか。無音と雷鳴は先生のなかでは同じなのですか。それとも単にどちらでもよかったのですか。ゴッホが何を捨てたか、先生はほんとうに関心があるのですか。何も捨てっこないのに……と突き放しておられるのではないのですか。捨てるとか、捨てない、捨てられないといった青臭いお話は、先生にとってはお嬢様の戯れのように空しく響くしかないのかなという気がします。人生を足し算だけで考えていた季節が、いつのまにか終わっていて、ふと気づくと引き算を自分も始めていたのだと知る日々。「還っていくところ」が具体的な事柄として視野のかなたにかすかに見え始める季節。ささやかな乞食役が私にとってはそんな季節の移ろいに気づかされるまたとない契機になった、というお話だったのですが、うまく伝えられなかったようです。透明なガラスが私たちを隔てているのでしょうか。

八木誠一　一九九五年十一月十三日

無音の世界

今回は電光石火でお返事がきたので、いささか戸惑って返信を書いています。言いたいことが通じないなら、通じるまで語ることです。土台伝えたいことがすんなり伝わる世の中じゃないけれど、とにかくそのために口と耳があるのだから。いずれにせよ、演技をするなら楽しまなくてはいけません。この仮想現実の世界では、実生活と演技とのどっちがほんとうだかわかったものじゃないから、実生活で経験できない自分に舞台で開眼するのも人生の豊かさのうち。その生き生きとした経験を聞くのは楽しいものですが、サッちゃんもそろそろ山の向こうが見えるところまできちゃいましたか。ぼくなんかとっくに峠を越えているのだけれど、寒山拾得（かんざんじっとく）の枯れた境地にはほど遠いようです。

書物出てなほ寂しきに群れ咲けるすみれかたへにものを想ひぬ

ひとり行くほかなき道や蟬しぐれ

ところでなぜゴッホなのか。自分が書いたものを自分で解説するのは気がひけますが、かなり前、ゴッホ展をみたことがあるのです。一点ずつ見ているうちに何か変な具合なので考えてみたら、ゴッホの絵には「音」がないんですね。街角に人がいます。でも話し声が聞こえない。木々がありますす。でも、風にさやいではいない。馬車が橋を渡っているのに蹄の音がない。なにもかもしんと静まりかえっているのです。同じころ見たヴュイヤールの絵では居間で向かい合っている中年の男女が楽しげにおしゃべりをしていたし、横山大観の『生成流転』では、岩間から滴り落ちる水が集まって渓流となり、野を流れ街を流れて海に入るまで、ずっと水の音、林に吹く風の音、街の物音や人の声が聞こえていたのに……。

まるであの人は、目に見えない厚い壁で現実から隔てられているように思えたのです。よくゴッホは不幸な現代を先取りしていたといわれますが、肥大した現代人の意識――他者や自分や世界についての意識やイメージが、目に見えない厚い壁になって現実の語りかけを遮断しているのでしょう。現代人は、ややもすると自分だけの意識やイメージの世界に閉じ込められて、語る「声」も聞く「耳」もなくしているのではないでしょうか。仮想現実とは、それが肥大すればするだけ自由な空間が狭くなってゆくようなものなのです。ゴッホはそんな気違いじみた現代を、音が欠如した絵で訴えているように思われたのです。自他の自意識の重なり合いという見えない厚い壁に囲まれて窒息しかけている現代人は、実は死んだまま、なおも当の自意識に支えられて辛くも立っています。しかしほんとうは、厚い壁が砕けて支えを失い、バッタリ倒れなければ生き返れないのです。そのとき、ほんの小さな語りかけが、小さな虫の羽音すら、雷鳴のように轟き渡ることでしょう。

今日はなぜか書くスピードが遅い。この辺で筆をおかせていただきましょう。

得永幸子　一九九六年二月二十六日

自我は自我では破れない

久しぶりに寒い冬です。空気がパリッとして、光と翳(かげ)のコントラストが鋭い輪郭を描き出すような空を見ていると、こころのなかで何かがざわめき立ちます。縦方向への空間の広がりは、なぜか人を旅立ちへと誘うような気がします。ヨーロッパの黒々とした平原を吹き降りた風がアルプスにぶつかって起きる冷たい上昇気流。絶え間なくかたちを変える雲の峰。寒くて長くて暗い冬の夕暮れ、雲の切れ間に輝く薄水色の空。ヨーロッパの詩や小説に旅が繰り返し語られるのも、そうした風景と無関係ではないという気がします。当時ヨーロッパに長旅の途中で仮居していたような私が、さらにもっと何処かに向かって旅立ちたくなり、どこまでも旅を続けていけそうな気になったのも、あの空と雲のせいだといまでも思っています。そして、あの日々のひどく寂しいのに高揚していた自分が、ふと甦るような今年の冬です。

さて、電光石火で返信がいったのはたった一回。やっぱり、すぐにいつものペースに戻ってしまいました。きっと、これが私たちのリズムで、これを壊したら両方の調子が狂うのよ、などと都合のいい解釈を言い訳代わりにこれを書き始めています。それは、君のほうに具合のいいリズムで、こっちはいつもイライラさせられてるよ、という先生の声が聞こえてきそうでもありますが……ごめんなさい。

だいたい、もう何が言いたかったのか忘れたと叱られることを承知で、しつこくもう一度「捨てる」という話にこだわらせてください。「捨てる」という言い方をしたのは私のほうなのですが、それは少し違うのではないかと自分で思い始めているからです。私が捨てられないといってしがみつこうとしているものは、結局は私について作り上げてきた自己のイメージ、自分で作り上げた仮想現実のなかの主人公としての自分だと思います。そして仮想現実を作り出し、自分のなかに取り込み、それを保とうとする営みは自我の営みのはずなのに、それを破ろうとするにあたって、自我のはたらきに拠ったのでは、捨ててはしがみつくという無限の堂々巡りを繰り返すだけだろうと思います。「捨てる」という言い方をしてしまえば、主語は私であり、目的語も私だからです。自我は自我では破れない。自我は自我にしがみつきたいだけ。自我を破るには自我を超えるものによるのでなければならない。幻想を捨てようとするときに感じる生身を剝ぐような痛みが、そう告げているようです。

そもそも、「捨てる」ことは持っていた物事についてのみ可能で、持ってもいないものは捨てられないということも、忘れるわけにはまいりません。自己のイメージは、先回りして自分で自分にあてがった枠であって、幻想でしかないのに、「捨てる」といおうとするのは、捨てると言いながら実は、それが自分の物であって、所有権が自分にあるのだと主張しているのと同じことです。あるいは、たとえひとときも人生に訪れた最良の時があったとしても、それもそんな時があったというだけで、そんな時を所有していたわけではないのです。だから、その時が過ぎていくのを、「捨てる」と力んでいるのは、もしかしたら哀しいひとり相撲で、少し滑稽かもしれません。

それにしても、自己に対する幻想はしがみつけばつくほど自分を窒息させ、不幸にしていくのに、それでもなお、人はどうしてそこにしがみつこうとするのでしょうか。それが心地よいのならまだしも、苦しくてたまらないときにも、苦しいから余計にしがみつき、壁を厚くし、その内側で人生を呪っている。自己憐憫がひととき傷をコーティングしてくれるかもしれないからでしょうか。それはそれなりに、現実よりもまだしも耐えやすいと思い込むほどに、閉じることもあるのかもしれません。

幻想にしがみついても窒息し、自力で幻想を捨ててやろうと気負えば自分を切り刻むことになり、いまの私はその両方を往復する厄介な季節を迎えたようです。そんな私にとって、役柄という外からの力が、私の自己概念の輪郭を突き破って、私に捨て身を強いてくれる舞台は何にも替えがたい場なのです。

でもね、仮想現実のなかで、演技と実生活との区別がつかなくなるのは、ほんとうは危険な恐ろしい状況で、そのことを根拠に演技を楽しんだりなんて、とてもできないと思います。統合失調症の人が妄想を真に楽しむことなど可能でしょうか。演技は実生活ではないから、実生活を一歩踏み出た世界だからこそ、逆に実生活を映し出しもするし、実生活では破れない壁に突破口を開けてもくれるのだと思います。それを知っているからこそ、祝祭の時として酔い痴れることができるのではないでしょうか。

鬱

八木誠一　一九九六年十一月四日

前信をいただいたのが二月末、それには「自分を捨てること」とか「実生活と演技との違い」とか、大事なことがたくさんあったのに、ぼくは八カ月もお返事を書かなかったわけです。まったく弁解のしようもありません。実は家内が縦隔（じゅうかく）（胸のなかで、食道や気管が通っているところ）の癌で夏の間入院していたのですが、最近の癌治療の発達は目覚ましく、動注（どうちゅう）（癌に直結する動脈から高濃度の抗癌剤を直接癌に注入する）がよく効いて、先日無事退院してきました。いま放射線治療を受けに元気に通院しています。癌はもうとても小さくなり、やがて消滅するでしょう（再発の可能性はゼロではありませんが）。ぼくはその間、にわかチョンガーとなり、掃除、洗濯、炊事をこなし、病院に行き、自分の仕事をするひまがなかったのですが、それにしても生きるために必要最低限のことしかしなかったのは、実は神経科にいくほどではなかったけれど、要するに鬱病だったからです。ぼくはときどき鬱病になるんです。最初に気づいたのは『パウロ』（清水書院、一九八〇年）を書く約束をしたのに何も書く気がせず、やはり生活に必要な最低限のことしかしなかった一九八〇年春のことでした。夏を過ぎてやっと気力を回復し、一気に原稿を書いたのですが、友人の医者にその話をしたら、それは初老性鬱病だといわれて納得しました。ふつう数カ月続いて自然に治るんだそうです。朝、新聞を読まなくなると、かなり重症なのだそうですが、ぼくはこの二、三カ月ほど、学術書はおろか新聞も読みませんでした。もちろん、ものを書くことなど論外でした。

鬱病というのは、どこも痛くも痒くもないし、とくに心理的な不安などがあるわけでもないのです。ただただ気が重くて疲れやすくて、なにもかも面倒で億劫で、ちょっとしたことをするにも一大決心が必要で、結局なにひとつやる気がしないのです。ちょうど鬱の期間がほぼ夏休みと重なっていたし、仕事に追われることもなかったから、家事以外ほとんど何もしませんでした。鬱病だと、ちょっとしたことがひどく気になるのだそうですが、ぼくも、チャコ（新宮久子）からきた会費の催促のなかに、「『八木氏は六回も投稿しておきながら、一度も合評会に出てこないのは怪しからん』という声が同人から出てしまった」と書いてあったのが、とても気になるのでした。ぼくは、合評会の通知がないのも、出欠の問い合わせがないのも、編集部の思いやりだと理解していたのですが、これは甘えだったのでしょうか。あるいは、合評会に出ない同人は除名するという慣行ができたのでしょうか……。

さて、鬱病もいまやっと治りかけているようです。学会はみなキャンセルしましたが、前から約束していた講演と授業はとにかく済ませています。それから溜まりに溜まった手紙への遅い返事を、急ぐ順、気の向いた順に書き始めたところです。この手紙はその三通目というわけで、恩に着せるわけじゃないけれど、これでも順位は上のほうなのです。

まず、大急ぎで二月二十六日のお便りへの返事を書くと、自我へのこだわりは、仰る通り、捨てようとしたら、捨てようとする自我が立ちますから、捨てることはできません。我執は捨てるのではなくて、痩せ衰えて枯葉みたいに落ちるものです。自我の突き詰め方によっては、そういうことが実際にあるのです。それから現実と演技との違いは、われわれが現実だと思っているものは実は大部分仮想現実なので、だから演技というものも実は劇中劇なので、自分のありのままに気づいて実生活と演技との区別をつけるのは思うほど簡単なことではなく、まずは両者の区別がなくなっているらしいと気づくのが、そもそもこの区別の始まりになるようなものなのです。

これはとても大切な問題ですが、いまはまだ難問を論じる根気がないから、勝手ながらこの問題については今回はこのくらいにさせてください。そうそう、「ゴッホの死」というパントマイムを十月二十五日のお手紙に書きました。これも目に見えない仮想現実の現実性にかかわることですが、夏前、多摩センターという、多摩丘陵を開発して作った人口数万の住宅地の中心にあるモダンな広場で、男が「ゴッホの死」そっくりのパントマイムを演じていたのにはびっくりしました。ぼくが見たときは、男に周りから目に見えない壁が迫ってくるところをやっていました。ただ、終わりの部分では、男は天井にある穴をみつけて、そこから脱出するのでした。恐怖が伝わってくるような演技ではなかったし、見物人はなんのことか解らなかったようです。パントマイムの原作者が誰か聞くことはようしませんでした。まさかどっかで『風跡』を読んだわけではないでしょうから、あいうものは誰でもが思いつくことなのでしょうかね……。

無為に過ごしている間、来し方行く末などもおろおろ考えましたが、この文通を始めたころ、伝道をするとかなんとか書いたように思います。それからぼくは直腸癌の手術をしたりなんだりで、まだいわゆる伝道にはいたっていません。今年になってから、米人の教授で、毎週ぼくの研究室にきて、一緒に「仏教とキリスト教」の勉強をしている人があります（五月にはドイツ人の牧師がきました。日本人はほとんど寄りつきません）。ぼくはこの問題をほんとうに、つまり頭ではなく、体で解ってもらうことが、ぼくの考える伝道だと思うようになりました。学ぶほどのことを学び、考えなければならないことを考えて、やっと人に自分が身につけたものを教えられるようになったかと思ったら、もう六十を過ぎていたわけです。

ついでに自分には結局何が一番むいていたのかと考えると、いろいろやってみたけれど、やはりいままで一番力を注いできたことが、一番むいていたことだったような気がします。たとえば、ぼくは高校生の頃、ほんとうに音楽好きで、もし子どもの頃から音楽環境がよかったら本気で音楽家を志望したかもしれないのです。でも、いまになってみると、ピアニストの遠山慶子さんにピアノを教えてもらっていてつくづく感じるのですが、彼女とぼくとでは、技術や表現力はいうまでもなく、そもそも同じ楽譜から読み取る音楽の質と量、多様性がまるで違うのです。それは単なる訓練の違いを超えた素質の違いであると思えるのです。ぼくはやはり音楽家にならないでよかったと思います。

音楽と比べると、聖書のテクストからメッセージを読み取ることにかけては、ぼくはまあプロですが、でも最近、もう学者向けの研究書を書くのはいい加減にして、まだ生きているうちに、事柄に関心のある人のために事柄そのものを伝える本を書きたいとも思うのです。いうなれば文書伝道です。もっともどれだけ解ってもらえるか、解らせることができるかは、まったく別問題です。正直、あんまり期待できないですね。でも、もう学者は止めだなどと考えること自体、まだ鬱病が治りきっていない証拠かもしれません。実際、続けて長い手紙を三通書いたら、また鬱病の気分がぶりかえしてきたので、今日はこの辺で失礼させていただきます。

お手紙によると、このところサッちゃんの身辺にも大変なことが続いたとのことですが、ぼくは親しかった人の計報がじかに身に応える歳になりました。

未知なる自己の覚醒

得永幸子　一九九六年十二月二十八日

ご返信の催促などして具合の悪い先生にプレッシャーをかけたりしなくてよかったのかもしれま

せん。別に深い思いやりからではなくて、単にジョーカーが先生のところにあるので、私は安穏としていたにすぎないのですが。期せずして日常生活のマンネリズムがクッションになったようです。最近、この日常性というものが持つ力の大きさに改めて気づかされています。これまでは日常性という言葉に、私はある種の消極性を感じていました。日常性のなかに取り込まれてしまうと、感受性や創造性が侵蝕され、鈍化されるというふうに。日常性の包括力にどう抗って、その外に自分の足跡を刻むか。それが私のこの十年間の主題だったとさえいえるかもしれません(年が明けると、この地に帰ってからちょうど十年になります)。けれども、その時点ではどうしても解決できない迷いや、向き合うことさえできない痛みに対して、日常性は癒しの力を発揮することもあるようです。お皿を洗うこと、洗濯物を干すこと、お買い物にいくこと、時間がきたら出勤すること、学生の宿題を添削すること……そうした日々の些細な事柄が、強過ぎる自意識から、束の間とはいえ、どれほど私を解放してくれることでしょうか。もちろんそれはほんとうの解決ではないのですが、ときには優しい避難所も人には必要なのです、きっと。先生がこんなに早く欝状態から抜け出られたのも、もしかすると奥様の留守の間の家事労働が、かえってよかったのかもしれませんね。

さて、演技のお話はいまはちょっとしんどいとのことでしたが、そう書かれてから少し時間が経っていますので、またいくぶん回復されたかもしれないから、少しだけ書かせてください。仰る通り、自分のありのままの姿ほど見えにくいものもなく、自画像のように切り取ってきて、これが私だなどと定位することなど元来不可能です。すべてを削ぎ落とした純正の「私」というものはどこを探してもいなくて、むしろその時々に「私」は新しい姿を見せて、生成と枯渇を繰り返していくようです。その営みのなかで、一瞬一瞬にこれは現実、これは演技、と分類するのは不可能ですし、そんなにも反省的な眼差しを自分に注ぎながら生きようとすると生きられなくなってしまいそうです。実生活のなかで、無意識的な演技と現実とを区別するなど、私にはとてもしんどくてできそうもありません。

けれども、舞台の上では、私たちは意識的に演技をします。非常に注意深く構造化された時を生きます。演技者個人の実生活とは重ならない役柄を演じることもありますし、地のままに近いこともあります。極めて冷静に演じていることもあれば、のめりこんでいることもあります。でも、どんなにのめりこんでいても、演じているという意識は持ち続けていると思います。それでいて、演じている自分と、演じている役柄との距離を少しでも小さくしたいと希うのです。

学校時代に卒業前の一年間、オペラ・ワークショップに入っていましたが、午前中全部の時間を使って、毎日徹底的に訓練されたことは、まず自分たちの身体を意識するということでした。目の表情、眉の動き、顔の角度、顎の高さ、首の線、胸の開き具合、背中のよじれ具合、手の動き、足の組み方……。笑っているとき、怒っているとき、泣いているとき、誰かを拒絶しているとき等々、あらゆる場面を想定してそれらを観察、再現する訓練を受けました。まず誰かが指名されて、たとえばいままでで一番嬉しかったときのエピソードを話すよう指示されます。できるだけ、そのときの自分の動作や行動も再現しながら話すように命じられます。話を聞いている学生は、話し手の身体の変化をできるだけ注意深く観察して言語化することを求められます。そのフィードバックを受けて、話し手はもう一度、同じ話を今度は自分の表情や動作を意識しつつ、さらには強調しつつ繰り返します。ときには二度目はパントマイムでやることもありました。一人が話し、他の学生が並行して代わりにパントマイムをしたり、一人がアリアを歌って、別の学生がそのアリアの向けられた相手役の反応を同時進行で言語化するのをみなで分析したり、一年間実にさまざまなことをやりました。

そのなかで、背後の人間の動きは肩甲骨で見るらしいとか、異性を意識すると乳房と乳房の間が開いてバストラインが上がるとか、軽蔑している相手を見るときは顎から顔がそちらに向くとかを、みなで発見し合っていったものです。そうした作業のなかで、身体の一部が置き去りにされたように参加していないことがあるのがわかっていきました。愛する人に身を委ねようというその瞬間に、指先だけが投げやりだったり、人を殺そうとしているときに口がダラリと開いていたり……そしてその置き去りにされた部分に、思いがけない事実が顔を覗かせているということが見えてくると、ワークショップはさながら劇中人物と演技者両方の集団精神分析の場のようになりました。それらすべてを通して私たちがあそこで学んだのは、演技をするというのはそういう振りをするということではなくて、全身でそう感じるということだったのだと思います。そして演技の訓練というのは、身体的な感受性を磨き、感知したものに対する開放性、許容性を拓いていくことだったのだと思います。虚構は、身体を舞台として現実と触れ合い、現実を超えられるのだという可能性をあのとき私たちは見たのでしょう。

そして、いまもその可能性を私は追い続けています。いつか、どこまでが劇中劇で、どこからがもともとの劇なのかわからなくなるような危うい経験をしてみたいと思います。そのとき逆に経験できるのかもしれない未知の自己の覚醒に憧れ続けているからです。

思いがけず長い思い出話になってしまいました。お疲れになったでしょうか。先生が療養の日々に伝道への想いを確認され、しかも「学者はもういい」と思われた由、私にとっては朗報です。学者でもなく、研究からもほど遠い、自分の歩いていく地べたしか見えない小さな者にも、問いかけることを許していただけそうな気がしてくるからです。時がエネルギーを充電してくれるまで、お大切におすごしください。

仮面の裏と表——小さなエッセイ

八木誠一　一九九七年一月十七日

バストラインの話は初めて聞きました。面白いけれど、ご婦人の胸をジロジロみるわけにはいかないし……。

演技というとき、二つの意味があるようです。ひとつは与えられた役を演じるということ。ローマの古典劇では仮面を使ったのですが、この仮面はペルソナと呼ばれました。ペルソナはそれから演劇で、つまり言葉のネットワークのなかで役を演じる人の意味となり、さらに社会的役割を果たす個人のこととなり、近代ではパーソン（ペルゾン）というと、特定の社会的地位にある個人、一般に自分の責任を果たしながら他者とかかわり、他者への応答能力を持つ「人格」の意味になりました。いずれにせよ、ここには言葉で「他者とかかわりながら自分の役割を果たす」ということが舞台と実世界とに共通しているという事情がみられます。

演技には第二に、「……に似せる、いかにも……らしく見せる」という意味があります。これは舞台の上では演技者に当然要求されることですから、舞台芸術家は寝ても覚めても訓練と研究を怠らず、演技には長い伝統もあるわけです。ここでは、歌舞伎役者の大見得（おおみえ）のように、どう見ても演技そのものである場合があります。逆に、演技であることが目立たないように、なるべく自然に見えるように、振る舞うこともあるでしょうが、この場合でも必ずデフォルメや誇張や省略があるもので、そのほうが、本人より本人らしく見える似顔絵のように、ほんとうらしく見えるものです。いずれにせよ、このとき演技者には自己意識と自己制御が不可欠です。

さて演技者が、私は演技をしているのだとどこまで意識し、ないしその意識を観客に見せてよいものか。喜劇の場合、役者が自分で笑っていて、これは演技だ、俺のほんとうの姿ではないぞ、と広告しているように見えると、観客は白けてしまうものです。だからチャップリンはおよそクソマジメな顔をしておかしなことを演じていましたが、これは無論演技でありながら、観客にはそのほうが受けるものです。他方、役者があまりにも役柄に成りきっていて、演技であることを忘れているように見えると、これはとても滑稽なもので、たとえば大河内伝次郎が時代劇で殿様を演じると、当人としてはあくまで演技なのでしょうが、あまりにも役に成りきっていておかしいほどでした。

「いかにも……らしく見せる」という意味での演技は、舞台では称賛されますが、実世界では必ずしもそうではありません。私が教室で教師の役割を——演じるというよりは——果たすのは、これは当然のことですが、人が実世界で（愛してもいないのに）いかにも愛しているように見せかけて、要するに相手を騙すのは、無論褒められたことではありません。「愛は演技であってはなりません」(『ローマ書』一二章九節)。だから、「自分に与えられた役割を演じる、果たす」ことは舞台と実生活とに共通しているのですが、「いかにも……らしく見せる」ことは舞台では要求されても、実世界ではしばしば非難されることになります。しかし、だからといって、いつも「本人」のままに振る舞って、少々ぐらい気に入らないときでもいかにも喜んでいるような顔をして見せることを一切しない人は、ずいぶん傍若無人に見えることになるでしょう。

昔、イエスは、律法学者とパリサイ人のことを「偽善者」(ヒポクリテース)と言いました。ヒポクリテースとは演技者のことです。ただしこの場合の「演技」は、実生活の上でのことで、彼らは実は人に見せるため、つまりは自分の名誉や見栄のために律法遵守や善行に励んでいるのに、まるでそれが神と人のためであるかのように「見せかけて」いる、しかも彼ら自身が自分の演技に騙されていて、こうして仮面が素顔にとってかわっている、演技があまりにも身につきすぎていて、その結果、自分自身が自分の仮面を自分の素顔だと思い込んでいる、ということなのでしょう。「演技であることを忘れる、自分の演技をそれと意識しない」形態にはこういうものもあるわけです。

すると、素顔とは何か、という厄介な問題が出てきます。これを、人に見られていないときの顔、だから化粧も落とした顔、さらに進んで自己意識がないときの自分の顔と定義すると、私には他人の素顔を見ることはほとんど不可能だということになります。なぜといって、そのときの他人の顔は私に見られている顔だから。また、私には自分の素顔を見ることもできません。鏡に映っている私の顔は私自身に見られている私の顔だから。寝顔は――起きて活動しているときの顔ではないから――素顔とはいえないし、また私には自分の寝顔を見ることもできません。それに対して、素顔を「作っていない顔」と定義するなら、「自然な表情」が素顔だということになります。これなら、見ることは必ずしも不可能ではないし、舞台という仮構の空間での自然な表情やしぐさだってあるわけです。これは社会の役割生活でも成り立つ自然さ、意識や自己制御と矛盾しない自然さです。ただし、この意味での自然さを捕らえるのは簡単なことではありません。もしこの意味での自然さ――イエスに見られるような自然さ――がほんとうにわかったら、そのときこそイエスのいう意味での「素顔」や「演技」がなにかということも、ほんとうに解ることになるのでしょう。

舞台芸術は――というより芸術一般がそうなのですが――、仮構の空間と時間のなかで、日常の実生活では覆われ隠れている人間の真実を露わにしたり暴いて見せたりすることができます。乞食の演技が、人間というものの姿を垣間見せることがあるわけです。反対に実生活が「……らしく見せる」演技に終始して、本人自身、自分の「素顔」をなくしていることもあるわけです。このように舞台と実生活と、どっちが演技でどっちが本物だかわからないことがよくあるので、たとえば私がどんなときでも教師以外の何ものでもない教師になったら、ずいぶん変なことになると思います。私が自分のことを「先生は」とか「お父さんは」とかいったことがないのは、「役割を果たしている自分」と「自分自身」とは決して別物ではないけれど、またまったく同じでもない、という感覚がいつもあるからのように思います。

第三章　仮面と語りえぬもの

他者への根源的な開け

得永幸子　一九九七年二月五日

お便り、いえ小さなエッセイ、ありがとうございました。この往復書簡もいつしか三十信が行き交うこととなりましたが、先生がこんな直球を投げてこられたのは初めてのような気がします。思わずどぎまぎしてしまいました。これくらい明解簡潔に書いてくださると、私はかえってすっかり素直になってしまって、こくんと頷いてしまいたくなります。

〈演技〉について考えるとき、私にとってまず関心があるのはやはり舞台表現としての〈演技〉なものですから、できるだけそこに話を留めたいというのが正直なところだったのですが、素直な今日の私は、舞台上の〈演技〉と実生活のなかでの〈演技〉とを分けて考える二分法ではかえって本質が見えなくなるのかなとも考えています。

そもそも舞台表現というものが成り立ち得るということ自体、人間のこころのあり様と深く関わっているに違いありません。自分以外の人格を演じ、自分の実生活以外の人生をひとときなりとも引き受けられること。これまた自分以外の人格を演じている他者（共演者）との関係に身を投じていけること。自分自身はまったく演じることなく完璧な客観性を保ちつつ、なおかつ舞台上の仮構世界に積極的に関与し、さらには統制機能まで果たすスタッフの存在。仮構世界の周縁に位置しつつ共感という仕方（あるいは反発という仕方）でその世界の行方に決定的な影響力を発揮する観客の存在。考えてみればそれらすべてに、人間のある根源的な「開け」が暗示されているかのようです。

もし、自己の輪郭が決定済みのものであれば、演技など最初からまったく不可能だし、それどころか、他者の存在にこころを動かされることも、他者にはたらきかけることも不可能です。先生は〈演技〉の第一の意味として、他者への応答能力を持つ「人格」を上げておられますが、他者への応答能力を支えているのは、この根源的な「開け」と考えてもよいのでしょうか。〈役割〉というと、どうしても教師として、子どもや親として、といった社会化された〈役割〉を考えてしまいますが、〈役割〉というのはそもそも一瞬一瞬の他者への応答のかたちとも考えられるのではないでしょうか。このときの他者は、教師や学生といった命名をされる前の生身の身体的他者のことです。とすると〈演技〉は応答の遂行過程そのものといえ、おそらく極めて無自覚的であろうと思われます。電車に乗り合わせた見知らぬ幼い子どものあどけない笑顔に、思わず微笑みを返すというような……。とすると、〈演技〉は根源的には「いかにも……らしくする」という作為性・模倣性からは対極にあると思うのですが、いかがでしょうか。

にもかかわらず、〈演技〉には現実のあり様としてたしかに、「いかにも……らしく見せる」という側面があるのも否定できません。自然な応答のプロセスが、一転して自然な応答を偽装し、殺すプロセスになるというのは、自分の〈演技〉を反省できてしまう人間の宿命でしょうか（犬や猫が自分の作為を省みたり、意図的に行為を組み立てるなどということはありえない気がします）。

三年ほど前に、マルセル・マルソーのパントマイムを観る機会がありました。道化役者が被ったピエロの仮面が取れなくなってしまうというものでした。ピエロの仮面は剽軽な笑顔をしているのですが、道化役者は仮面を脱ごうとして悪戦苦闘します。一緒に見ていた観客はみな笑い転げていましたが、私は笑えませんでした。この道化師はきっと死ぬという、確信にも似た予感がありました。案の定、道化師は文字通り顔で笑って、身体で苦悶し、やがて力尽きて倒れるのです。仮面という人格と、道化師という人格とをマルセル・マルソーというひとりの人格が同時に演じる。そこには〈演技〉の本質が二重三重に表されていたように思われます。被った仮面はいつでも思い通りに脱げるわけではないこと、仮面が脱げなくなったとき、仮面の下の人格は生きられなくなること……。

でも、私をほんとうに釘づけにしたのは、マルソーが二重の他者を演じたというそのことでした。自分以外の人格を演じるということは、他者に対する応答の面が複層的になるということだと思います。単層で他者の人格を演じたら、それはただの真似か、あるいは逆に脱げない仮面になってしまうのだと思います。複層的になれるまでに人のこころは「開かれ」るのだということは、私にとっては大きな発見です。そして、オペラにしろ演劇にしろ、演じるとき、私たちが最後に拠り所とするのは、「いかに……らしく見せる」かの技術ではなくて、この人間の根源的な「開け」だと思うのです。だから、十二月二十八日の手紙でも書きましたように、演技の訓練というのは、どれだけ自己と他者の身体とこころに対して自分を開くかに集中していかざるを得ないのでしょう。

こうしてみると、舞台表現としての〈演技〉は、生きて他者と関わっているということそのものだという気がしてまいります。自然な演技というのは、「いかにもそれらしい演技」ということではなくて、もっと別の相での解放ということなのですね。だったら、乞食を楽しんでやれたことをもっと喜んでいいのかな、と思うのは手前味噌がすぎましょうか。

原像の潜勢力——「小さなエッセイ」続き

八木誠一　一九九七年五月六日

思いがけず長く続いたこの往復書簡、この号あたりでそろそろ終わりにしましょうか。こうしておしゃべりしているのはとても楽しいけれど、もう読者が飽きているだろうと思うからです。お考えはいかがですか。とにかくいまの話題には決着をつけなくてはいけません。演劇などという、勉強したことも考えたこともないことが話題になって、みごと相手のコーナーに引きずり込まれた感がありますが、演劇で「……に似せる、……らしく見せる」ということは、もっと掘り下げる必要があります。

演劇だけではなく、芸術一般が——絵でも文学でも——始めは「写像」と捉えられます。ギリシャでも芸術は一般にミメーシス（模倣）と解されました。実際はむろん、それだけでは済みません。

もし芸術を「写像」というなら、それは一般に実像のない写像です。実像そのものではなく、といって客観的な実像の写像でもなく、実像のない写像であって、これを表現とか創造とかいうのです。つまり、こういうことです。芸術作品は客観的・経験的に存在する実像の模倣ではありません。では作品こそが実像かというと、そこが単純ではないのです。たとえばショパンの「ノクターン」五の場合、演奏（原作の写像）なしには音楽は現実化しないわけですが、しかし楽譜は実像ではなく、演奏の記号にすぎない。ではショパンが弾いたショパンが実像かといえば、必ずしもそうではないでしょう。もしそれを実像というなら、実像は失われていて存在しないから、写像もありえないことになります。あるいは、場合によってはコルトーのショパンのほうが実像（原像）に近い、といえるかもしれません。といって、写像こそが実像だとすると、かつてぼくが弾いた「ノクターン」五も実像だということになってしまいます（笑ってはいけません）。いったい世界に何千何万とある「ノクターン」五の演奏がみな実像なのでしょうか。だから演奏は実像のない写像で、ある意味ではショパンのこころのなかにあった「ノクターン」五でさえ、実像のない写像かもしれません。というのは、ここには不動の客観的決定版があったのかですが、多分そうではないでしょう。

かつてウィトゲンシュタインは、客観的実像の写像である限りの言語だけを有意味な言語とみなして、「語りえないことについては沈黙すべきだ」と言いましたが、これでは科学以外の言語領域は無意味となってしまいます（実際、論理実証主義者はそう考えました）。しかし、実像のない写像があって、芸術とは一般にそういうものです。だから芸術は表現‐創造であり、広い意味で、検証ではなく了解されるべきものです。了解とは、いろいろ意味がありますが、ここでは鑑賞者が自分のなかに原像（実像ではない——後述）を映す写像を作り出してゆくことだといえましょう。だから芸術の現実性を知っている人ならば、決して客観的に存在する実像の写像だけが有意味な言語だ、などとはいわないでしょう（芸術は写像である限り、広い意味での言語です）。

演劇にも同様なことがあり、しかし写像といってもいろいろな意味があります。たとえば悲しみというようなことについては、誰でもその感情や表情に覚えがあるから、いかにも悲しんでいるように演じるとか、背中だけで泣いて見せるとか、「いかにも……らしく見せる」ということがあって、このような動作・仕種の場合には必ず写実性を持った演技（誇張や省略やデフォルメで、それだけ強く訴えかけるものを含めて）が成り立ち、それには上手下手があるものです。他方、ドラマで大学教授が出てくると、一般にぼくの知っている実像とは言葉遣いも態度もかなり違うので、演技は大学教授の類型的通念を再現しているのだと思われるのです。これは大学教授だけのことではなく、職業人一般の類型的演出についてもいえることで、そのほうが観客も安心して見ていられるのでしょう。「……らしく」とはこの場合、類型的通念に即した（かなりいい加減な）写像ということになり、その度が過ぎればつまらないか、カリカチュアになってしまいます。

あるいは、たとえば信長や秀吉を演じるということがあって、そのときには、誰も信長や秀吉の実像を知っている人はいないから、「いかにも……らしく見せる」とは、通念を再現するか、または新しい人物像を提示して、観客に、なるほど信長や秀吉とはああいう人だったのだろうと納得させることでしょう。それはまた、「『誰々が書いた信長』らしさ」ということでもあります。いずれにしてもここには人物の「解釈」が入ってくる。というよりも、どの場合にも解釈は入ってくるのですが、それが特に明らかになるといえるでしょう。さて、信長や秀吉なら、とにもかくにも実在のモデルがあるのですが、まったく架空の人物の場合はそれすらありません。たとえばサッちゃんはいつかカルメンを歌ったけれど、いかにもカルメンらしく歌う（演技する）とはどういうことでしょうか。もし、「カルメンらしさ」が実像で演技がその写像だとすれば、実像はどこにあるのでしょうか。これについてはサッちゃんが具体的によく知っていると思います。

サッちゃんはこの前の書簡でマルセル・マルソーの複層的・重層的演技のことを書いたわけですが、歌舞伎役者が弁慶の勧進帳を演じるときも、弁慶が東大寺修復の寄金を集める山伏のふりをするさまを演じているわけで、やはり重層的演技でしょう。違いは、仮面を外そうとして外せない人を演じる演技は、現代人に、自分では気づかないでいることを自覚させる意味を強く持つことです。いずれにしても実像がない架空の人物を、いかにもそれらしく演じる演技（ドラマではこのほうが多い）とは、脚本家、演出家、演技者、さらに観客などの共同作業で、実像のない写像に現実性を吹き込み、写像としてしか現実化しない実像（実は原像）を表出する作業のことだといえます。

サッちゃんの意見は次の書簡で聞かせてもらうことにして、ここでは、そういう演技が可能だということにもう少し触れておきたいと思います。実像のない人物を演じる演技の現実性がどこにあるか――アリストテレスは『詩学』で、すでに文学は可能性にかかわるといっています。宮澤賢治は、「どこにもないけれど、どこかにあるはずのこと、どこにあっても不思議はないこと」というように語っていたと思います。要するにかたちのないポテンシャルのことでしょう。これは自覚されれば、誰の上にも・いつでも・現実化しうる潜勢力のことで、それが生活の上に現実化しなくても、自覚にもたらされるだけで強い感動をともなうものです。すると架空の人物を舞台の上で演じることは、隠れた普遍的人間性を明るみに出して、観客(また自分自身)に自覚させる意味を持ちます。これは文学が単に満たされざる無意識的願望の空想的充足だ——これはカタルシスという意味ではアリストテレスも指摘したし、誰よりもフロイトが暴露した——という解釈より、さらに踏み込んだ理解だと思います。

サッちゃんは、演技は「開かれること」だと言い、ぼくはそれに異議はありませんが、開かれるといってもそれは「外に」対して開かれることであると同時に、「内に」向かって開かれること、つまり隠れた人間の可能性(自分自身の可能性)に対して開かれることだ、と思います。それは模倣ではなく、単なる解釈でもなく、ひとつの創造的表現行為です。するとこの場合、「……らしく」演じるとは結局(発掘され提示されて、初めて認知される)「人間らしさ」と重なってくるはずです。それが同時に「自分らしさ」であるところに、個性と普遍的人間性との逆説的同一があるわけです。そうでなければ、普遍性とは単なる一般性(ありふれたこと)にすぎません。この意味では人間性(自分性)には諸相があるもので、カルメンとドン・ホセという不幸な両極性(尻軽女とストーカー男)もそうだと思うのです。

芸術は実像のない写像だと言いました。実際そうなのですが、以上のことから、発掘され、自覚され、表現されることによって現実化される「人間性」が実像だといえます。いや、そうではなくて、これは実は「原像」であり、それ自身はかたちもなく見えもしないけれど、かたちをとって現実化することを求めている衝動のようなものです。つまり、「人間性」はそれ自身ではかたちのない潜勢力であり、しかし現実化するについてはいくつかの著しいかたちがあり、それが実際にかたちをとれば、実生活の上で現実化するものです（実像）。しかし、芸術はその原像を、実像を描くかたちで、つまり実像の写像として現実化するのではなく、むしろ実像はきっかけにすぎず、芸術は原像を、仮構であればこそそれだけ純粋かつ典型的に、形象化するのです。それらのかたちはハムレットやドン・キホーテ、カルメンとドン・ホセのような典型として、創造され表現されます。するとそれによって原像が初めて原像として見出され、認知され、自覚されることになります。同時にそれは、典型からして「実像」の本質を照明する機能を持つでしょう。

カルメンらしさ、ドン・ホセらしさとは、実は各人のなかに、人間＝自分の潜勢力としてあるもので、その潜勢力は小説または演技（写像）によってかたちをとり、こうして初めて「原像→実像／原像→写像／実像→写像」という連関が認知され自覚されることになります。言い換えれば、原像とはプラトン的なイデア（存在者）ではなく、かたちをとって現実化することを求めている「はたらき」、いわば人間性の形象化にかかわる主要な範型への潜勢力で、現実化するについてはあるきっかけを必要とするものです。だから必ずしも現実化はしませんが、たまたま現実化すれば日常的な人間のあり方を問題化し、またこの世のさまざまな仕来り・構造と葛藤をもたらすものですから、芸術は単に原像を形象化するだけではなく、それとこの世や自我との葛藤を通じて、原像にかたちを与えることになります。すると「いかにも……らしく演技する」場合の「らしさ」とは、実像が必ずしもないままで、見えない原像をさながらに形象化する写像、写像なしでは自覚も認知もされない、したがって存在するともいえない原像の形象化だ、ということになりましょう。これはなにも主役だけのことではなく、演技一般についていえること、たとえば「乞食」は人間の深層をかなり的確に開示するものだと思います。こういう意味で芸術は実像のない写像だと思うのです。一般に文化とはなんらかの意味で原像の形象化にかかわっているといえるでしょう。

まあ、理屈はともかくとして、演劇は何の役でも、うまく演技できればきっとすごく面白いのでしょうね。ぼくも半ボケ老人の役などやってみたい――いずれ実演することになるかもしれませんが。

定点としての観客

得永幸子　一九九七年八月十九日

この往復書簡も三十信台に突入して、やっと佳境に入った気がいたしますが、先生は逆にそろそろ終わりにしようと仰る。読者への配慮はさておき（そもそも最初から、読者はあまり意識されないで、限りなく私信に近い往復書簡ではありました）、先生が終わりにしたほうがよいと仰るのなら、そういたしましょうか。なんだか、ここまでが序章だったような気がして、もったいないと私は思いますが……。とりあえず、連載を終わるに当たっての所感を視野に入れて、あと二往復交わしましょうか。そのときに言い残した（?）ことがあれば、番外篇を編んでもいいことですし……。

さて、それはさておき演技のお話の続きをいたしましょう。不勉強で、申し訳ありませんが、私はウィトゲンシュタインを読んだことがありませんので、彼がどんな思想を展開したのかは全然わかりません。わからずに何かをいうのはいけないことかもしれませんし、その上、先生が彼を例に上げられた意図とはまるでずれるかもしれません。でも、先生が引用された言葉だけを読むと、妙に納得してしまいます。というのも、「語りえないこと」を「語りえる」と安易に錯覚した言葉があまりにも氾濫し過ぎているような気がするからです。「語りえない」ことまで語ってしまうことで、「語りえないこと」を語りえる言葉のなかに閉じ込めてしまう。それゆえ、語ろうとしたことによって、「語りえないこと」を捕らえるチャンスを永遠に失ってしまう。しかもそれに気づかない。そして、すべてを「語りえる」自己として自己肥大化していく。現代の科学の陥ったある独特の傲慢な単純さは、こんなところからもうかがえるようです。

でも、ほんとうは世界には「語りえないこと」がいっぱいあって、出来合いの間に合わせでは言葉がついていけないことはしょっちゅうあります。そのとき、「語りえない」事柄の前に絶句し、沈黙するという、事柄との出会い方を経なければ、「語りえない」事柄を語るためのことば（こちらをとりあえず、平仮名にします）を探し求めることもできないのではないでしょうか。言葉が破れたところから、初めて「語りえないこと」を語ることができるという逆説が成り立つような気がします。もしかすると、「語りえること」を語る言葉と、「語りえないこと」を語ることばとは成り立ちからして違うのではないでしょうか。言葉はある程度制御可能だけれども、ことばのほうは制御できないどころか、あるのかどうか、捕らえられるのかどうかさえ定かではない。語るためのものというよりも、聞くもの、語りかけられるのを待つ、あるいは祈ること、そんな気がするのですが……。

演技についても同じようなことがいえると思います。すべて演技にはそれに先立つ実像がある。なんらかの実像を持ってきて、それに「似せる、らしくする」。もちろん、それはそれで真剣に学ばなければなりませんし、そこからしか演技にとりかかることはできないかもしれません。でもそれだけに留まり、済ませてしまえば、とんでもない戯画になったり、嫌味な押しつけがましいものになったり、無味乾燥な説明、手順の羅列に留まってしまいます。そこを越えて、つまり演技者自身がその役柄のなかに自己の壁を越えて入っていきたいと願うとき、そこで自分も知らなかった新しいけれども根源的な自己に出会いたいと願うとき、実像をきっかけにして、あるいは実像を飛び越して直接原像に触れるのでしょうね。原像と触れ、原像自身の潜勢力に促され、原像自らの形象化に参加する、あるいは用いられる、ということだとすれば、表現–芸術に携わりたいと願うこと自体、非常に求道的な志向だなと思います。だから、舞台の上で——オペラ、ソロ・コンサート、合唱の区分なくすべて舞台の上で——、新しい自分に出会うとき、それがとんでもない憎悪や冷酷さであってさえ、大きな解放感、何か大きな力のなかにあるという無限の感覚につながるのでしょうか。もちろん、このとき開かれるのは内に向かってだけではありません。外にも開かれるというのではなくて、開かれるというのは閉じていた境界線が解けてしまうようなもので、内と外が同時に開くのだと思います。どちらかに向けて開かれたことで、どちらかに向けて閉じるなんてことはありえないでしょう。

最近、こんな経験をしました。五月末のオペラ公演でのことです。実際は稽古の始まった三月にことは遡ります。私の役は慢性疾患で先の希望のない初老の女性でした。私自身、長い療養生活を送ったことがありますから、自分と療友のなかにモデルはこと欠きませんでした。群像となって記憶のなかから浮かび上がってくる病む人々の姿は、いまなお私にとっては生々しいものがあります。でも、この作品のなかのこの女性その人のモデルは、似ている人はいてもどこにもいないのです。寄せ集め、手繰り寄せようとしても一人の人物像を実在のモデルを用いて描くことはできなかったと思います。作業は最初からこの作品のなかで描かれようとしている人物像という、新しい写像を創り出そうとすることから始まらざるをえませんでした。さらに、私の彼女は物語の筋とは直接関係なく、伏線として挿入される場面でほんの短く登場するだけでしたので、私にとってはまず、彼女のこの作品で果たすべき役割を考えるところから役作りが始まりました。そして、最初のショックは一回目の音楽稽古（指揮者の指導を受けての芝居抜きの稽古をこう呼びます）で、早くもやってきました。しょっぱなから、「病人の苦しみを観客に伝えようと思ったら、君が病人になったんじゃあだめだ。それでは君がしんどそうだということが伝わってしまって、彼女がしんどいのだとは伝わらない」、「病人声を出すな。気分や雰囲気で病人を演じるな。年寄り声も出すな。ちゃんと声を出して、声と言葉で人物を浮かび上がらせろ」と一喝されたのです。これはもう私にとっては、背中をどんと押されて泳げない海に放り込まれたみたいな一瞬でした。

それからは、死に物狂いで言葉のひとつひとつ、フレーズのひとつひとつを思いを込めて遠くへ飛ばそうとしながら、一方で、彼女と自分との距離が開いていくのを不安な思いで見つめていました。それでも少し、距離感がつかめてきたかなと思い始めてほっとしかけたのも束の間、立ち稽古（芝居をつけて、小道具なども使っての稽古をこう呼びます）が始まると、たいした動きがあるわけでもなく、病院の待合室に座っていて、椅子に横になり、また起き上がるというだけのことが、できないのです。芝居をしようとすると、音楽がたがたになり、音楽に集中すると芝居はすっかりお留守になって硬直してしまう。だんだん自分のなかで彼女の人物像ができてくると、彼女を自分のほうに手繰り寄せたくなってしまい、とたんに演技が内向的・独白的になってしまう。もっと遠くに焦点を合わせようとすると、声が変に歌っぽくなる。とたんに説得力がなくなるのが叱られる前にわかる……。

最後まで、そのあいだのどこかに引っかかって、もたもたしていました。一番苦しかったのは、本番の日が近づいて集中力が増してくると、病むものの苦悩と絶望を感じたい、体現したい、伝えたいと願えば願うほど自分と彼女の距離が小さくなって、自己完結的になってしまうことでした。せめて視線を遠くして距離を描こうとするのですが、三メートル先に焦点を合わせるのがやっと。あげくの果ては、聞こえていた他の人の声や音もよく聞こえなくなり、なんでもない音符やリズムを落とし始め……。こうしてなにひとつ解決しないまま、本番がきてしまいました。ほんとうに、気絶しそうなくらい怖かったです。こんなに舞台に上がるのが怖かったのは生まれて初めてです。

でも、客席が目に入った瞬間、数カ月私を悩ませていたさまざまな謎が一度に解けてしまいました。あれほど広がれなかった距離感が客席の一番後ろまで一気に深まり、ホールの天井まで広がっていくのがわかりました。あるいは、私が舞台に出て行ったとき、その空間はもうそこに広がっていて、腕を広げて待っていてくれたのかもしれません。私が距離を測り、定める必要などなかったのです。観客こそが決定的な要件だったのです。観客という最後のひと筆を欠いては、作品は仕上がらないどころか、そもそもかたちを成すことができないのです。これまでも観客を大切に思ってきたつもりでしたが、これほど鮮明に気づかされたことはありませんでした。指揮者には私に見えていなかったこの空間が見えていたに違いありません。そして、ひとつひとつの音やフレーズをこの空間のなかで聞いていたに違いありません。三メートル先にしか合わせられなかった焦点が、観客のなかにある不思議な重心のようなところに自然に引き寄せられていきました。空間一杯にオーケストラの音が鳴っていて、なんと本番で初めて数えなくてもリズムが取れました（ああ、なんという滑り込みセーフ）。

そして、最初の音楽稽古でいわれた、「病人になるな。病人を伝えろ」ということが可能だということを知ったのです。観客のいない空間で、彼女と私の距離が縮まるということは、閉じることにほかなりませんでした。情緒的に一体化するしかなかったのです。それをせずに、伝えようとすると、彼女と私との距離は離れてしまって、なんだか代読でもしているようになるしかありませんでした。でも、いまその空間のなかに包まれると、私は彼女の言葉になって、お客さんのところに一心に飛んでいけたのです。そんなことが可能だということを、このとき初めて知りました。

オペラ公演が終わって、三カ月になろうとしていますが、あのときの解放感はひとときの魔法ではなかった気がしています。ここ二、三年、内心、深刻に考え始めていた引退はやめました。もう少し歌い続けます。オペラ本番前に私が自分で自分を閉じ込めていった壁を、観客との関係が破ってくれたこと、いましばらくこの拠り所を信じてやっていける、そんな気がしている今日この頃の私です。

「はたらき」の場としての言語空間

八木誠一　一九九七年九月二十七日

「病人の苦しみを観客に伝えようと思ったら」、自分が病人になってはだめだというのはなかなかいい言葉です。芸術——文学、美術、演劇など——は実像のない写像だと言いましたが、写像空間のなかに実像が出てきたら困るわけです。一般に実像は——実像があるとして——自分自身を理解しているとは限らないものです。しかし実像を伝える写像（表現・伝達）はそうではなく、実像を理解し解釈し表現しなければならず、そうでなければ何も伝わらないでしょう。だから演技の「らしさ」は単なる模倣ではなく、理解ないし解釈を含む表現で、それは演技の本質に属することでしょう。写真にだって瞬間や明暗やアングルがつきものです。サッちゃんの役の場合、実像が特定の人間ではないとすれば、それは特定の状況に置かれた人間性そのものだから、それは実像というよりやはり原像です。原像とは、どこにもないけれど、どこにでもありうるもので、まずは実像として現実化されるのですが、しかし原像は発見されるものでもあり、芸術家は実像がなくても、それを「飛び越して」原像をいきなり写像として造形することができるものです。演技は生の自己表現ではなく、原像を伝えるもので、瀕死の病人がアリアを歌うなどという「非現実」も写像空間だからこそ許されるのですが、それだけに歌手の歌は実像を真似ることではなく、原像が写像を通して歌うことであるはずです。

他方、演技（写像）が実像を生み出すこともあるわけです。文学や演劇は、誰のなかにもあるけれども気づかれてはいない原像を、読者や観客のなかに喚び起こすことで実像として創り出すのです。福音書――あまり正確ではない写像――を読んだ人が、イエスの単なるコピーや模倣ではなく、いわば原像としてのイエス――むしろイエスとして現れた原像――を自分のなかに受肉させた人間となる場合、この人は単なる写像ではない実像の意味を持つでしょう。イエスの正しい解釈を含んだ写像は、よき実像を生み出すはずです。一般に文化とは原像と実像を媒介するものだといえます。写像はそのなかでも目立つ例だといえるでしょう。

演技についてのおしゃべりが文化論になってしまいそうですが、これ以上立ち入ると手紙ではなく論文になってしまいます。そうそう、ウィトゲンシュタインについてちょっとコメントします。まずヘーゲルとマルクスには共通点があります。いろいろありますが、この二人の巨人は、およそ現実一般は、世界であれ歴史であれ、言語化可能だと確信していたようです。一切は語りうるものだ、というわけです。それに対してヘーゲルとマルクス以後の現代思想には、実存主義であれ現象学であれ、生の哲学であれ分析哲学であれ、深層心理学や構造主義や京都学派まで含めて、それぞれの仕方で語りえないものがあることを知っているという共通点があります。

ウィトゲンシュタインは分析哲学と深い関係があるわけですが、ただ問題はこの哲学の場合、ひとつ間違うと――ここから出てきた論理実証主義者がそうでした――、自然科学だけが唯一有意味な言語だということになりかねない点です。これではわれわれが問題とした、原像と実像を媒介する文化――これは演劇も含めて広義の言語です――は語りえないことを語ろうとする無意味な営みとして捨てられることになります。これはつまり科学主義です。ぼくの宗教哲学の立場は、その中心で言語化できないものにかかわっていますが、それは広義の言語を媒介とする「自覚‐表現‐伝達」の営みを否定するものではありません。この言葉は、広義の写像だといっても、自然科学の意味での「写像」ではなく、しばしば見えないものを喚び起こす示唆や暗示にすぎないのですが、しかし人間性というものは自覚‐表現の言葉なしには伝わらない、つまり現実化しないものではありませんか。

言葉には語り手と受け手があるわけです。読者なしの著書、観客なしの演技、一般に聞く人のない言葉はそれこそ虚しく無意味です。演技は観客なしには成り立たないもので、観客を意識するということは、必ずしも自意識過剰な虚栄心ではありません。語り手と聞き手はともに言語空間という「はたらきの場」の構造に属するわけです。仰る通り、コミュニケーションの場の現実性が問題なので、構成要素がひとり歩きするわけではありません。サッちゃんは自分を見つめるだけでは演技にならないという貴重な経験を持ったようですね。私たちの往復書簡も読者あってのこと、だから読者に飽きられない配慮が必要だと思ったわけです。ただぼくは離れたところにいるし、そのへんの勘がとても悪いから困るんですけど、まあ、あと一回ぐらいの往復で一応幕を引くことにいたしましょう。

過去の定点をとく

得永幸子　一九九七年十二月十九日

私のなかでは先生からお便りをいただいたときから、途切れることなく時間がつながっていて、こんなに長くお返事していなかったことに、かえって気づきませんでした。もうそろそろ見捨てられているのではないでしょうか。恐る恐る、この手紙を書いています。

前信で、オペラ公演を通して開かれた新しい空間と、距離感について書きました。病気の女性を演じることを通して、役という具体的な枠を越えて、むしろもっと普遍的な広がりへと連れて行かれたことに、私はいまも喜びと同じくらい戸惑いを感じています。写像が原像を自分のなかに受肉させたとき、写像自身が実像となるという先生の言葉が、少しだけわかるような気がして、そう感じることに慄き(おのの)に似た想いを感じます。

もしかしたら原像は、「特定の状況に置かれた人間性」であるに留まらないのではありませんか。「特定の状況に置かれた人間性」とはむしろ原像が写像によって切り取られるときの断面、あるいは接面(せつめん)とでもいうようなものではありませんか。それとも原像がこの断面あるいは接面だとすると、原像は何を写像に託して表そうとするのでしょう。そこには何かとても普遍的で根源的な何かがあるように思えるのです。なぜならば、原像との出会いは、「特定の状況に置かれた人間性」との出会いであるだけに留まらなかったからです。「特定の状況に置かれた人間性」をまるで触媒とするかのように、出会いという出来事そのものが本質的な変化を写像の側に起こすからです。どんな小さなかたちをとった原像（こんな言い方をしてよいかどうかはわかりませんが）との出会いも、出会いは断面との出会いに留まらず、断面を通して根源的・普遍的な何かとの出会いへとつながる。出会ったあとの人間の生き方を全体として変える。そんな気がします。一九九七年五月六日の手紙で先生が仰った原像の持つ〈潜勢力〉とは、自らを形象化しようとするはたらきであると同時に、写像にいのちを吹き込んで生かそうとするはたらきでもあるといえるのでしょうか。さらには、写像を創造し、写像を生きようとする者の内に自ら宿ろうとする意思すら含まれるというのでしょうか。

私はといえば、私はただ病気の女性をよく演じたいと願っただけでした。病気の女性の原像に近づきたい、原像を写したいと願っただけでした。そして、私の前にはそれまで知らなかった客席との新しい距離の世界が開かれました。あの後、私はこれから自分がどこへ向かっていくのかわからなくなりました。あれはうたかたの幻だったのか。それとも私のなかに、何か新しいものが開かれたのか。世界は解けたのか。いまの私には何も見えません。でも、何も見えないということに不思議な解放感を感じているのも事実です。何も見えないけれど、〈もう何も見えない〉のではなくて、〈まだ何も見えない〉のだと思っています。何が見たいのかがわからないまま、何かが見えてくるときを静かに待とうと思っています。

逆にこれまでの自分が、どれほどいつも、あらかじめ方向性を定めてステージに上がっていたかがわかってしまいました。しかもその方向性の定点は、この十一年間ずっと過去にありました。過去からの距離でしか、いまの自分を測れなくなっていたこの十一年間。先生との書簡集を始めてからの七年間も、始めは北海からの離脱がテーマであり、最近はもっと広範に〈捨てる〉ということがテーマであり続けてきました。離脱したかったものはどんどん色褪せ、遠ざかり、捨てたいと願う自我の古びた裂衣はボロとなってぶらさがり、新しく自分を方向づけてくれるものが何も見えないままに……。いまやっと、新しい距離と方向の定点を、いつか客席に見る日がくるかもしれない、と思い始めています。そんな日がいつくるのか、もしかすれば永遠にこないかもしれないけれど、それでも私が不平をいうことはできません。過去の定点を解いたのは私の力ではないから、私にできることは、一回一回のステージで見えてくるものを見ることだけです。まるで初めてステージに上がった頃のように頼りないのですが、当分ふわふわとここちよく漂っていたいと思っています。

原像がはたらく

八木誠一　一九九八年二月三日

さて、そもそもどうして原像などということをいうのか。まずは比喩から始めると、お酒ならお酒でいいのですが、初めて飲んだのに、そしてはじめて味わう味なのに、ああ、これだ、ぼくが探していた味は、と思うようなことがあるでしょう。その味を、それまで知らなかったのに、これがぼくの探していた味だと思うとしたら、ある意味でぼくはその味を知っていたことになります。しかもそれは、それを味わって初めて、自分がどんな味を求めていたかもはっきりする、そういうことであるのです。

そういう経験が、「以前からある意味で知って求めてはいたけれど、でもいま・ここの経験で初めて何を求めていたかもはっきりした、ある本質的なもの」、つまり「原像」について語るきっかけになるのです。本質的なものは普遍的だから、「この味！」は原像そのものではなくて、原像を宿した実像になります（それを本物という）。さて、こういうことには、「ふるさと」（「帰郷」一九九一年十二月二十七日の手紙）について（初めていった場所で、なんともいえない懐かしさを感じるというような経験を）書いたときにも触れたと思います（サッちゃんは「ふるさと」にアレルギー反応を起こしたけれど。「原ふるさと」ってやはりかたちのない原像のことなんです）。

むろん中心は自分経験（つまり人間性経験）であり、ああ、これこそがまさしく自分（つまり人間）だと、それまで知らなかった初めての自分経験で「発見」することがあります。それまで「知っていたのに知らなかった」ままで求めていた自分の本質の発見（ああ、これだという自覚）です。繰り返しますが、それはそこで自分が何を求めていたかもはっきりするような自分経験です。それは単に自分だけのことではないから、それが、客観的に確認したわけでもない人間の（自分の）「原像」について語るきっかけとなるわけです。

ところで、一定の「状況に置かれた人間性」というのは、人間性一般はそれがいくら原像であるとしてもどこにもないからです。それはただ、特定の状況、たとえば病気の状況で、現実化するからです。プラトンは原像を超越的なイデアとして実在すると考え、アリストテレスは具体的な事物（とくに生物）に内在する（遺伝的）プログラムのようなものだと考えました。しかし、実は人間の原像は――そもそもそういうものを考えるならば――、それ自身としてはどこにもなくて、特定の「いま・ここ」でだけ現実化するのです。というのは、それは超越的ないし内在的な実在（存在）ではなくて、人間のなかで、また人間として、現実化へと向かう「はたらき」だからでしょう。自分（人間性）とはこういうものだということが、たとえば病気というような、いま・ここの具体的状況で、だから特定の仕方で、露わとなるということです。むろん、それを原像の断面図ということもできます。原像にはほかの状況でのほかの断面図もあるはずだから。

サッちゃんが書いたように「原像の持つ〈潜勢力〉とは、自らを形象化しようとするはたらき」、写像を創造し、「それにいのちを吹き込んで生かそうとするはたらき」、写像を（同時に写像として）生きようとするはたらき、であるわけです。すると、「原像は実像に受肉する」ということになります。他方で「ふるさと」の例を使うなら、もし、初めて訪れた土地が「ふるさと」を映しているならば、その土地は故郷の「実像」ではありえないから、写像、しかし原像を映す「写像」だということになるでしょう。こうして、原像→実像、実像→写像、原像→写像という関係が成り立つわけです。

芸術は、演劇も含めて、一般に実像のない写像だと言いました。だから創造でありうるし、しかも客観的に存在するわけではない原像を直接に映すものでありうるのです。単なる実像の写像だったら、ただの模倣ないし模写にすぎず、人間性（原像）の表出にはならないでしょう。同様に、離脱といっても、捨てるといっても、ただ捨てるだけ、離脱するだけでは、いつまでたってもやはり捨て、離脱しなければならないところにしかいけません。実生活でも演技の世界でも、原像を——それを自覚するという仕方で——宿したときに、離脱が可能になるのだと思います。ところでこれらすべてが観客を含んだコミュニケーションの場で生起するということは、とかく孤独な著者であるぼく自身がよくよく考えなければいけないことなのでしょう。

第四章　老いに寄り添って

喪失のレシピ

八木誠一　二〇〇四年十二月五日

サッちゃん。往復書簡の中断から六年たって、すっかりご無沙汰しているうちに、サッちゃんはお母様を、ぼくは、ともすればひとり歩きしがちなぼくを見守ってくれていた妻を失うという悲しみを味わって、でも何とか生活の営みを続けてはいるようです。さてこの往復書簡を突然、止めようと言いだしたり、そろそろ再開しようかともちかけたり、勝手なことばかりで申し訳ありません。

今年〔二〇〇四年〕は猛烈な暑さで、台風が十個も本土に上陸する始末。台風にはあまり縁がないはずの香川県にも何個かやってきて、高松は高潮騒ぎでしたね。善通寺まで水浸しにはならなくても、大変なことだと思っていたら、東京も直撃されました。十月九日、東京女子大学であった日本キリスト教学会は午後のシンポジウムを中止。二時過ぎから激しい風雨となり、中央線も小田急線も運休となりましたが、ぼくは幸いその前に家に帰り着きました。

さてもう四年間、ひとり暮らしをしています。妻が入退院を繰り返していた頃から家事はぼくの仕事だったから慣れてしまって、困ることはありませんが、人格とはコミュニケーションを営む身体、つまりコミュニカント（コミュニケーションを営む者）である、などといっているぼくが、家にいるときはひたすら無言の行。そのせいか逆に夢には毎晩かなりたくさんの人が出てきます。結局、ものを考える時間が増えたともいえますが、他方では老人閑居して美食をなすよう心がけて、いろいろこさえて食っております。

朝はココアと蜜を入れた牛乳。豆菓子やシリアルをつまむことあり。昼（在宅時）は主として麺類。讃岐のうどんとソーメンは実にうまいです。つゆは「つゆのもと」と「白だし」、ときには「煮物上手」をブレンドして作ります。主にねぎたっぷりの豚肉入りで、食わされた人は店よりうまいとお世辞をいってくれます。夜はさまざまで、面倒臭ければ牛丼。気が向けば、たとえばマイタケのみそ汁、白菜の煮物（煮えたら卵をといてかける）、ガンモドキ、ブリの焼き物（味噌を紹興酒で練って砂糖を加え、レモンの皮を刻み込んだものを切り身の両面に塗ってしばらくおき、両面焼きの遠赤外線グリルで八分）、魚沼コシヒカリ（本ものかどうかは不明）の飯といった献立です。念のためコメントすると、これは休肝日用のメニューです。最近の創作料理のヒット（ヒットとは食べさせられた人たちの評）は、たまたま冷蔵庫にあったハスとキュウリと白アスパラとウインナーをトマトジュース＋赤ワインで煮て塩胡椒、バジルとタイムで味つけしたもので、パルメザン・チーズをかけます。赤ワインによく合います。今夜はこれにしよう。サラダは柿と大根をドレッシング（ワインビネガー＋エキストラバージンのオリーブオイル）であえた、柿なますの変型版。ゆつくり飲みたいときはゼイタク寄せ鍋に酒。夕食のレシピは三十以上になっていますが、普段は十種類くらいかな。たまの外食ではやはり和風が多い。うちでも肉より魚が多いと思います。肴には干し魚（怒る人がいないから、ときには「くさや」）を焼いて食うんです。

むろんお酒は欠かせません。ビール、酒、ワインが主です。抗酸化剤などが入っていると健康上よくないから、選んで飲みます。焼酎がうまくなったけれど、少し強すぎる。実はひとり暮らしを始めてから一年ほどの間に体重が四キロあまり減ったのですが、それからだんだん盛り返して、年初には逆に三キロ近くオーバーして、ガンマGTPも百以上になったから、泣く泣く減量（節食、運動）と節酒につとめ、適正数値に戻しましたが、アホらしい、好きなだけ飲み食いして早く死ぬなら本望じゃんと思うことしきり。まだ仕事があると思えばこその養生ですが、宗教の真実を明らかにすることを思い立ってから五十年余り、ぼくとしてはここらが頂上だというところが見えてきて、死ぬのはそれを書いてからにしようと思うものだから、大食いは残念ながら控えています。

見えてきた頂上というのは場所論です。新約聖書と仏教思想との交点です。場所のはたらきを自覚的に映す「身体としての人格」は統合体を作る。それは個と個、部分と部分、部分と中心の間に妨げられずにコミュニケーションが成り立つ共同体です。場所論の構成、言語、論理、内容、さらにその前提となる直接経験論などがかたちをとってきたということです。別々に出る論文と講演を集めると、まとまったものになるでしょう。ヨーちゃん〔八木洋一〕は、それが出たらまた何か新しいことを書きたくなるから、まだ当分死ねないよとからかうのですが、今度はどうですか。

そうそう、ぼくの身分ですが、四年前〔二〇〇〇年〕に桐蔭横浜大学は定年〔六十八歳〕退職したけれど、客員教授ということで再雇用となり、一般教育の哲学、倫理学、教職の宗教学の授業だけ担当しています。そのほかに「生涯学習」で「現代と宗教」の社会人クラスを週に一回持っています。大学まで歩いても三十数分ですから続けていられるわけ。自転車でもバスでも通えますが、正直、タクシーを呼ぶことが多い。ぼくの講義に登録する学生は毎学期総計で六百―七百人、学部学生の四割近い。なかには哲学に縁のなさそうなのがいて、授業中の態度もよろしからず。私語する奴がいると講義を止めて本人が気づくまで待つんですが、教室がシンとなっているのになかなか気づかず、みなが笑い出すまで声高におしゃべりを続ける学生がいます。試験で九十点以上とる学生は一パーセントほど。できないのは遠慮せずに落としてやるのですが、登録学生数はなかなか減らない。わざわざ聴講料を払って出席している社会人もいるし、生涯教育のクラスはみな熱心で大変気持ちはいいのですが、いい歳こいてまだ講義だなんて、もうやめようかとも思います。著作と学会活動はまだ止めたくないですね。ぼくのほうはこんなところ。

風に吹かれて

得永幸子　二〇〇五年一月三十一日

そろそろ往復書簡を再開してはどうか、と先生が仰っているという噂が耳に入ってから、約半年。一度止めたものを再開するのは、新しく始めるよりもさらにエネルギーがいるなあと思いつつ、再開第一信を待つともなく待っておりました。そして、前信を年末にいただいて、はや二カ月。明日から二月、大寒の名に恥じない寒波に日本列島がすっぽり入り込んだ今日この頃です。

それにしても、六年も休んでいたのですね。この六年はある意味で、私にとって激動の時期でした。中断以前、「何もないということに、どれだけ耐えられるか」が、これからの人生で最大の課題になる、と強く感じていました。この六年間、「何もない」という私の内側の感覚と、外側の多忙さとの間で溝がどんどん広がり、ほとんど二つに分断されたような意識のなかで生活してきました。そうなった第一の原因は、四国学院短期大学に特例教員（世間では特任教員というらしいですが、うちは特例と呼んでいます）として、ほとんど突発的に就職したことです。生まれて初めて月給をもらう身分になり、生活が安定した分（夏休みにも給料をもらえるなんて夢のようです）、拘束時間、忙しさともに専任教員とまったく同じになりました。研究室は学生のたまり場と化し、なぜか不登校その他の問題を起こす学生が必ず私の担当で、一日十八時間くらいは携帯電話とEメールが入りっぱなしの生活です。それでも、歌のホームレッスンは続けており、演奏活動もなぜか就職前より増え、忙しさに拍車がかかります。

そして、もうひとつの大きな原因が両親の〈老い〉です。父は先日、九十三歳になりました。

昨年、母が亡くなりました。〈老い〉が両親にもたらす依存性は、私の時間を待ったなしで容赦なく分断し、いつも三つくらいのことが同時進行し、目の前の必要に追いつくのが精一杯、座って食事をすることが週に何回あるだろうか、という日々が続いておりました。母と、お互いにお互いの存在をすっぽり許容し合える日がいつかくる、という願はいつも先送りにせざるをえませんでした。そこに達するには、物理的にも意識的にもまだまだ距離があると思っていましたのに、願いの叶わないまま、母の生命はひょいっと私の想いを跳び越えて逝ってしまいました。十七年あまりにわたる長い介護の日々でしたが、最後はほんの数日の入院であっという間の嵐。その日がくることに対する、ある程度はできていたはずの自分の心備えも、いざとなるとまったく役に立たず、穏やかな別れにはほど遠いものでした。

いまになってみると、自分がいったいどれほどの者であって、解脱に近い心境のもとに母を送り出せる日がくると期待していたのか、少し唖然としてしまいます。現実には最後の最後までエゴとエゴのぶつかり合いは続き、一瞬でそれがぷつりと断ち切られたという感じです。

母を亡くしてみて、この世での母との関わりが完結したという充足感はおろか、寂しいとか、悲しいとか、母が恋しいとか、予想された感情すらほとんど湧いてこず、あるのはなんとも茫漠とした空虚感だけです。といっても、ひどく落ち込んでいるわけではありませんので、心配なさらないでください。ただ、自分が風に吹かれてひとり立っていて、身体のなかにもその同じ風が吹き抜けている、というような感覚が絶えずつきまとっています。私のなかに肉体感覚としての〈死〉が入ってきたということなのかもしれません。もしそうならば、自分を風洞のように感じることが、けっして嬉しい感覚ではないにしてもそれほど不快でもないのが不思議です。むしろ、そうか生とはそんなふうになっているのか、と素直に納得してしまい、風に吹かれているのがとても自然なのです。その風の正体は、これから私自身が死を迎える日まで見え隠れしつつ、つかず離れず私に同行してくることになりそうです。

九十三歳の父は元気でおります。老いてからつれあいを亡くすと、男の人はすぐ後を追う、とみなに脅されます。冷や冷やしつつも、父本人は機嫌よくしていますし、食欲も旺盛ですので、まだしばらくは一緒にいてくれるのではないかと期待しています。言葉を介してのコミュニケーションは一文に単語二つが限界で、三つの単語を一度に投げかけると混乱しますから、会話らしい会話は少なくなりました。いまは笑顔を交わすのが最もよく通じるコミュニケーションで、毎日二人でにこにこしております。父の笑顔は、何がおかしいとか嬉しいとかの原因結果を超えて、純粋に笑顔というものがあるのなら、こんな表情だろうという綺麗な笑顔で、ときおり胸を衝かれずにはいられません。代わる代わるにくるヘルパーさんたちの間でも、父の笑顔は絶大な人気を博しているようです。母が遺してくれた最後の贈り物が、この無言のコミュニケーションを大切なものとこころから思える父との関係であったかな、という気がしております。母と最後まで穏やかな関係になれなかったことへの痛みがなければ、私は父に対してもっと短気で苛立ちやすい私であったかもしれません。

そんなわけで、この六年余りものを考えずに生活してきてしまいました。考える材料ばかりが、私の内のどこか深いところに沈澱しているようです。これからゆっくりとそれらのひとつひとつが意識の水面に浮かび上がってくるのか、考えるという作業そのものを再びできるのか、いまは不明です。まして先生のお相手が務まるかどうかこころ許ない限りですが、その分いい生徒になれるかもしれません。いろいろお話しているうちに、また自ずと話の方向性がはっきりし始めるのだろうとは感じておりますが、いましばらくはよい生徒になってお話をたくさん聴かせていただきたいと願っております。

私の道

八木誠一

二〇〇六年一月二十日

二〇〇五年はひどく多忙でした。大学の講義、生涯学習のクラス、日本キリスト教学会等での仕事のほか、発表ないし発題をしたものだけでも、国際学会、国際シンポジウムが三つ、国内の学会・研究会が三つ（うちひとつは現代思想研究会）、講演が六回（そのうちの一回は四国学院キリスト教教育研究所）あり、その大部分でフルペーパーを提出、印刷のためにさらに手を入れたり校正をしたりして時間がかかりました。その他、『中外日報』の社説ほかの小文雑文もいくつ書いたことか、よく覚えていない。むろん自分の研究、思索には最も多くの時間を費やしました。『ふくろうのつぶやき――思想のショートショート』〔久美、二〇〇五年〕は現代思想研究会のみなさんが編集・校正を担当してくださったおかげで、私自身はあまり労力を支出せずにすみました。とにかくそれやこれやを、ひとり暮らしで家事雑用をこなしながらやるのですから、もうくたびれてしまって、ひまなときにはひとりでぼんやり無為に過ごすのが何よりの楽しみというわけで、著書やその他何か結構なものをいただいてもお礼も出さず、あちこちに非礼、ご無沙汰を重ねた次第です。毎年こうではないでしょうし、というより仕事はどんどん減っていくのでしょうけれども、歳もとったし（この号が出る頃は七十四歳）、もう研究のまとめだけに専念したい気もあって、そろそろあちこちからリタイアしようと思っています。それにしてもこんな調子では、そもそも研究をまとめて本にすることができるのかどうか、まことにおぼつかない次第です。私の仕事にとても大切なことが含まれているのは（ごくごく少数の人を除いて）、私自身だけ。だから援助してくれる人がなくても仕方ないのですが。再婚を勧めてくれる人もいますが、経済的にはやがてひとりで暮らすのがやっとになるし、その気にはなれません。

ふと振り返って数えてみたら、小学校に入って以来、学校というものと続いた縁は現在まで六十八年、そのうち大学については学生、院生、教師まで五十六年、教師生活は四十六年でした。それなのにその間ずっと、学校に行くより家にいるほうがよほど好きだったとはどういうことでしょうか。

振り出しは関東学院大学神学部、新約聖書学担当の専任講師（一九六〇年就職）で、住居は関東学院職員住宅、その頃、アイ・ジョージがカーネギーホールで公演をするというのでよくテレビに出演していました。いまでも彼の歌を聴くとあの頃のこと、家や横浜の街の様子がまざまざと目に浮かびます。関東学院大学では新約聖書概論、新約時代史、ドイツ語とギリシャ語を担当しました。八木洋一という、私と名前がよく似た学生が入ってきたのは二、三年ほどたった頃のことでした。私の授業にも出ていましたが、そのうちよく家に遊びにくるようになり、親しくなったのは、彼が大学院に進学した頃で、私が東京工業大学に移ってからだと思います。

東工大は学生が優秀だから語学を教えるのは結構楽しかった。でも、二十二年間におよぶ初等ドイツ語の授業が何か学生の役に立ったとは到底思えません。実際、大学からはいつも邪魔にされて、委員会などでは、学生がドイツ語の成績が悪いから専門課程に進学できなかったり、大学院の入学試験や学位試験に落ちたりするのは不当だと責められて、弁明に苦労しました。戦前や戦争直後とは違い、特に理工系ではドイツ人がみな英語で研究発表をしているのだから、ドイツ語の必要がないのは事実なので、余計肩身の狭い思いをしたことです。しかし、仮にどこかの神学部で教えたり、直接に教会と縁ができたりしていたら、研究の内容と方向についてきっと有形無形の干渉・圧迫を受けたに違いないので、東工大にいて解雇の心配もなく、完全な「学問の自由」を享受できたのはほんとうに仕合わせでした。この間、四国学院大学をはじめ、東京大学やＩＣＵ（国際キリスト教大学）など十を越える大学で非常勤講師を勤めましたが、そのほとんどは仏教とキリスト教の対話についての講義でした。スイスのベルン大学、ドイツのハンブルク大学での講義も同様でした。日本の神学部やキリスト教学科から招かれたことは一度もありません。

そのうちに横浜に桐蔭大学ができて、設立に東工大の人がかかわった事情もあり、かなりの数の東工大名誉教授と定年近い教授が桐蔭大学に移動したとき、人文・語学関係の適当な人を世話してくれと頼まれ、思い当たらないまま、俺ではどうだいといったらすぐ採用になり、一九八八年に移りました。東工大の定年（六十歳）の四年前でした。決断してよかったと思います。そうでなければ、キリスト教系の大学で再雇用される見込みはなく、一般の大学にはドイツ語関係の友人もいないので、六十歳で浪人になっていたことでしょう。

さて桐蔭横浜大学は、設立から十八年たった現在では、法学部、工学部、医用工学部、工学部大学院、ロースクールからなる、東工大よりはよほど小さな大学ですが、ここでは一般教育の哲学、倫理学、教職課程の倫理学概論、宗教学を担当してきました。ドイツ語よりはずっと専門に近いわけで、どれだけ学生の役に立ったかはわかりませんが、講義は私自身の哲学・倫理学・宗教学をまとめる上で大いに有益でした。実は先にも書いたように、二〇〇五年に六十八歳で定年になったのですが、客員教授ということで再雇用になり、現在にいたっています。

しかし東工大以来、専門課程で講義を持てなかったデメリットは歴然。ドイツの神学部の教授には、たとえばボン大学では、文献係、学会係、学生係、スケジュール係の秘書がひとりずつ、合計四人つくのに、私には秘書どころかひとりの助手もなく、研究者を育てることも博士を作ることも、多くの理解者を獲得することもできませんでした。でも、過去を回顧していえることは、自分がやりたいと思った研究は実を結んだということで——まだ、その最終段階は本になっていませんが——、この意味では研究生活に何の悔いもありません。そもそもこういうことになるだろうとは、かなり若い頃の出発点からわかっていたこと、少なくとも予期ないし覚悟していたことですから、いまさら愚痴っても仕方ないわけです。やりたい研究ができたことを喜ぶべきでしょう。

老いについて話そうかと思っていたら、こんなことになりました。返事のしようもない手紙ですみませんが、なにとぞよろしく。内心はお返事を楽しみにしながら。

こうしか生きられなかった

得永幸子　二〇〇六年二月一日

「忘れちゃいないさ」とお便り到来。おっと……焦っている私です。先生、昨年はずいぶんとお忙しかったのですね。先生の場合は、思索と執筆がお仕事ですから、時間に追われる多忙は大きなストレスだということは想像に難くありません。その上に雑用や家事も先生の上だけ素通りしていってくれるわけではないとお察しいたします。世の中全体が慌ただしいいまの時代、仕事イコールばりばり動いて量をこなすことだ、という風潮がありますから、先生のお仕事がどれほど大切で、またそのお仕事のためには一見無為な時間こそ、最も大切なのだということはなかなか理解してもらえないことでしょうね。

さて、孤高という美しい日本語があります。「高」は「孤」に結びつく宿命にある、と思えてなりません。「高」は「高」であるがゆえに人々に理解されにくく、日常性に埋没していては見えないものであるからこそ「高」なのであり、理解できないものを受け入れることはたやすいことではなく、「高」は必然的ではないけれども、宿命的に「孤」につながらざるを得ないのではないでしょうか。そして、「孤高」というあり方が、生きる姿として美しいと映るのは私たちがその宿命的な結びつきのなかに、ある恩寵を感じるからではないかと思います。「孤」にならざるを得ないほど「高」な存在をあえてこの世に配されたことに、神の愛を感じるというのは、おかしな言い方でしょうか。私たちに日常性の重力からの浮上の可能性を暗示してくれるもの。自我の呪縛からの解放を示唆してくれるもの。人間すべてにつきまとう孤独に寄り添ってくれるもの。それらはすべて「孤高」なあり方を通して、人間に与えられてきた気がします。もちろんイエスがそうであったことは、私などが申し上げるまでもありません。歌をうたう私のことでいえば、モーツァルトにも、ブラームスにも、そして武満徹にもそれを感じます。私が自分では辿れないほどの深みをひとり掘り進み、遠くはるかな世界へと飛翔していった彼らの音楽に、私は限りない慰めをもらいますし、彼らの音楽を聴いていると、この世が神に愛されていると感じるのです。

先生のお仕事を理解する人が少なかったこと、むしろ、いたるところで拒否に会われたこと、それはほんとうはもっと理解されるべきという意味で、けっして必然ではありませんが、つまりそれでよかったなどという僭越なことを申し上げることはできませんが、でもだからこそ多くの人に生の解放を自覚させてくださったのだといっても許していただけると思います。これからも私たちのために、どんどん嫌われて、おやりになりたい研究をなさってください。

さて、私自身にとりましてもこの一年はある自覚へと導かれる時でした。一昨年、母を喪い、予想をはるかに超えた落ち込みを経験いたしました。親子関係の未解決な部分を宿題のように遺していかれ、相手が亡いのでいまさら解決のしようがなく、ひとりで背負い込む日々でした。鬱病の気配もあったと思います。ときおり受診するべきかな、という思いもこころをよぎりましたが、結局しませんでした。この状態が、落ち込むべき落ち込みだという気がしてならなかったのです。人生には解決してはいけない問題もある、一生背負うべき結ぼれもある。むしろ、それらこそが自分の人生の課題、あるいは原点だと思ったのです。さっさと解決して、私が真新しい人生を刻んでは母が可哀想だ。私の悶々とした意識のなかに母が生き続けているなら、解決してしまえば母の存在も否定してしまう……という怪しげな気持ちもありました。そうこうするうちに、結ぼれの内容が変わったわけではないのですが、徐々に結び目が緩んできて、身動きがかないそうになってきました。どう動こうか、どちらに向けて動き出そうか、とあたりを見回したとき、やはり音楽の勉強を続けたいという選択がとても自然に湧いてきました。

五十歳を過ぎて、大学院博士課程に進学しようという無謀な計画を立てた頃には鬱病は退散し始めていたようです。残念ながら進学は叶わず、助走段階で落下してしまいましたが、生きるための離陸を試みることができたこと、それに向けて何十年ぶりかで受験勉強に励めたこと〔脳みそが沸騰するかと思うほど勉強しました〕、音楽の勉強をするときにどれほど自分がわくわくするかを再確認したこと、それら自体が私にとっては大きな収穫でした。そして、そのなかでも一番大きな収穫は、アウトサイダーとしてのこれまでの私が、母や誰か他の無理解な人々によって道を妨げられたことの産物ではない、という自覚にいたれたことです。こういう生き方になったのは私の能力と、私の音楽との関わり方との必然の結果であった。私は私自身こうしか生きられなかったのだ。善きことも悪しきことも、望ましいことも望んだわけではないことも、それらすべてが私自身なのだ、という自覚は離陸に失敗したからこそ、天から降り注ぐようにやってきました。悲しい自覚ではありますが、同時に、オスティナート〔反復の音楽技法〕のように長い間、私のこころの底で繰り返されてきた「こんなはずではなかった」というモチーフが霧散する一瞬でした。おそらく十七歳で身体をこわして以来、この不毛のモチーフが、無意識とはいえ、私のなかから完全に消えたことはなかったのだと、初めて気づいたのです。親子関係の呪縛も呪縛としてあり続けてはいるのですが、締めつける力が以前とはまるで違います。こんな解放感を得られたのですから、離陸は失敗しましたが、翔ぼうとしてよかったな、とこころから思います。

その解放感のなかで振り返ってみますと、さまざまな嵐の風景のなかでも、結局はすべてが「音楽が好きだ」というひとつのことに尽きるのがよくわかるのです。そして、歌えなくなるほどに人生が硬直したことは、これまで一度もなかったことにも気づかされます。だとすれば、とても単純で幸せな人生を歩んできたなと感心せずにはいられません。「孤高」にはほど遠い私ですが、気ままなひとり旅をこれからはもっと自覚的に楽しめるかなと思っています。数は多くありませんが、一緒に歩いてくれる道連れにも恵まれていますから……。

ござってきたな

八木誠一　二〇〇六年二月三日

私からこれを取ったらもう何も残らない、というものがあって、ひたすらその世界に生きて、しかし何も思い通りにならなくて、それでも歩み続けて、どのみちこれが自分だとあきらめる（「あきらめる」とは元来「明らめる」こと、自覚のことです）。人生ってこんなもんさ、なんてつぶやいたりします。希望という厄介者がいるでしょう。変なたとえですが、困った議論相手がいるものです。長時間議論して攻め立てるとどこまでも後退する。そのくせ攻撃を止めるといつの間にかブヨヨーンともとの線にまで戻っている。希望という奴もそうです。希望なんてものがあるからつまらない夢に苦しめられる。もうこんなものいらないよと、こんどこそ完全に息の根を止めてやったら気になっていると、いつのまにか胸いっぱいに広がっているのです。また本を一冊書きます。書くときはきっとまた夢中になるでしょう。でも、出版されれば早速幻滅という青白い美人が、またきたわよー、と微笑んでくれるでしょう。

ニーチェが最後に書いた本に『エッケ・ホモ』〔『この人を見よ』手塚富雄訳、岩波文庫、一九六九年〕というのがあるでしょう。ご存じの通り、これは『ヨハネ福音書』一九章五節にあるピラトの言葉のラテン語訳です。ピラトは、イエスを十字架につけよと迫るユダヤ人に、イエスを指して「見よ、人間だ」とヨハネからみれば凡人、無理解な言葉を吐くのです。ニーチェの『エッケ・ホモ』は自分を語った本で、「見よ、ここに人間がいる」といわんばかり。なかに「私はどうしてこんなに利口なのか」などというくだりがあり、研究者はニーチェはもう頭がおかしくなっていたのだというのですが、ぼくも最晩年にサッちゃんとの往復書簡で自分のことを語るようになっている。俺もだいぶござってきたなと思う。でも、どうせ語るのなら『風跡』で、という甘えもあるようです。

番外信　送る

八木誠一　二〇〇六年二月六日深夜

今日は宝塚教会で執行された熊谷一綱君〔一九二九―二〇〇六年、元関西学院大学宗教主事、関西学院大学名誉教授〕の告別式ですらりとした喪服姿のサッちゃんにお会いしましたが、サッちゃんは火葬場まで行くし、ぼくは慌ただしく帰ったので、せっかく会ったのにお話もできなかったから、手紙を書く気になり、番外信をお送りします。熊谷一綱君とサッちゃんが、彼の奥さんがサッちゃんの従姉妹という近い関係だったとは最近まで知りませんでした。彼はぼくの親しい友人でしたが、熊谷一綱という武士のような名前の人のことを初めて知ったのは、彼が〔ぼくも最初期の一文を寄稿した）山本和編『生けるキリスト』（今日の宣教叢書5、創文社、一九六一年）への書評を書いてくれたときでした。実際に会ったのは、当時関西学院大学の教授だった久山康（くやまやすし）氏（一九一五―九四年。哲学者・宗教学者。関西学院大学名誉教授）が主催する兄弟団（京都大学卒のメンバーが中心になっていた牧師、神学者、学生の団体）の会合だったかと思います。とにかく学会か何かの後で二人して小料理屋に行ったとき、食べものの趣味でおおいに意気投合して、それからグルメ友達になりました。当時はいまのようにホテルが完備していなかったから、学会のときは友人知人の家に泊めてもらうのが普通で、関西で学会があったとき、宝塚御殿山の彼の家に泊めてもらったことも何回かあります。

関西では彼の案内で、谷崎潤一郎が通ったというステーキ屋にいったり、超甘口から超辛口までずらりと一列に酒を並べた店で飲んだり、神戸の夜景を一望できる山の中腹のレストランでワインを楽しんだりしました。東京では新宿界隈で甲羅の差し渡し三十センチの蟹の炭火焼きを手摑みでむしったり、もう何回一緒したか覚えていません。彼は穏やかな人柄ながらユーモアがあり、久山先生が「お前に奥さんを世話するが、どんな人がいいか」と聞くから、「鼻がいい人」と答えたら「ふざけるな」と怒られたけれど、実はぼくは鼻が悪いからこれは生死にかかわるんだとか、あるとき猛烈な臭気を発散する溝に落ちた子どもを助けたことがあって、みながよくあんな臭いところに入れたと感心したけれど、「ぼくにはね、君、全然臭わなかったんだよ」とか、学園紛争のとき大学構内で学生が「おい先公」というから、思わず「なんだ学助」と答えてしまったとか、おかしな話をしてくれるから、思わず含んでいたワインを噴き出しそうになって弱ったこともありました。彼はクリスチャンらしい良心的な正義漢で、よき教会員〔宝塚教会の協力牧師〕でした。ぼくの本もよく読んでくれたし、解釈学やキリスト論など神学的議論もしましたが、食卓では気楽な会話を楽しんだほうが多かったと思います——著作では途方もなく難しい文章を書く人でしたが。

若い頃はむしろ肥満型だったのに、だんだん痩せてきたと思ったら、晩年にはリュウマチとか糖尿とか前立腺癌とか、ひどく厄介な病気になって、それでも杖をついてグルメに付き合ってくれました。手がだんだん変形してゆくのを見るのは辛かったけれど、いつもにこにこと笑顔で、最後に会ったのは去年〔二〇〇五年〕の十一月、関西学院大学で日本キリスト教学会があったとき、宝塚ホテルに宿をとって、あるいはと声をかけたらきてくれて、近くの坂の途中にあるお洒落なイタリアンで食事をしたときでした。そのときは——手が不自由そうだから、肉はぼくが切ってあげましたが——あまり飲まなかったけれど普通に食事をして、宝塚南口のタクシー乗り場まで送っていき、じゃ、またねと握手して別れたのが最後になりました。あのときはもう大腸癌だったのでしょうか。それはまったく知りませんでした。

サッちゃんの二月一日付けの第四十信、手書きの追伸に、熊谷君が大腸癌の手術を受けたけれどうまくゆかず、本人も終わりの近さを自覚していると書いてあり、「こころ穏やかに主の祈りを捧げ、賛美歌と子守歌をくちずさんでいるそうです」とあったので、思わず涙ぐんでしまいましたが、二月三日に亡くなったという知らせを受け、告別式にはどうしてもいかなくてはと、急遽出席した次第です。

たくさんの病気を背負い込んで長いこと辛い思いをした彼は、神様を恨んで死んでもちっとも不思議ではないほどでしたから、最期が気になったのです。そしたらサッちゃんが彼の死を教えてくれた電話で、最後は腹膜炎の手術ももういいよと断わり、見舞い客にもにこにこと穏やかな笑顔で接していたと聞き、サッちゃんの手紙の文言を思い合わせて、クリスチャンとしての彼は生死より大切なものに触れ、また体得していたことがわかり、よかったね熊谷君と祝福したい気持ちになり、告別式の帰りに牛肉と赤ワインを買って家でステーキを焼き、わがグルメ友達に献杯したことでした。それが最もふさわしい別れに思えたのです。

積み重なる死の経験

得永幸子　二〇〇六年六月十八日

三月に、勤めていた短期大学が閉学になりました。法人自体はそのまま、短期大学を閉学する代わりに新学科を立ち上げるという、いわば吸収合併のようなかたちでした。最後の卒業生になんとか思い出に残る温かい卒業式をしてやりたいという気持ちで、卒業式までは気持ちに張りがあったのですが、卒業式の翌日にはほとんど放心状態でした。けれども、卒業式からわずか十日で、事務所の撤収をしなければならず、それはそれは大変でした。四十七年間の歴史を閉じるのですから、整理、保存、そして処分しなければならないものの区分けだけでも膨大な量でした。ほんとうならもっと早くから片づけ始めていなければ無理だったのですが、学生がいるうちは、店じまいのような寂(さび)れた空気を立てたくないという、スタッフ一同の気持ちがあり、すべては卒業式後、学生の姿が消えてから、ということになりました。

まあ出てくるわ出てくるわ。学生たちの存在の証、いのちの痕跡のようなものが、片づけても片づけても、まるで「私たちはここにいたの。でも、私たちの世界をあなたたちは消そうとしているのよ。私たちを忘れないで」とでもいうかのように、後から後からこぼれ出てきました。ひとつひとつの片づけ作業が、ただの書類や忘れ物を処分するのではなく、学生ひとりひとりを抹殺しているような、なんともいえない嫌な作業でした。無念さと空しさと、そしてなにがしかの恨めしさ。何よりも母校を遺してやれなかった学生たちへの申し訳なさ。隣の部屋には、空いた事務室を四月から使おうとして待っている、次の部署の荷物がスタンバイしており、追われる者のような惨めさもありました。死んだ自分の墓を自分で掘っているような気分というと、大げさでしょうか……。気持ちも身体も疲れきっていたのだと思います。明日、事務室の鍵を法人に返却するという最後の日、帰宅後まるで絵に描いたような倒れ方をして、寝込んでしまいました。重病ではなかったのですが、回復力がなく、いったん治りかけてはまたぶり返すという、情けないありさまで、思いの外長引いてしまいました。とうとう入学式も欠席したほどです。

でも、大切な経験をさせてもらったという気がしています。望んでできる経験ではなく、順風満帆な人生ではけっしてできないであろう、重みを感じています。そして、世の中のけっして少なくはない人々が、倒産、廃業さらには夜逃げというつらい経験をしているなかで、自分もほんの微々たるものではありますが、影の部分を自分のなかに蓄えた気がしています。

四月、私たちのそんな複雑な想いとはまったく無関係に新学科に新入生が入ってきました。気持ちの切り替えができたのやら、できないのやら、歯切れの悪い分、体調もぐずぐずしているのですが、おかまいなしに新年度が始まりました。異動先の子ども福祉学科での生活が始まっています。生きるということ、時間がよどみなく進んでいくということ、世界は変わらず動き続けていくということ、母が亡くなった後にもその力に圧倒される想いがしましたが、今回も足をもつれさせながらなんとかついていかざるを得ず、私は生き続けています。

　身近な者を喪い、大切な世界を喪い、その度に人は自分のなかにも死を経験する気がいたします。長く生きるにつれ、そうやって蓄えられた自分のなかの死の経験もまた、増してまいりました。それは寂しくもあり、一方で死が親和性を増してくる、不思議な感覚です。そして、自分のなかに死を蓄えながら、なおも新しい時を刻み、新しい記憶を蓄積させていく「生」の圧倒的推進力に畏(おそ)れに似た想いで身を委ねざるを得ません。生きることは従順を学ぶことだという気がずっとしていますが、「生きる」ことそれ自体が最も主体的営みでありつつ、同時に従順であることそのものなのだと、最近思わされます。

　先生は従姉の夫、熊谷さんの死について（身内に「……さん」づけも変なのですが、本人とは生前ほとんど言葉を交わしたことがありませんでしたので、熊谷さんと呼ぶほうが自然なのです）、彼が生死を超えたもっと大切なものを会得して死んでいった、よかったねと書いてくださいました。「生きる」ことが従順を求めるのと同じくらい、「死ぬ」ことも究極的な従順を要求するものなのだ、と当たり前のようなことを改めて考えさせられます。人には、主体的に従順な死を迎えるという幸せがあってもいいのかなという気がいたします。熊谷さんは、その幸せを経験することのできた数少ない人間のひとりかもしれません。

　熊谷さんと生前ゆっくりと言葉を交わすことがなかったと申しましたが、伯父武藤一雄〔一九一三―九五年。宗教哲学者。京都大学名誉教授〕とも、日常的な伯父‐姪の関係を超えた会話を交わすことはありませんでした。伯父は密かに『「病い」の存在論』〔地湧社、一九八四年〕を気に入って、人様に勧めてくれていたらしいのですが、私にはついぞひと言も申しませんでした。身近であるということはかえって遠くもあるのですね。先生が仰ってくださった「生死より大切なもの」に触れ、心穏やかに逝った熊谷さんに伯父をも併せ、自分自身も人生の折り返し点を通過し、還(かえ)り道に足を踏み入れたと感じるにつけ、もっともっと話を聞いておけばよかった、と感じずにはいられない私です。

　もしかすると、人の話をちゃんと聞けるというのが歳をとることの幸せな一面かもしれませんね。

お返事、こころからお待ちしています。

主体的従順の学び

八木誠一　二〇〇六年九月四日

体調が悪いのに、心労も少なくないのに、前信を書いてくださってありがとう。勤め先の短期大学が閉鎖になるというのは、少子化という現代状況では珍しいことではなくても、また発展的消滅ではあっても、当事者としてはさまざまな感慨があることでしょう。あんなに一所懸命だったのに、終わってしまった……。

関東学院大学の神学部が大学紛争で閉鎖になったのは、ぼくが転任したあとのことでした。一九六五年に東京工業大学に移ったあとも神学部には非常勤でしばらく勤務していたのです。もう学生運動が始まりかけていて、ぼくには直接関係はありませんでしたが、学生から大学側への管理撤廃要求が提出されていました。たとえば、学生は大学側に「欠席権」を認めよ、などといっていたようです。これは必修科目も出席とりも廃止して、つまらない授業には出なくても卒業できるという「権利」なんだそうで、実際、当時はちょっと面白い話をすると出席者が増える、ちょっと面倒な学的手続きを話すと出席者が減るという具合でした。これでは訓練などとてもできないと呆れて、ぼくは紛争前に非常勤も辞めました。

廃部のあとも建物はしばらく残っていました。学会の折りなどに行ってみると、何に使われていたのか、教室も研究室も図書室もチャペルも部屋としてはそのままで、少数の人影が動いていました。裏に防火用の大きなコンクリートの水槽があり、藻が生えていて、名前は知りませんがハゼのような魚（カジカ?）が棲んでいたのです。廃部になった後もその小魚はまだ生きていて、水槽の壁にくっついて、大きな目で上を眺めていました。話し相手もないまま、水槽のふちに座って魚を見つめ、建物や丘を眺めていると、初めての勤務先で最新の新約学を伝えようと、教室や修養会や研究会で若い情熱を燃やして挫折した日々が思い出されるのです。

蔦赤く燃えてチャペルはさびれをり

学問でもスポーツでも音楽でも恋愛でも、一生をかけた情熱に燃えて、しかし実らないまま終わってゆく。廃部になった神学部の同期生が一夕集まって、そのなかにはテンプラ屋のおやじなんかもいて、もう神学も教会も信仰も話題にならず、ビールを飲みながら学生時代の思い出話に花を咲かせて散ってゆく。それはこんな感じでした。激しく愛し合った二人が、別れた後長いことたってふと出会い、コーヒーか何かを一緒に飲んで、当たりさわりのない話をして、それでもさまざまな感慨を言葉の端々にそっとのぞかせる。しかしそれはもう発展することはなく、いささか味けない思いで別れてゆく。ちょっと脚色すると、

語らはず夜桜を見て別れけり

肝腎なことが話題にならない。散文的な話ですが、男女の仲は恋愛沙汰にならず、いつ終わっても不思議はない関係のほうが永続きするようです。

善通寺にも思い出は多々あります。眩(まばゆ)い盛夏の光、耳を聾するばかりの熊蟬の声、冷房の効いた教室での講義、みなと一緒にとった昼食や夕食、サロン花岡での会話、小豆島へのエクスカーションなど、はっきり記憶に残っています。でも、これはまだすっかり終わりになったわけではなさそうで、九月末に再訪するのを楽しみにしています。

七十年代のなかば、初めて会った頃はみな若かったのに、歳をとりました。ただ、こう思うので

す。若くして発揮される才能があります。五歳で作曲をしたモーツァルトは別格としても、一般的に音楽——演奏や作曲——では若くして才能が開化することが稀ではありません。しかも老年になっても現役が可能です。スポーツは若者の世界です。理系でも数学や理論物理学の分野では若手が活躍します。それに対して文系や社会系ではよい仕事をするためには成熟が必要です。詩や小説は少し違いますが、文系や社会系では人間を知り、自分を知らなければ、よい仕事はできません。成功や失敗、喜びや悲しみ、情熱や断念、さまざまの求めた経験、求めないのにやってきた経験を通じて、「主体的従順を学びながら」人間は成熟するものだし、学問を仕上げるにも時間がかかるものです。なにしろ学問のなかでは文系の学問が一番古いのだから、若くてはこなし難いものです。ということは、文系では——社会系でも——老いることが大切だ、ということでしょう。加齢は必ずしも嫌悪すべきことではありません。ただ——老人は愚痴をいうものだし、それは誰が聞いてもみっともないものですが——、仏教とキリスト教とに共通の根があると確信して以来、それを掘り起こすことに専念して五十年、ようやく自分の宗教哲学が見えてきたときには、もう定年で講義もできずお払い箱。若い人に自分の見解を伝えることもままならない。残念なことです。

深井戸に宝珠みつけし老蛙(ろうあ)かな

とにかく一律に定年制をしくのは間違いではないか。実際アメリカでは定年制は老人差別だということで、大学では定年制は廃止になっています。などといってみても始まらないわけで、とにかく仕事が完結することを喜ぶべきなのでしょう。あんなに夢中だったのに、燃えたのに、何もかも過ぎてゆき、忘却の淵に沈んでゆく。それは仕方ない。どうせ何をやっても結局はそうなるのだけれど、まだすることがなくなったわけではない。ぼくにもまだ眠らずにものを考える夜があります。サッちゃんもぜひ、『「病い」の存在論』の続篇を書いてください。

第五章　死者の残したもの

父を看取る

得永幸子　二〇〇八年八月二十二日

前信をいただいた頃にはすでに、生死の境を往還していた父が四月二十一日に亡くなりました。九十六歳でした。ここ数便の話題が「ふるさと」や「いのちのつながり」といったことに引き寄せられておりましたので、今回は父の最期について書こうと思っておりましたが、そうするにはあまりにも生々しくて、語れない、語る言葉がまとまらないという状態がしばらく続いておりました。そのうち怒濤のように言葉が溢れてきましたが、今度は支離滅裂な感情の嵐の制御不能に陥ってしまい、独白以外はけっしてしてはならない、と自分に言い聞かせておりました。それなら、いまなら落ち着いて話せるのか、といわれると自信はありませんが、そろそろ書けるかなと思い筆を取りました。そんなわけで、先生にお知らせもせず、お電話いただいた後もなかなか反応できずにいました。失礼をどうぞお許しください。

昨年の秋の深まりとともに、父は急速に弱りました。私は密かに年を越せるだろうかと疑っていましたが、医師は「変わりはない。当分大丈夫」と言い続けておりました。たしかに生活パターンに大きな変化はなく、病状が激しく悪化したというのではありませんでした。それでも、傍らにいるものには、引き返すことのできないところに歩み行くのが見えるのです。案の定、十二月になると、波状攻撃のように短い呼吸停止がやってきました。一度は十分近く呼吸が止まり、私は「落ち着くのだ。このまま静かに逝かせてあげるべきなのか、医師に連絡するのか、救急車を呼ぶのか、よく考えて行動するのだ」と自分に言い聞かせながら、父の顔を一心に見つめていました。

するとと突然、父がぽっかりと目を開けて、「何を見とる!?」とびっくりしたようにいうのです。「い、いや、よく寝てるなあって思って……」とごまかしながら腰が抜けたようになる私。そんなことが何回も繰り返されました。年が明けると、一段と衰弱し、窒息の危険と絶えず隣り合わせになりました。いったん呼吸困難に陥ると断末魔のような苦しみ方をします。三月の半ばに、今夜が最期だなと思う夜がありました。洋一先生とチャコ〔新宮久子〕にメールして、今夜がヤマだといってしまいました。手を取り、胸をさすり、聖書を読み、泣きながら賛美歌を歌い、お祈りをし、お別れもしました。夜明け、呻り声が静かになり、吠えるような呼吸がすうっと静かになり、ああいよいよだ、と思ったとき、父が「もういいわ……」と低い声でいったので、「うん、もういいよ……」と返すと、「お、どうした？　ご飯か？」一瞬耳を疑いながら、「ご飯食べるの？」「そうだね、もらおうか」。むっくり起き上がって、ほんとうに朝ご飯をしっかり食べたのです！　この頃になって、医師はようやく、「来年のお正月は迎えられないかもしれませんね」。私には、逝こうとする身体を父の生への妄執が此岸に引きずり戻し、死ぬに死に切れないやり取りを無限に繰り返しているように見えて、痛ましくてなりませんでした。多量の痰が気道のすべてを埋め尽くすようになっても、むせかえりながら、なおも食事をとる姿は、死を押し戻そうとする勝ち目のない苦闘を果てしなく繰り返す姿でした。父は生きたかったのだと思います。最期まで死ぬ気はなかったのだと思います。

幾度も幾度も繰り返された危篤状態とそこからの生還。四月二十日の午後、いつにも増して調子は悪そうでした。でも、危篤と生還の繰り返しが日常化してしまっていたので、その日もそのひとつにすぎないと思っていました。父はいつものように痰に溺れながらも夕食を食べました。かなりよく食べました。デザートも食べました。テレビのニュースにいつものように言葉にならない解説を加えていました。私が、「あらあ、そうなの? 難しい問題なのねえ」と相槌を打つと、得意満面の笑みを見せてくれました。ただひとつだけ違っていたのは、その日は私の体調がよくなかったことです。風邪をひいて微熱がありました。ずっと続いていた二時間睡眠のせいで、軽い風邪と微熱を押し返す力がなく、疲労感で起きているのもつらい状態でした。そうでなければ、その夜の父の様子にもっと重篤なものを感じ、目を離さなかったはずです。けれどもその夜の私のアンテナは、感度が極度に落ちていました。そして、これまでにない呼吸困難が少し落ち着いたとき、私は父に「お父さん、私もしんどい」と初めて口にしたのです。さらに、「熱があるから、私少し寝てくるね」。父は一瞬、驚いたような眼で私の顔を見ました。良いとも悪いとも言いませんでした。ただ驚いたような眼をしていました。そして、それが最後になったのです。一時間ほど眠って、私が父の傍らに戻ったとき、父はまさに息を引き取ったところでした。誰にも看取られることなく、静かにひとりで逝ってしまいました。穏やかな顔でした。寝姿は少しも乱れていませんでした。吸引しましたが、口のなかにも気道にも痰はありませんでした。

私のひと言が生と死の境を往ったり来たりしていた父の介錯（かいしゃく）になった、と思います。それは父が求めたわけでもないのに、私が勝手に引導を渡した冷酷な一撃だったのか。それとも生への執着からどうしても自由になれず、死に切れなかった父の背中を押してあげたのか。

いいえ、父は「仕方ないなあ。もう少し生きようと思ったけど、幸子が限界なら逝くよ」と父らしい諦めで逝ったのだと思います。アメリカ先住民の詩に、「今日は逝くにはもってこいの日」というのがありますが、あのびっくりしたような眼は、不意打ちのように「死に時」を知った眼だったのではないでしょうか。

電話を受けた医師や看護師が慌ただしくやってきて、実際に息を引き取ってから一時間以上もして臨終が言い渡されました。彼らが去った後、深夜でしたのでほかにすぐに駆けつけてくる人もいず、私はひとりで父の傍らに座っていました。疲労感が吹き飛ぶということもなく、途中でまた少し眠ったりしました。父と二人きりで過ごす最後の静かな時間でした。ほんとうに静かな時間でした。その間に父の顔にはゆっくりと、限りなく優しく平和な笑顔が浮かんできました。それはまさにこの世のものではない、私がこれまで見た誰の笑顔よりも優しく穏やかな微笑でした。肉体的苦痛からも、不安や悲しみからも、死の恐怖からも解放された、すべてを超えた世界にあるものだけが見せることのできる微笑だったと思います。

父は観念の人でした。観念が服を着て歩いているような人でした。非常に道徳的な人でもありました。「……べき」がすべてのような人でしたから、「……したい」はいつも爆発的、しかもかなり暴発的に出る人でした。その激情を父の「知」が自らなだめていたのだと思います。けっして楽な生き方ではなかったはずです。晩年、痴呆が進むにつれ、「知」が「情」をコントロールできなくなったときの絶望と恐怖はいかばかりだったことでしょうか。「ぼくは頭がすっかりおかしくなってしまった」と絞り出すように言いながら、骨が折れるのではないかと思うほどの勢いで自分の頭を拳固でぼかぼか殴ったのも一度や二度ではありませんでした。そのあらゆる苦闘も終わって、「知」と「情」の境界も消えて、父は永遠の安らぎのなかにいました。赦されたものの安らぎ、神に抱きとられたものの限りない安らぎ、父の微笑が表現していたのは、それにほかならないのではないでしょうか。そしてその父の微笑が、私には私への赦しにも思えるのです。最後の自分の言葉への悔いは生涯消えないと思います。どうして後一時間そばにいてやらなかったのか、と思うと悔しくてなりません。でも、それは私の悔恨にすぎず、父は赦してくれたと思います。「もういいんだよ」と。

さて、実は父の微笑はさらに、私自身のなかにあった別のわだかまりをも融かしてくれたのです。私は物心ついた頃から、母とのあいだに深い葛藤を抱いてきました。もともと病弱だった母は、私を生んだことで決定的に健康を損ねました。母のなかに私への愛情と憎しみの両方が生まれました。母は絶えず愛と憎しみの両方のメッセージを同時に私に送り続け、私のなかには母に愛されたいという渇望と、生んでくれと頼んだ覚えはないのになぜ責められなければならないのかという恨みとの両方が育ちました。母が亡くなるまで、二人のあいだの緊張関係はとうとう解決しないままでした。そして母が亡くなってからは関係を修復できる可能性が永遠に失われたため、私ひとりで宿題を抱え込んだようになり、葛藤がますます深まっていました。この往復書簡でも何度か触れてきた気がします。けれども母を亡くして一年ほど経った頃からでしょうか。この葛藤がこれまでの自分の人となりを形成する通奏低音であったことに気づき、もう解決するのをやめよう、解決しようとして抗うのではなく、自分の一部として抱いていこう、人には解決できないだけではなく、解決してはいけない葛藤というものもあるのだ、と思うようになっていました。

ところがこの夜、浮かんでいく父の笑顔をみているうちに、ふいに「母のことも、もういい」と感じたのです。母のことなど、このときの私の意識には微塵もありませんでした。朝になれば慌ただしい葬儀の準備と、多くの人の出入りでごった返すに違いない。それまでのわずかな許された時間、父と二人だけの時間を味わい、父の微笑を記憶に焼きつけたいという意識しかありませんでした。ほんとうに思いもかけないことでした。それなのに、長い間どれほど祈り求めても得られなかった母との和解が、まったく予想だにしなかった仕方でやってきたのです。ふっと落ちてきた、としか言いようのない感覚でした。母を赦せたというような観念的なものではなく、生まれてからずっと私を縛り続けてきた呪縛、鎖がほどけたという感覚的なものでした。神様の無限の赦しに抱きとられた父の微笑が、「お前も神さまの赦しのなかにいるのだ。お前の葛藤もとうに神様に抱きとられていることに気づきなさい」。そう教えてくれたのだと思わずにはいられません。

両親を喪い、ひとりきりになった寂しさがないといえば嘘になりますが、同時にかつてなかった安心感のなかにいま、私はいます。生まれてきてはいけなかった、という基本的信頼感の欠乏にずっと振り回されてきた私ですが、いまやっと「もういいのだ」と感じることができます。まるごと肯定されたいま、母もまた懐かしい人に変わりつつあります。父の遺してくれた微笑が、私にとっては「ふるさと」、生きていける場所になった。父は、その場所を見せてくれたのではないかと思っております。

秋に、富士山の麓にある得永家の墓地に両親揃って納骨しようと思っています。新年は能登の海で迎えようとも思っています。散骨用のお骨をほんの少し、ピンクのお花のついた瓶に入れてとっておくつもりです。

喪失という額縁に

八木誠一　二〇〇八年九月二十三日

お手紙拝見。八月末から始まった学会シーズンが終わり——四つの会合が京都で、東京で、仙台で、横浜で、ありました——へとへとというより、心身ともに擦り切れてしまい、数日休んでやっと気力を回復し、遅いお返事を書いています。

重い、重い、お手紙でした。死という日常的なことが、肉親の死となると、最も非日常的な出来事になる。昨日まで会話を交わしていた人が、いまは言葉の世界のかなたに去って、生者は越えることのできない絶対的な限界に直面する。死んでゆく人は生きて残る人に、「さようなら、ありがとう」と言い残せるでしょう。でも死んでゆく人にかける言葉はない。肉親に死なれた人を慰める言葉もない。

親子にせよ夫婦にせよ兄弟姉妹にせよ、互いに相手を自分の思うままにすることはできないし、思うままになることもありえない。肉親に死なれれば、ああしておけばよかった、こうしておけばよかったと思い残すことは必ずあるもので、親しい間柄であればあるほど、こころの傷も深い。相手がもう何とも思っていなくても、傷を与えたという悔いは残る。これらすべてはもう仕方ないことです。人間関係とはそうしたものだと達観してすべてを受け入れ、また受け入れてもらうほかはない。亡くなった人のことは追憶のファイルにしまって、おろそかにできない自分の生に立ち向かうほかはありません。

とはいっても、親しい人が亡くなったあとは、この世界は何もかもが一緒に見た世界、一緒に生きた世界だったと、何につけても改めて思い当たるもので、美しい追憶は喪失という額縁に納められるから、思い出すのも辛く、追憶は——暗いものは無論のこと——、美しいだけ、それだけ思い出したくないものとなり、実際だんだんと薄れてゆくものでしょう。死者にしても、いつまでも生者の追憶のなかに生きようと思っているとは限らない。安らかに眠ってくださいということは、追憶のなかでも安らかに眠ってもらうこと、追憶そのものが安らかな眠りに入ることでしょう。死者は、私のことを思い出して嘆いたりして、安らかな眠りを妨げないでおくれ、といっているのかもしれません。サッちゃんがお父様にいった最後の言葉にしても、お父様には解放だったでしょう。人間、生きているうちは生きることを大切にしなければならないもので、お父様があくまで生きようと努められたのは、生への妄執だったのか、お父様らしい義務感——生きているうちはあくまで生きることを大切にする「べき」だという義務感――からだったのか、おそらくは両者がひとつになっていたのでしょう。実際、この「べし」なしには生きていられません。とすればあなたのお言葉は、お父様が義務感から解放される助けになったので、お父様には救いだったのではないでしょうか――「もうこれでいいよね、お互いに」。

納骨

得永幸子　二〇〇八年十月十三日

ちょうど、富士山の懐に抱かれたような富士霊園に両親のお骨を納めて帰ってきましたら、先生からのお便りが届いていました。母が亡くなって四年半。しばらくは父が寂しがったため納骨を控え、やがて父をおいて旅行することが難しくなったため、富士まで出かけられなくなり、結局、今回二人揃っての納骨となりました。七月に、教会の共同墓地に分骨を納骨したのですが、やはり祖父母や叔父の眠るお墓に納めると、大きな責任を果たした気がします。大切な預かりものを、時満ちて祖父母にお返ししたという感じです。納骨には、父がずっと気にかけて可愛がっていた従姉妹が、娘と一緒に埼玉からきてくれました。彼女は病気のため葬儀にこられなかったのをほんとうに寂しく思っていてくれましたので、父のお骨は彼女に納めてもらいました。

富士は清冽な初秋の気配に満ちており、富士山が裾野までくっきりと見えました。静かで深い姿でした。そして、帰る途の私のこころもものすごく静かでした。父と母の生きた一生、その間にあった戦争を含むさまざまな時、二人がそれぞれに、そしてやがて一諸に刻んだ歴史、短い別れを経て、いままた同じところに小さなお骨となって並んでいる。そのあいだにはおそらく多くの苦しみや激情もあったことでしょう。最後まで解けることのなかったわだかまりがあったことも、私ですら知っています。けれども二つの新しい小振りの骨壺が大きな祖父母の骨壺の足下に並んで置かれたのを見たときほど、二人の生き死にの一切が肯定されていると感じたことはありません。それは寂しくもあり、また平安でもある、とても落ち着きのよい風景でした。

墓地というのは優しいところですね。墓地は、そこに葬られたすべての人の生き死にを無条件に肯定する場所ではないでしょうか。生前どのような生き様をしたか、どのような業績を残したか、どのような関わりを結んだか、そういったすべてのことを包み込んで、静かに時の底に沈めていってくれるところ。ほんとうに寂しさと安らぎが限りなくひとつのものに溶け合っているところ、という気がしてなりません。

帰ってきて三週間。ひとつの区切りがついた気がしています。その安心感からか、数日前に初めて両親の夢を見ました。母の夢さえ、亡くなってから四年半、一度も見たことがありませんでした。私のなかで何かがまだ硬く強ばっていたのでしょうか……。それが、一度にまとめて両親の夢を見たのです。実は私はよく、夜に歌の練習をしていると急に眠くなり、胎児のようにピアノの下に潜って眠ってしまうのですが、そのときも寒いなあと思いながら眠っていました。そうしたら、夢のなかで、両親が「これでは風邪をひく」と相談して、二人でお布団をかけてくれたのです。幸せな夢でした。目が覚めたときは、やっぱり寒いままでしたが……。

さて、実はまだ少しだけお骨を残してあります。いつか、真冬の能登の海に散骨するつもりです。日本海が一番日本海らしいのは冬でしょうから。あれほど帰りたがっていたふるさとに父の想いを還(かえ)してやりたいと思います。そして、その次には富山の祖先の地を訪ねることもしてみたいと思っています。安政五年に曾祖父源六が曾曾祖父得永佐治右衛門の養子として入籍されているのがわが家の最も古い戸籍上の記載です。源六が血縁からの養子であったのか、他人を養子にしたかは不明です。桜田門外の変に関わりありと言い伝えられてきたのは、おそらくこの養父佐治右衛門でしょう。源六は金沢に移り住んでいますが、源六の弟は北海道に移住しています。いわゆる開拓団だと思います。ほんとうに食い詰めての移住だったのではないでしょうか。佐治右衛門がその後どうしたかはもちろん不明です。源六たちが去った後、他のものもみな土地を捨てたのか、いまは荒野の箒草になっているのか、それともいまも得永を名乗る人々が住んでいるのか、住所はただ高畠村とだけ書いてあります。富山県から高畠村までの間の住所が欠落していて、富山県に限るといえども広すぎてどうにも的を絞れません。すると、司法書士事務所に勤めている友人が、市町村合併を繰り返すうちに古い地名が消えてしまい、現在の住所表記は手がかりにならないが、郵便番号は古い地名をよく留めているので、郵便番号簿を調べてみては、と教えてくれました。その結果、さまざまなことからいって高畠村は現在の南砺(なんと)市福光町高畠ではないかと思われ、南栃市に問い合わせました。当たりでした。しかし、そこは石川県との県境の鄙(ひな)で、地図で見る限り、どんなに目を凝らしても道もないような山奥です。とても人が住んでいるようなところには見えません。かつては山村があったのに、ダムの底にでも沈んでしまったのでしょうか。それとも、いまも昔も辺境の地なのでしょうか。市の郷土資料館のようなところの人に聞いても、「そうですねえ」というばかりで一向埒があきません。その人に、高畠の近くに得永姓を名乗る人がいるからと教えられて電話をしてみれば、「徳永さん」で、しかも他県から引っ越してきたとのこと、そこで手がかりはぷっつんです。自分の足で訪ね歩き、探し出すしか方法はなさそうです。いつか、雪のない季節に訪ねたいと思っています。雪深い富山の山中を当てもなく祖先を訪ね歩くのはちょっと不気味すぎますので。

それにしても、何故祖先を訪ねたいなどと人は思うのでしょうか。調べたところで、私は富山に移り住む気はまったくありませんし、遠い親戚を訪ね当てたとしても関係を取り結びたいわけでもありません。自分でも不思議でたまりません。ましてわが家の場合は多分そっと寝かせておいたほうがよいような話しか出てきそうにありませんのに……。父との旅の重なりが、私を一族のつながりというものに誘ってくれ、父の死がさらにふるさとへと駆り立てます。訪ね当てた人が徳永さんだったとき、ふいに空中に放り出されたような、迷子になったような寄る辺なさを感じ、その感覚に自分で慌ててしまいました。まったく自分で理解し難いいまの私です。私はいったい何を欲しているのでしょうか？

以上、近況をご報告いたしました。急速に秋が深まってまいります。近々ドイツにお発ちとか、ドイツの森の美しい秋の風景が思い出されます。お気をつけて行っていらしてください。お土産話を楽しみにしております。

追伸

インターネットというのは恐るべき手段です。検索機能で、高畠村に一件、いまも得永姓を名乗る人がいることを発見しました。細い糸がまたつながりました。手紙を出してみます。結果はまたご報告いたします。

懐旧の「説教」

八木誠一　二〇〇八年十月十五日

わが家の墓地も富士霊園にあるのです。霊園開業のごく初期に求めたので、一区一号地、事務所から徒歩で数分のところです。父が癌だとわかり、もう長くないというので、島原半島の北有馬町矢櫃（やびつ）にある先祖代々の墓地に納骨するのは大変だから、富士山麓に墓地を買ったわけです。父が一九六七年、母が一九七三年、それから妻が二〇〇〇年に亡くなり、納骨しました。妻のときは桜が満開で純白の富士山がすっきりと見えていました。墓参にも行きますから、もう何度行ったかわからないのですが、富士山が見える確率は五割ぐらい、全容が見えることはあまりありません。サーキットの音が聞こえるのが玉に傷ですが、お書きの通り静かで見晴らしのよい、綺麗な公園墓地。大小新旧さまざまな墓が並ぶ普通の墓地とは違って、墓石は大きさもかたちも同じだから、平等でよろしい。供花も含めて管理は事務所に委託してあるので、掃除等も行き届いています。わが家の墓碑には父の愛誦句であった、「生くるはキリスト、死ぬるもまた益なり」がラテン語で彫ってあります。

親戚の者と共著で書いた『北有馬 八木家の物語』〔私家版、二〇〇八年〕が六月初旬に出たのをきっかけに、久しぶりに先祖代々の墓にお参りしてきました。実はこんな経緯がありました。ぼくは戦時中――中学一年生でしたが――父の郷里（北有馬村、いまは長崎県南島原市北有馬町）に疎開したのです。そして島原市にある中学校に汽車で通学したのですが、村の同級生とは親しくなって、いまでも付き合っています。Nは親友でした。いまでも幾分眩そうな目で遠くを見る彼の横顔を覚えています。二年ほど前、そのNと京都で飲んでいて、あの頃の同級生みなで北有馬に行ってみたいね、などと話したのですが、今年になって、六月下旬に中学の同窓会が島原市で開催されることとなり、みな（といっても四人）で行こうよという話になりました。ぼくはちょうど北有馬の親戚を訪問したいと思っていた矢先だったから、同行することにしたわけです。ただしぼくは親戚訪問と墓参のため、クラス会には出ませんでした。

四人は大村空港で待ち合わせ、レンタカーで島原半島の南側を回り、小浜（オバマ、米国大統領と同じ名前）温泉から山に入り、しばらくすると諏訪の池という、かなり大きな池に出ます。車から降りて池の端の林に入り、しばらく無言で立ち尽くしました。「俺たち、ここで殴られたんだよな」とJ・Yがぽつりと言いました。みな同じことを考えていたのです。当時は「説教」と称する、いじめというよりは凄惨なリンチがありました（よくあったことで、近年でも相撲の時津風部屋であったし、海上自衛隊の特殊部隊でもあったらしい）。当時は軍隊式で、下級生は上級生に絶対服従という掟があったのをよいことに、一年上級の生徒がわれわれに何度も暴行を加えたのです（その上級の生徒は、学徒動員で大村の工場で働いていた）。「説教」はとくに都会からの疎開生に対してひどく、敬礼の仕方が悪いとか何とか因縁をつけられましたが、要するに「なっちょらん」とか「生意気」だというのが「理由」でした。汽車の本数が少なく、みな同じ汽車に乗るから逃げられないのです。客車の後ろに連結された貨車に連れて行かれ、始めは往復ビンタだったのがだんだんとエスカレートして拳でストレートという事態になり、上級生数人が交替で鉄拳を振るうから、頬は赤黒く腫れあがるわ（感じでわかるのです）、唇も口のなかも切れるわ、鼻血は出るわで、十分に暴行傷害罪が成立するほどのものでした。ぼくを殴ったTが、自分の拳の痛さに顔をしかめていたのを覚えています。当方は痣だらけの惨憺たる顔になって登校しても、先生は一目みれば何があったのかわかるのに、どうしたと尋ねるでもなく、何の対策も講じてくれませんでした。帰りの汽車のなかで、貨車にこいと呼び出されるのではないかといつも戦々恐々でした。北有馬生の遠足か何かで諏訪の池にきたときにも「説教」されて、われわれはそれをよく覚えていたのです。

諏訪の池から半島の北側に下り、北有馬町をいったん通過したのち、雲仙に上り、うちの親戚に当たる温泉旅館湯本で一泊、歓待されました。翌日は一九九二年の普賢岳噴火の跡や記念館を見て、島原中学（いまは高校）を訪れ、校舎を眺めていたら先生らしき人がいたので、われわれは六十年前の生徒ですといったら校長室でお茶をふるまってくれました。その夜は南有馬の原城（島原の乱のとき、一揆が立てこもった城）の跡に近いホテルに泊まりました。

ひと風呂浴びて（湧湯がありました）食事をすませ、一室に集まって懐旧談にふけるうちに、話題は自然にみながひどい目にあったリンチのことになるのです。そのうちMが、当時の上級生の一人の住所を知っている、と言い出しました。Kというその人は北有馬中学校の校長になり、市の教育長も勤めたので、インターネットで調べがついたのです（ネットの威力！）。噂では腎臓透析中ということまで知っていました。Mが電話しようと言い出して、よかろうということになり、Mがまず電話をするとKが出ました。「私たちは当時の下級生、MとNとJ・YとS・Yです。いま南有馬にいます。ああいう時代だったからほんとうに仕方ないんですが、説教されたことを思い出してお電話しようということになったわけです……」。ひとりひとり言いたいことを言いました。以下はまだ覚えている、ぼくの言い分です。

「Kさん、あの頃たっぷり可愛がっていただいた八木です。お久しゅうございます……実はね、殴られながら、『いまに見てろ、大勢が読む本にお前らのことを実名で書いてやるから』って決心したんですよ。それで、実際チャンスがありましてね。もう二十年以上前のことですが、大勢に読まれるエッセイにいじめについて書いたんです。そのとき自分の体験を語って、よっぽど実名であなたたちの行為を書こうと思ったんですが、やっぱり実名は書けませんでした……ところでKさん、あなたは校長をなさったのですってね。きっと児童たちに向かって、いじめはいけません、なんて訓示されたのでしょうねえ……」。Kは電話を切りもせず聞いていました。そして、「あなたがたのところへ行って謝らなければいけないのですが、いま体調を崩していますので……」っていうんです。「昔のことだから、もういいんですよ。もう忘れますから、どうかお大事に。ところでN・Kさんは力があったから、彼に殴られると特別痛かったですよ。お会いになったらよろしくお伝えください」といってぼくは電話をNに回しました。病気のKは四人の電話を受け、散々嫌みをいわれても最後までまじめに受け応えをしたのです。暴力を加えた他の人たちの消息も教えてくれました。

それによると、最も凶暴で悪質だったTは昨年、病気で死んだとか。一昨年クラス会であったのが最後だったそうです。

「ちょっと言い過ぎたかな」、「かまうもんか、あのくらい。でも謝りに行きたいといったんなら、もういいことにしようか」、「やっと胸のつかえがおりたな」……思いがけない出来事でした。ぼくは「生意気だ」というので一番ひどい目にあわされたのですが、いまにして思えば、たしかに「生意気」でしたね。都会っ子だったのはぼくの責任ではないけれど、反感を持たれました。ぼくは郷里に帰ったつもりだったのに、彼らには一個の異分子にすぎなかったのです。始めは上級生にしかるべく敬意を払い、仲良くもなりたいと思っていました。実際、島原市の上級生のなかには仲良くなった人もいたのです。しかし村の上級生に理不尽な目にあわされれば、怖いから外面ではいうなりになっていても、内心では「試験の前には教科書持って教わりにくるくせに、薄汚ないカッペどもが」と思うようになり、それがつい外に出る。すると連中はますますいきり立つ、というわけでした。いまはもう恨みも怒りもありません。でも、思い出すと悲しく、胸のなかに波が立ちます。ぼくのこころを傷つけたのは、暴行されたことというよりは、それが「ふるさと」の仕打ちだったことでした。

ちろちろと憧憬(あこがれ)燃えて近づけば逃げ水のごと失せるふるさと

さて、当時は上級生には絶対服従ということになっていましたが、やはり反抗すべきだったのです。「右の頰を打たれたら左の頰をも向けてやれ」。しかし、現場では向けなくても両頰に拳固が飛んでくるんです。体力では連中に負けてはいなかったから、一度死に物狂いでかかってゆけば、そのときは袋叩きになっても、それからは手出しができなかったでしょう。これはひとつの学習でした。ぼくは研究者になってから、不当な批判には相手が誰であろうと断然反論したし、実際公開の論争の相手は十人をくだらないでしょう。不当な批判には相手が誰であろうと断然反論したし、実際公開の論争の相手は十人をくだらないでしょう。近頃は論争を仕掛ける人もいなくなってしまいました。不当な批判には黙っていないで断乎反撃すること。これはぼくがリンチから学んだことでした。

県道は見違えるように整備されていて、わが分家の屋敷跡は幾分削られていました。「下(しも)の新宅」(親しい親戚)には親戚の者数人が集まっていてくれて、懐かしく、しばし歓談ののち、幸いの晴れ間にみなで墓参しました。八木天山〔幕末の漢学者〕から祖父までの墓があり、墓地の一部を近くの農家に提供した代わりに管理を委託してあるのですが、草は刈られ、掃除も行き届いていました。ぼくがくるというので、こころ尽くしだったのかもしれません(本の写真では草ぼうぼうです)。

故郷があるのです。でも、若い人は都会に出てしまい、いまそこに住んでいる親戚は老人ばかり。やがて北有馬村八木家は絶え、故郷は知らない人ばかりの異郷になるのでしょう。ぼくが書いた『北有馬　八木家の物語』は、考えてみると、八木家一千年への挽歌だったのです。

ひとつづつ別れを告げる老いの秋

サッちゃんも思い立ったからには、ぜひ高畠村に行ってみてください。行けばきっとそれなりの収穫があるでしょう。北有馬に同行したJ・Yは、彼の家があったあたりを訪ねていて、たまたま通りかかった人に声をかけたら、それがJ・Yの家のことをよく知っている人だったので、大喜びでした。そんなこともあるかもしれないし……ぼくは月末から一週間ほどドイツに行きます。ボンで国際学会があり、シンポジウムで発題講演をします。

ふるさと喪失の確認

得永幸子　二〇〇八年十一月八日

もうドイツからお帰りになられた頃でしょうか。秋深いドイツの森はさぞ美しかったことでしょうね。オランダ在住の頃、晩秋の運河沿い、林のなか、路地、そして海辺を毎日ほんとうによく歩きました。どんなに歩き続けても少しも飽きないくらい、美しい秋でした。特に落ち葉の道が美しく、誰も掃こうという気などないのか、道に深く散り敷いた落ち葉を踏んで歩く足元の感触と、かさかさ鳴る音とが、秋の散歩の喜びのひとつだったのを懐かしく思い出しております。今年のヨーロッパの秋はいかがでしたか？　ワインを堪能してこられましたか？　懐かしい方々とはお会いになれましたか？　お土産話をぜひお聞かせください。

さて、二〇〇八年十月十三日の手紙でお話していた、富山の父祖の地、そして一族のかなり古いところまでの物語がわかりました。やはり現在の富山県南砺市高畠というところです。まだ得永姓を名乗る人がいるのだろうか、その土地は実際に存在するのだろうか、行ってみればダムの底ではないのか。想いをめぐらせていましたが、インターネットで検索して出てきた「得永さん」に手紙を出すと、すぐに返事が返ってきて、しかもほんとうにとても近い親類でした。「得永さん」は得永家の分家筋で、一家はずっと変わらず高畠とその周辺に住み続けており、代々農業を営み続けているそうです。やっぱりおいしいお米を作っていました！

本家の人々はもう百年くらい前から富山市内に居を移したようです。私の曽祖父は得永佐治右衛門の七男実子で、つまり本家筋なんだそうです。「本家のなかに、アメリカに行ってそれから四国に行った人がいるという話は伝わっていましたが、お宅がそうですか」と感激されてしまいました。「得永さん」のお父さんは一族の記録を作っておられ、そのコピーも送ってくれました。それはそれは細部にわたった記録で、何年何月何日に誰から豚を一頭買ったとか、誰が盲腸炎で何処の病院に入院したかまで記録されています。

父が私に伝えた〈物語〉は、どうも記録とはまったく違うようです。家計図によれば、一族のもともとの出身は奈良、その後大分に移り住み、それから富山に移住。それ以後ずっと富山です。富山に移住してから佐治右衛門までの記録は残念ながら何も残っていず、佐治右衛門自身についても、彼が建立にひと役買ったという石碑の記銘以外何も残っていません。桜田門外の変は、少なくとも残った記録とは合致しません。曽祖父のまったくの作り話のようです。その代わりにひどく確かな筆致で書かれた、地に足のついた土着の、極めて具象的な記録がいきなり目の前に現れて、正直面喰らってしまいました。さらに、記録の最終頁に、父の名前がとても若い日の写真とともに載せられていたのには仰天しました。求めていた父祖とのつながりは、いきなり実線で復活したのです。

けれども、私のなかでは喜びよりも当惑と違和感のほうがはるかに大きいのです。

私は「ふるさと」に何を求めていたのでしょうか。また、わからなくなりました。ダムの底に沈んだかもしれない富山の山奥から、なんらかの不始末を起こして金沢に逃れ、極貧のなかで桜田門の物語を紡ぎだした人々の群れ、そう考えていたときの父祖はとても身近に感じられました。祖父の代の話は直接法で語られた物語として身近でしたし、そこにつながるもうひとつ前の世代の人々にもある愛おしささえ感じていました。行ったことも、父から語られたこともない富山の高畠という地名にこころ惹かれ、懐かしいと感じ始めていました。けれども、いまあまりにも生活感に満ちた具体的記録を前にすると、かえって父祖も富山も限りなく遠ざかっていくのです。それはあくまでも「得永さん」のお家の物語で、私たち親子の物語とは別のものという気がします。

曽祖父たちが金沢に出た後にも、富山で営々として営まれた地に足のついたまっとうな生活の記録。紀元数百年まで遡れる立派な家計図。そこに登場する人々の思いがけず高い社会的地位。一方にある、かまどの灰さえ兄弟で奪い合ったという金沢組のどん底生活。祖父が兄弟から離れて満州に渡った経過。その間に紡いだあの桜田門の物語――これらのほうは生々しいまでにリアルに語られてきた物語です。その間にある差――時や場所や内容の差――が大きすぎて戸惑い、あるいは違和感を抱いているということもあるのですが、その〈差〉が決定的なのではなく、「切れている」こと自体が、つまり切れ方がどうであれ、「切れている」ことがそれだけでもう私を富山から遠ざけるのではないかと思えてなりません。

それならば私は「ふるさと」に何を求め、何とつながっていると感じ、感じたいと願っていたのでしょうか。私が求めていたのは父を通過したいのちの継承、父の眼を通してみた「ふるさと」、その延長線上に辿れるはずだった物語にすぎなかったのではないでしょうか。私は「父の」という枕詞のつかない「ふるさと」など最初から求めていなかったのだと思わずにはいられないのです。富山は父にとっては、「行ったことはないし、場所もよく知らないし、多分もう誰も住んでいない。でも、昔は得永村というのがあったんだよ」という〈喪失されたふるさと〉でしたから、私にとっても始めから富山は〈喪失される〉ことで獲得された「ふるさと」でした。私の〈ふるさと探し〉は実はその喪失をなぞり、喪失の物語を補強することに無意識の目的があったのかもしれません。

父を通して能登と出会い、自分も歳を重ね、父の遺した微笑みによって母と和解できたいま、〈ふるさと喪失者〉であった私が、ようやくいのちの継承という「ふるさと」に向かって自分を開き始めた、その連続線で父祖の地に回帰し始めたと思っていました。けれども、私のしようとしたことは〈喪失〉の確認にすぎなかったのだ、私はやはりどこまでいっても〈ふるさと喪失者〉なのだ、そんな気がしています。いつか、富山を訪ねることがあるか、いやおそらく生涯訪ねることはないだろう、そんな予感とともに……。

銀杏が美しく色づき、星空が遠くきらめく稲木町〔善通寺市〕の秋です。いまはあの星空のほうがむしろ懐かしいと感じる私です。

直接経験への道

八木誠一　二〇〇八年十一月十四日

いま何かものを書きたい気分なんです。さて、サッちゃんはやっと「ふるさと」を捕まえたと思ったら、「ふるさと」はするりと滑り落ちてしまった……「私は『ふるさと』に何を求めていたのでしょうか」という問いは、「ふるさととは何か」という問いよりも正確に〈ふるさと〉の本質をついていると思います。「私は『父の』という枕詞のつかない『ふるさと』など最初から求めていなかった」というのが、「〈ふるさと〉とは何か」という問いへの正確な答えなのでしょう。

〈ふるさと〉とは、親しい人のやさしいおもいやりに包まれて安心できるところ、人だけではなく、家ともあたりの風景とも、強く情的につながれた場所、しかもいまは遠く離れてしまった〈どこか〉なのです。それはぼくにはときどき、夢のなかに暗示されるような気がします。ということは、〈ふるさと〉(前に書いた「第二のふるさと」)とは現実にあるところではなく、特定の個人が喚び起こす集合的無意識の表現、詩的な心象風景なのでしょう。その集合的無意識は、こういうことをいうとまたまたサッちゃんはアタマにくるかもしれないけれど、究極的には父親の温かい懐の記憶をも越えて、母胎還帰願望にまで遡るのかもしれないのです(これはかたちを変えたイメージとして現れる)。それに対して現実のふるさとにあるものは〈ここ〉と何ら変わることのない「生活感に溢れた具体的」で散文的な人間生活です。ぼくのふるさとは、現実的には暴力を振るわれた場所でした。にもかかわらず、心象風景としての〈ふるさと〉はさまざまな物語を紡ぎ出すので、それらは詩（童謡かもしれない）として読めばいいし、そこに現実のふるさとをはめ込んでみるのも悪くはないでしょう。高畠村に行ってご覧なさいよ。きっと歓迎してもらえます。近いご親戚と会って、もしかしたら〈ふるさと〉の顕現をちょっぴり経験できるかもしれませんよ。

「ここって、いつかどこかで見たことがある懐かしい情景……」。


さて、ドイツは五年ぶりでした。竹内日祥上人〔一九四七― 年。統合学術国際研究所理事長〕というお坊様がおられ、かねてぼくの言葉でいえば「統合」というようなことを考えておられたらしいのですが、ぼくの本を読んで大いに同感し、ただしぼくとは違って統合ということを文化一般にまで広げて捉え、この方はドイツにも住持をする寺があるのですが、この度、ドイツのライプニッツ協会と共同で「統合学国際学会」を立ち上げたのです。二、三年の準備期間ののち、今年ボンで発会式の運びとなり、ドイツと日本から三人ずつ研究者が出て「統合」を主題とするシンポジウムが開催されたというわけです。日本からの参加者とは、精神病理学の木村敏氏〔一九三一― 年。京都大学名誉教授〕、公共哲学の山脇直司氏〔一九四九― 年。東京大学名誉教授〕とぼくでした。ぼくは是非にと乞われて、歳をとるともう外国旅行は辛いのですが、飛行機はビジネスクラス、ホテルは四つ星、空港まで車で送り迎えするというので、まあこれをもって最後の外国旅行とするかと応じたわけです。でも、旅はやっぱり楽ではありませんでした。

シンポジウムは十月三十一日にボン大学の祝祭講堂で始まり、冒頭に前大統領ローマン・ヘルツォーク〔一九三四―二〇一七年。大統領在任一九九四―九九年〕とボン大学学長の挨拶がありました（ただし現れたのは代理)。ぼくは「統合の概念に寄せて」という発題をしましたが、全体として統合という概念内容がまだ明確ではないので、統合と統一、さらに綜合との区別が明晰ではなく、文化と諸学の綜合に向けてというような理念の打ち上げに終わりました。これからの展開を楽しみにすることといたしましょう。

　実は、ぼくはドイツ語に慣れるために学会の二日ほど前にボンに着き、学会にきてくれた友人のミヒャエル・ミラー牧師と会いました。われわれが泊まったのは格別の特徴はないホテルでしたが、ハンブルクの近くからきたミラーが泊まったのは旧市内にある古城を改造したホテルで、電子カードで塔の重い木の扉をギイと開けると、なかにはコウモリがいそうな暗い石の螺旋階段があり、各階に部屋への入り口があるのですが、フロントはなくて代わりに電話機が一台。朝食は地下でとれるのだそうですが、昼間は従業員がいないのです。屋上で市街を眺めながらワインでも飲もうやと、コンコンカッカと靴音を響かせながら螺旋階段を六階まで上がったら、残念ながら屋上への扉は閉まっていました。泊まるには別のところで料金を払って電子カードを買うのですが、宿泊費は結構高くて、朝食つきで一泊一万円近いのだそうです。

　ドイツはもう冬でした。朝早くは屋根も道路も、霜か、降った小雨が凍ったのか、真っ白でした。ミラーと市の内外をドライブして、ライン河を見降ろす山の上のレストラン——これも古城を改造したもの——で食事しました。急坂を上り、車を降りてからさらに湿った落ち葉を踏んで小径を上がり、居城の広間をモダンに内装した店に入るのです。ドイツの秋はオランダと大差ないと思いますが、大きくカーブするラインの谷を挟んで連なる山々は一面に黄色と茶色に彩られ、山上には城址が点在しています。ラインには細長い船が二、三、ゆっくりと動いていました。鮭料理もパンも冷たい白ワインもうまかったですな。因みに、ぼくが泊まったホテルでは朝食しかとりませんでした——もっとも遅く着いた夜、ルームサービスでチーズの盛り合わせとデカンタの赤ワインをとり寄せましたが、なかなかうまいものでした。

ミラーとは、彼の友人も含めて三人で、市の中央近い大聖堂にも行ったのです。ライン河沿いによくある後期ロマネスクの教会堂です。地下には石壁のチャペルがあり、二、三の婦人が祈りを捧げていました。入口に、ここは観光地ではありませんと立て札があったから、ぼくたちも瞑想のひと時を過ごしました。正面にキリストの十字架像がある、狭く簡素で、ほの暗く照明されたチャペルは、静かで落ち着いていて、敬虔で内省的な雰囲気に満ちていました。ドイツ人の魂の原点に触れた思いでした。ところで母胎を象徴するチャペルには〈ふるさと〉がそっと顕現しているのです。いや、母胎をも超える〈ふるさと〉が……（蛇足ながら教会堂は母の、地下のチャペルは母胎の、また死の、象徴です。お母様へのこだわりが解けたサッちゃんは、いまは素直に同感してくれるかな）。

ミラー牧師の話は重要でした。彼はハンブルク大学で滝沢克己論を書いて神学部を卒業した後、レープラーデという町で牧師をしているのですが、学生の頃から瞑想に親しみ、毎日二時間ほどは坐るのだそうです。しかし、瞑想の指導者がいないからというので、ぼくがハンブルク大学で講義したとき、相談にきたのです。ぼくは瞑想の専門家ではないけれども、多少の知識はあるので助言をしました。それから親しくなって、ぼくが帰国した後も、以前ちょっと書いたように、瞑想について何か問題があるとドイツからわざわざ町田までくるのです。去年二度目に来日したときは、京都に同行して寺や庭園や仏像を案内しました。

その彼が瞑想歴三十年にして、去る九月、「宗教的体験――ぼくのいういわゆる直接経験C（自己・自我直接経験）」を得たというのです。今回会って話を聞くと確かにその通りでした。それは直接経験だというと、彼はきっとそうだと思っていたといって満足げでした。

ほんとうは信仰によってそれが起こるのに、現代ではそれは困難です。しかし瞑想と反省という道で直接経験に到達できるという事実は、ぼくにとって大変大事なことでした。それは実際、可能なのでした。しかし、それに到達するのに三十年以上かかるとは……。彼の不屈の実践能力には感心しましたが、もっと早道はないものかというのが依然として課題です。

ぼくももうやがて七十七歳、キリスト教と仏教との交点で宗教とは何かということをひたすら問い続けてきたけれど、宗教的なあり方を実現する確実な方法はまだみつけていない。理論だけでは空しいのに、人助けにはならないのに、もう先が長くないぼくにできるのは、宗教とは何かということをできるだけ正確に、かつ妥協なく問い続けることだけなのでしょう――あとはヨーちゃん〔八木洋一〕たちに委ねることにして。

父との時間に結晶したふるさと

得永幸子　二〇〇八年十二月二十九日

やっと冬休みになりました。散らかり放題だった研究室を整理し、拭き掃除までして気持ちのすっきりしたところでこの手紙を書いております。冬休みに入った学校は数日前までの喧騒が幻であったかのように、しーんと静まりかえって、人の気配さえしません。私はこの閑散とした学校が好きで、よく休暇中に研究室にきます。休暇中まで出勤して、仕事中毒みたいですが、これは完全に遊びです。時には気持ちよくお昼寝したりもします。

さて、〈ふるさと〉が誰か「特定の個人が喚び起こす集合的無意識の表現、詩的な心象風景」だという先生のお言葉、ほんとうにそうだなと思います。前信でも申しましたが、私にとって〈ふるさと〉は父の遺した微笑みです。父という「特定の個人」の、しかも幼い頃の父でも、長じてからの教師としての父でも、家長として存在した父でもなく、老いて小さな子どものようになり、消えゆくいのちがむき出しになったような父の存在が、父とともに見た父の愛した故郷の冬の海と結びつき、遺体の遺した微笑みに集約されて、まさに一枚の詩的心象風景として私に遺されました。〈ふるさと〉の心象風景としては、ひどく短期間で少ない要素に、より集中的に結実した風景といえるかもしれません。父が老いて、私の庇護のもとにあるようになって初めて、私は父を獲得したのだと思います。これまでもしつこいほど繰り返し書いてきましたが、幼い頃に十分愛されなかった私は、振り返っても懐かしいところ、懐かしい世界というものを幼少期の記憶にごく断片的にしか見出すことができません。ですから私は、〈ふるさと〉を自分の生きていく道のりの前方に探すしかなかったのです。

そのため、自分を無条件に受け止めてくれる世界を、現実の両親以外の未知の世界に求め続けていました。しかし、老いて刻々と無力化していく父と過ごした日々のなかで、〈共にある〉というそのことのなかに「受け止める」ことと「受け止められること」とが同時に成り立つことを身をもって知りました。母が亡くなってからの四年間、ほんとうに父は身近な存在になりました。父の喜ぶ顔を見ることが私の喜びになり、毎日父が喜ぶことを考え出すのが楽しかったのです。行きたがるところにはできるだけ連れて行きましたので、中四国の動物園はほとんど全部行きました。なかには数回行ったところや、二日間続けていったところもあります。北海道、沖縄、東京と旅もしました。時間の許す限り毎日のように、空を舞う鳥を見るために、あてもなく高速道路を走り続けました。車の走行距離はタクシードライバー並みになりました。父を連れての旅は私にとってはトイレもろくに行けず、運転し通しの猛烈な強行軍になるのですが、ただただ楽しく幸せな旅でした。父は、家では咳の嵐に苦しみ、荒い呼吸がいまにも止まりそうなときでも、助手席では必ず穏やかな呼吸となり、満足そうな溜息をつきながら目を輝かして、前方を見つめるのです。ときおり、仕事を辞めて、父の呼吸が止まる日まで生涯遍路のようにずっとドライブをし続けたいと思ったほどです。

そして、故郷の日本海を見に行った能登への二回の旅が、なんといっても宝物になりました。その舞台となった能登の海が土地としての〈ふるさと〉になるのも不思議はないと思います。

最後の日々には、言葉を失い、乳児のように受け身になっていく父は、もうどこかに連れて行ってやることもできなくなり、お互いに、にこにこし合うことしかできることはありませんでした。やがて、その微笑みもほとんど見られなくなり、「呼吸をしている」ということだけが、父の存在の表現になりました。そこでは「受け止める」以外の選択肢はありませんでした。選択肢がないということは、強いられたということではなくて、必然ということで、必然に従うのはとても自然なのです。自然というのは、しかもとても居心地がいいのです。寝不足はきつかったですが、辛いとか、苦しいとかいう追い込まれた気持ちにはなりませんでしたし、いつも両の手のひらに宝物を抱いているような幸せ感がありました。懐に包まれた記憶ではなく、懐に包んだ記憶が、私に生まれて初めて無条件に懐かしい〈ふるさと〉を蓄えさせてくれたのだと思います。人は「共にある」ことだけで愛する者の〈ふるさと〉になり得るのですね。そして、最後に父は永遠の赦しに「受け止められた」人の安らぎを微笑みとして遺すことで、私の生きてきた年月のすべてもまた「受け止められる」と感じさせてくれたのです。

一月一日に、能登半島の先端にまいります。九月に納骨したとき残しておいた小さな骨片を、先日手で丁寧に潰し、粉々にしました。海に撒いてやるつもりです。天気予報では北陸地方は寒波で雪だそうです。「よかった」と思います。初めて訪れた日にも、日本海は吹雪で波の花が舞っておりました。私の心象風景では北海も日本海もいつも冬です。

死とひとつになったふるさと還帰願望

八木誠一　二〇〇九年一月十八日

サッちゃんもほんとうに大変だったと思うけれど、大切なお父様のお世話をこころゆくまでなされ、お父様も美しい微笑を浮かべて亡くなられた。その微笑を見て、サッちゃんも苦労のすべてが報われただけではなく、〈ふるさとそのもの〉が開示された思いだった。

お父様のふるさとに行って、冬の能登の暗い荒海にお父様の骨を撒いてあげる。お幸せなお父様です。

〈ふるさと〉を暗示しながら、〈ふるさと〉より現実的なのが「うち」でしょう。ホームレスと呼ばれる人たちがいて、「宿無し」といわずにわざわざ英語で「ホームレス」というところになんともいえず屈折したものを感じるのですが、昭和の大不況期には「ルンペン」（ドイツ語でボロ布のこと）といわれ、戦後の混乱期には「浮浪者」と呼ばれておりました。

ところでハウスとホームは違うのです。ハウスはあってもホームはない、というホームレスがいます。ぼくにしても独り暮らしで、住むハウスはあり、衣食住に困っているわけでもありませんが、ホームはない。その意味で、ぼくはホームレスです。

弟子を連れて巡回伝道をしていたイエスには定住の場所がなかったらしく、おそらく信者の家を泊まり歩いていたのでしょうが、こんな言葉が伝わっています。

狐に穴あり空の鳥にねぐらあり。されど人の子は枕するところなし。

（『マタイ福音書』八章二十節）

イエスならきっと「俺のいるところ、そこがすなわち俺のホームだ」といえたでしょうけれど、普通の意味ではハウスレスで、かつホームレスだったようです。

「認知症」という病があります――「認知症」とは「ホームレス」同様、屈折した変な言葉ですが。ところで認知症の人はしばしば、自分の家にいるのに「おうちに帰る」と言い出すんだそうです。徘徊癖（はいかいへき）のある人もいます。実は、何かを――多分帰る「うち」を――探しているんだそうです。

自分の家にいながら「おうちに帰る」というのは、ここは「うち」ではないということ。おそらくは世話をされていても、サッちゃんのお父様とは違って、なにか冷ややかな、トゲトゲしいものを感じているのでしょう。かつて家族の「かなめ」として大切にもされ輝いてもいた記憶が、「おうちに帰る」といわせるのでしょう。夕方、灯りがともる頃、家族がまだかまだかと待っていてくれる「うち」に帰りたくて、いまでもきっとどこかにあるはずの「うち」を探し求めて、「徘徊」するのでしょう。そういうホームレスの気持ち、よくわかります。

ホームレスたちは死ぬとき、「うち」に帰った幻を見るのではないでしょうか。暗い街の、ひとつだけ灯りのともった家です。ドアが開いて「遅かったねえ、どこにいたの、みんなで待っていたんだよ」と迎えられ、懐かしい家でいとしい家族の顔を見る幻です。これはぼくにとっては死とひとつになった〈ふるさと還帰願望〉のイメージですが、そのとき認知症の人たちも――これは非現実の幻だから、サッちゃんのお父様とは意味が違うけれども――、顔にいっぱいの微笑みを浮かべて死んでゆくのではないでしょうか。

散骨

得永幸子　二〇〇九年五月十八日

一月二日に父の散骨のために能登半島に行ってまいりました。よりによって寒くて、朝から雪模様でした。琵琶湖あたりから降り始め、福井に入った頃には吹雪になってしまいました。辿り着けるのか不安でしたが、無事に加賀温泉駅に到着。そこで列車を降りて、レンタカーに乗り換えました。金沢市のはるか手前ですでに海岸線は封鎖され、有名な千里浜も通行止めになっていました。

散骨しようにも海に近づけません。時間が経つにつれ、どんどん荒れ模様になる一方です。そんななか、プライベートビーチは規制の対象外なのか、高速道路の一番大きなサービスエリアで、自由に浜に下りられました。こんなところで散骨するなんて……と気乗りしませんが、これ以上走っても天候は回復しそうにありませんし、明日は晴れるという保証もありません。思い切って、凍りついた雪ですべる防波堤を下りて浜へ出ます。寒くて、風がきついため、浜辺には私以外に一組の父子がいただけです。その人たちも早々にレストランに引き上げて行き、後は広大な浜辺に私ひとり。前だけ見ていれば、荒れ狂う冬の日本海をひとり占めしたかっこうです。早い夕暮れが迫っております。波が激しく岩場に打ちつけ、浜は真っ白に泡立つ波に洗われています。

なんとか波打ち際まで辿り着き散骨しましたが、父のお骨は風にあおられ、波に打ち返され、何度も何度も浜に戻ってきてしまいます。とうとう長い時間をかけて一粒一粒手で海に沈めることになってしまいました。前もって手で潰してありましたが、完全に粉にはできず、砂粒くらいにしかなっていなかったことが幸いして、つまんで流すことができました。あたりは夕暮れの闇が迫ってきておりました。

やっと散骨を終えたその瞬間、まるで待っていたかのように、雲間から夕陽が射して空がほんとうに美しい夕映えを見せてくれました。突然、たった一羽どこからともなくかもめが現れ、海面ぎりぎりの低さで飛んできました。かもめは私の頭上で弧を描き、それから海上に飛んで行き、また戻ってくるのです。何度も何度も、だんだん遠くまで飛んで行ってはまた戻ってくるのです。最後にほとんど捕まえられそうなくらい近くまで飛んできて、それきり沖に飛び去って行きました。父が飛んで行ったような気がしました。父が別れを告げているような気がしました。一番大好きな能登の海に帰って行ったのだと思いました。そして、あのかもめが飛び去って行った先に、私もいつか必ず行くのだ、それは懐かしいところへ還（かえ）ることなのだ、改めてそう思いました。

その後の旅は、吹雪のなか、一台も車の走っていない真っ暗な能登半島を四時間走り続けるという惨憺たるものになりました。能登半島は過疎化が深刻で、まだ夜も浅いのに人家の灯りがほとんど見られず、もののけの気配がするかのようです。いったい目的地に近づきつつあるのか、すっかり迷ってしまっているのか、ナビさえ高速道路を下りたり上がったり脈絡のない指示を繰り返します。雪に閉じ込められて車中泊になることも覚悟し始めていた九時過ぎ、忽然（こつぜん）と目の前に温泉街が現れ、それが宿泊先の能登温泉。いったいどこからこんなにたくさんの車と人が現れたのか、狸が化けて新年会をしているのではないかと見まがうほどの賑いでした。

翌朝、まだ雪空ではありましたが、天候ははるかに好転。半島を半周しました。実はパーキングエリアの海に散骨したのがどうも気に入らず、ほんのひと握りお骨を残してあったので、今度こそ一番素敵なところで海に流そうと探しに行ったのです。ありました。半島の最も北向きの海岸線に、激しく波の打ちつける岩場が延々と続いていました。下りられそうなところを探して、磯まで下り、今度こそ深いところに流しました。そのとたん、ひときわ大きな波が腹の底に響く音を立てて足下の岩場に打ちつけ、私を頭からずぶぬれにしてくれたのです。そのままそこにとどまれば、私も海に呑み込まれそうな激しく大きな波でした。昨日の名残り惜しい別れとは打って変わって、後を見る余裕さえなく崖を駆け上り、車に逃げ帰りました。寒さに震えながら、生きている、生きていこうとする自分を強く意識させずにはいませんでした。父を亡くして以来、生と死が最もくっきりと境界を持った一瞬でした。

あれからもう五カ月近く経ちます。世にいう命日も過ぎました。昨年のいま頃はもう独りだったのだ、自分はほんとうに独りになったのだと、遅ればせに身に沁みて感じております。独り暮らしは快適で、寂しいわけでもありませんが、騙されたときのような少し腑に落ちない気分です。これまで家族のことがいつでも優先してきましたので、自分のために生活するということに慣れていないだけなのかもしれません。でも、これほど急に身軽になると、この世に自分をつなぎとめる錨をなくしたみたいな気もします。

幸か不幸か仕事が極めて忙しく、文字通り忙殺されておりますので、それなりに充実した日々を過ごしておりますし、私を必要としてくれている学生たちも何人かおりますので、空しい日々でもありません。それでも、生きるための新しい甲斐というか、内的方向性を見つけられないという気持ちがずっと根底にある気がします。けれども、私に残された時間はおそらくまだもうしばらくあるのでしょう。その与えられた時間をどう生きるのか。家族以外の「意味」をどこに見つけ出すのか。それとも、「意味」から自由になった生き方がこれから可能になっていくのか。

自分の時間を生きるというまったく未知の課題に取り組むことになりそうです。私の知らない新しい生き方を、不器用なりに始めなければならないなと思っている今日この頃です。

八木誠一　二〇〇九年七月一日

デプレッション

黒々とした日本海の荒波が岩に砕けて逃げ惑うサッチャンに襲いかかる光景、吹雪のなかの灯りひとつない海岸線をひた走るくだり、突如出現した、狸に化かされたかのような温泉街の賑わいなど、すぐれた短篇小説かテレビドラマのシーンのようで、脳裏にくっきりと刻み込まれたことです。

ところで当方、三月末に『イエスの宗教』〔岩波書店、二〇〇九年〕という本が出たら、もうこれでやることはやり終えたと、産卵を終えた鮭のような気分になり、でも新しいモチーフをみつけようかと、神道やオートポイエーシスや複雑系など、知識の不足を補うような本を読んではみたものの、特に従来の見解を変更する必要もないようで、もろもろの意欲を喪失したままでおります（食べ物の手は抜いておりません）。

新型インフルエンザの流行でぼくも体温を計ってみたところ、起床時は三十四度七分、昼間が三十六度二分、血圧は上が百から百二十、下が五十から七十（安静時）という具合で、これを健康体とみる人もいるでしょうが、ぼくとしては低エネルギー状態です。八月に、ぼくが子どものとき、ほとんど母親代わりをしてくれた姉が亡くなったせいもあるかもしれません。要するにやる気をなくしているわけです。

デプレッションなのに仕事は結構多くて、実は『イエスの宗教』について話せという申し込みもあるのですが、闘志満々でこなしているわけでもなく、ヨーちゃんやサッちゃんと会ってリラックスできたらというわがままな気分もあるわけです。この手紙、おいぼれの弱音になりました。

幸せな喪失

得永幸子　二〇〇九年九月二十五日

八月にお姉様を亡くされたとのこと、こころよりお悔やみ申し上げます。お忙しいお母様に代わって母親役を担ってくださった方とのこと、先生は二度お母様を亡くされたようなものですね。寂しさが、お二人のときに分散するということはなく、どちらのときも新たにお寂しい想いをなさるのだとお察しいたします。私は三人姉妹の一番下ですが、まだ兄弟を亡くすという経験をしたことがありません。同世代、あるいは近い世代の同胞（昔の人は「はらから」と読みましたが、文字通り同じ胎から生まれた者です）を喪うのは自分の身体にとって親を喪うのとはまた、別の喪失であるのかもしれませんね。先生はあまりご自身のことをお語りにならないとのこと、この往復書簡が唯一の例外だとすれば、それはとても光栄なことです。私は逆に、生死の事柄を話すときには、自分の経験を通じて、生で感じていることしか話せないので、ある意味で、なりふりかまわず自分をさらけ出して書簡を書き続けてきましたが、先生がここで、思わずご自身のことを語ってくださるとすれば、それこそ往復書簡を続けてきた甲斐があろうというものです。そして、続けていく原動力となろうというものでもありましょう。

　さて、先生は執筆活動が一段落し、新しい時間の過ごし方を始められるとのこと、これからは、書いてきた事柄の実践をと仰る力強いお言葉に、ワクワクするのは私だけではけっしてないと思います。次便ではぜひ、そのお話もお聞かせください。

　私自身は両親を喪ってから、自分の生きている方向性が還りの方向に転換したのをまざまざと感じております。両親の介護と仕事との両立に身を引き裂かれそうになりながら、死に物狂いで生活していたのは、ついこの間のことですし、その季節は永遠に続くかと思うほど長かった（父母を合わせて二十一年間でした）のに、気がつくとほとんど一瞬のうちに独りになっていました。母と父が亡くなるあいだにはちょうど四年の間隔が空いたのですが、その四年は、私の意識のなかではほんとうに短く、立て続けに両親を失ったという気がしてなりません。おそらく長かった介護の期間との相対的バランスからみると、一気に事態が動いたと感じさせられるのでしょう。独りになって一年半経ちますが、いまなお、父母との距離で自分の生活の時間や行動を測っているところがあります。夕方、飼い犬の散歩をさせながら、ふと自分を取り巻く天地の広さに戸惑いを覚えたり、早く起き過ぎた朝の時間を真空のように感じたりするのは、世界とのあいだの新しい身体空間に慣れないせいだと思っています。やがて、時間の優しい重なりが、新しい身体空間と世界との距離感を私に蓄えてくれることでしょう。

さて、私のなかで二重に「喪失されたふるさと」ですが、なんと「ふるさと」のほうから近寄ってきました。七月、「得永さん」のご姉弟三人がそれぞれにつれあいの方を連れて、総勢六名で四国旅行にこられたのです。初めて会ったばかりか、つい一年前まで存在さえ知らなかった「得永さん」が、肉体を持って、夫婦単位という生活のシンボルのような姿で目の前に現れたのですから、もう「まいりました」という感じです。六人の方たちはほんとうに温かで穏やかなよい方たちでした。まず、みなで照れながら自己紹介をし合い、系図上のお互いの位置を確認し合いました。太平洋戦争末期に、父とすぐ下の叔父以外の全員が疎開させてもらった、という新事実も聞かされました。私にとって未知の親戚でしたが、実は父の世代までは関わりを持ち合っていたのです。疎開しなかったこともあり、父と私たち家族についての足跡は、「四国に行って、先生をしているらしい」という以外は先方も把握していなかったそうです。

自己紹介の後、善通寺に行きました。他にどこに連れて行けば喜んでもらえるのかわからなかったからです。長女のほうは高岡在住。高岡は鋳物の街で、全国のお寺のシェア九十パーセントを高岡産で占めているとのこと。ご主人も鋳物の仕事をしておられます。事実、善通寺にある鐘や鉢のすべてが高岡産であることを見てまわり、大感激、大興奮。お寺に行ったのは大正解でした。それから、『風跡』同人の竹﨑禮三さんも加わり、八人で賑やかな夕食会をいたしました。竹﨑さんは、日本史にとても詳しく、私はもちろんのこと、「得永さん」よりも「得永」の先祖にまつわる史実に詳しく、奈良の古い記録まで持ってきてくださり、ここでも話が盛り上がっていました。一方、その興奮のはざまで、何気ない仕方で、富山組と金沢組が分かれた経緯についても語られました。うちは「得永さん」よりひとつ前の世代で分家していて、「得永さん」より本家筋というのは間違い、もっと分家筋でした。

代々、本家と分家との身分差は殿さまと奴隷くらい大きく、当然貧富の差も極めて大きかったようです。「得永さん」からいただいた記録に読み取れる、地に足がついた落ち着いた暮らしぶりと、わが家に伝わっている極貧の話がつながらない、と正直に言いますと、

「どちらもほんとうです。金沢に出られた方たちが極貧だったのは、大げさではないと思います。うちも、土地を継承したので、ある程度の暮らしが成り立ちましたが、それ以外の分家は悲惨でしたし、われわれも本家に行けば、土間でご飯を食べていましたよ」

「お正月に本家にご挨拶に行っても、座敷に通ることはなく、廊下から年始のあいさつをしたそうです」

「得永家は代々、電気関係で家をたててきました」

「父は富山の話をいっさいしませんでしたし、昔は富山だったらしい、もうそこには誰もいない、といっていました。祖父も酔ったとき以外は富山のことはいわなかったそうです。ですから、直系

の係累がいるなどと、思ってみたこともありませんでした」

「それは口にしたくないほど恨んでいらしたのでしょう。その気持ちはよくわかります。ずいぶん貧しかったんじゃないですか」

「困窮のあまり、兄弟でかまどの灰まで奪い合ったそうです」

「そうでしょうねえ。意地でも富山の話はしたくなかった、というのがほんとうのところでしょうね」

こんな過激な話がさらさらと食卓を流れていました。初対面の遠縁の者に話すような内容ではなかったはずですが、暗い打ち明け話をするような重さのまったくない、こだわりのない会話でした。

「それもこれも、いろいろなことを超えて、世代がつながってきたというのが、一番大切なことじゃないですか？　今日また、こうしてつながった人に会えて、ほんとうに嬉しいですよ」

最後に当主の方がいった言葉が、長い歴史を生き抜いてきた静けさ、穏やかさに満ちていたのが印象的でした。「今度はぜひ、富山にきてください」。そういってくれました。お家はものすごく広くて（かつて敷地は、うちの大学のキャンパスくらいあったようです）、泊まるところくらい、いくらでもあるそうです。

「得永さん」が送ってくれた一家の記録が断ち切った父祖とのつながりは、このときの会話によって捩じれをほぐされ、まっとうに喪失することを許された気がしています。これからもとくに富山を訪れることはなさそうですが、「訪れまい」と背を向ける必要もなくなりました。いつか機会があれば行くかもしれないなと思っています。二千年近い歴史のなかで、一族の人々がさまざまな浮き沈みと出来事、変転を経験しながらつないできたひとつの流れ。その末端に父がいた。「ふるさと」は、個々の記憶、物語が人間の集合的「ふるさと」に溶け込んで一体化していけるとき、一番幸せな喪失の仕方を迎えられるのかもしれない。そんな変なことも考えています。

空の青に秋の空気を感じる日々、お姉様を喪った寂しさが慰められますように、お祈りいたします。

独りして無為なる時し

八木誠一　二〇〇九年十一月十五日

いや、面白い、面白い。故郷検索が実を結んで思いがけない出会いでしたな。奈良から富山と金沢に延びた線が善通寺で結ばれた。この間、約二千年。初めて会った人が古い親戚で、長い系図で結ばれた関係が初対面。本家と分家、分家と分家の昔ながらの固い秩序が、地主階級がとっくに没落した現在にひょいと顔を出す。高岡の鋳物と四国の大学とを結ぶ縁がお寺の鐘で……という具合で、さまざまな人間関係の、位相の異なったエチケットが交錯して、どんな口をきいたらよいのかわからない。でも話しているうちにだんだんと打ち解けて、まるで「かまどの灰まで奪い合う」ようだった貧乏談まで飛び出して、今後ともどうかよろしくと帰ってゆく。人生には不思議な経験があるものですね。サッちゃんも金沢、富山に行ってらっしゃいよ。ふるさとは、訪れてみれば何の変哲もない日常性の場ですが、やはり特別の相貌を持っています。

ふるさとに憧れゆけば
常人の
常事をなして暮らしてありき

父君の
魚釣りし川
はだしで渉る

ところでこの返事は大変遅れました。サッちゃんも大忙しのようですが、秋はぼくも結構多忙でした。八月末に札幌で開催された日本キリスト教学会は、別の会合（禅とキリスト教懇談会――京都）と重なるので欠席、ところが「禅キ懇」のすぐ後に東西宗教交流学会があって、これは責任上休めないから、体力の限界を感じて結局「禅キ懇」も欠席しちゃった。つまりは九月始めの東西宗教交流学会に出ただけなのですが、同月末に仏教とキリスト教の対話研究会（大阪、仏教側主催）で講演、一日おいて秋月龍珉老師没後十周年記念シンポジウムの発題講演（東京）、十月中旬は上智大学哲学会で宗教哲学をめぐるシンポジウムの発題講演、同下旬は日独文化研究所（京都）で「生と死」をめぐる講演、さらに東京で『イエスの宗教』に関する連続講演の十月分があり、九月からは生涯学習のクラスの秋学期が始まり、他方では滝沢克己記念論文集などの校正がぽんぽんと入り、

『中外日報』からは社説原稿の催促がくる……ひと様は、そのお歳でいろいろすることがあっていいですね、といってくれるんですが、それはそうかもしれないけれど、ぼくは――誰でもそうですが――忙しいのは大嫌いです。

多忙だと窒息しそうで、ひとりでぼんやりしているのが大好きなんです。この貴重な時間に飽きることはありません。十一月始めには仙台在住の、八十七歳の姉を見舞いに行って、むしろ遊びに行って、姉の息子、娘たちも一緒に鳴子(なるこ)の渓谷を歩き、山と川の晩秋の装いを楽しんでひと息つきました。この姉の長女は東京日比谷の中央図書館の司書をしていたのですが、四年前に定年になり、姉のところに戻って暮らしているのです。この姪が、オペラを観たり会合に出たりで、東京にくるついでにわが家にきて家事や雑事を手伝ってくれるので助かっています。実は姪は東京にいた頃からときどき手伝いにきて、溜まった仕事をこなしてくれていたのですが、彼女がいなかったら、家事と仕事を両立させるぼくの暮らしは破綻していたかもしれません。

ところで忙しいと、こんな詩に惹かれます。

大木の幹に耳あて
小半日
堅き皮をばむしりてありき　啄木

儲けにも、何の役にも立たない虚の時間です。叱られたか苛められたかした少年が、ひとりで泣きにゆく。泣きやんでも、すぐ家や友達のもとに帰る気にはならない。ぼんやり木に凭(もた)れていると、自然のものが普段は気づかなかったナマナマしい自己性をもって立ち現れている。恐ろしいとも頼もしいとも懐かしいとも言いようのない匂いと存在感です。そこで少年は、そんな木や草や虫と遊び始める。少し苛めてもみる。「泣きぬれて蟹とたわむれ」たのもそんな時間でしょうか。もっとも啄木にとって虚の時間は、子ども時代だけのものではなかったでしょう。

独りして無為なる時し
ものみなの
おのれと成りて息吹き返す　　誠一

啄木は詩的な表現をします。

砂山の裾によこたはる流木に
あたり見まはし
物言ひてみる　　啄木

忙しいときって充実しているようだけれど、実は虚しいこと、リスの車回しに似ている。孤(こ)にして無為なときに、かえって存在の充実に出会うのではないでしょうか。そういえば、ぼくにとってはサッちゃんとの往復書簡もそうですが、一般に文系・芸術系の仕事は虚の時間に連なるようです。

父に会いに

得永幸子　二〇一〇年一月十五日

十一月には、「ひだまりのなかで　えほんとうたのコンサート」に遠くからわざわざおいでくださいまして、ほんとうにありがとうございました。「行くよ」と仰っていただいたとき、ほとんど半信半疑、いえ正直にいってあんまり信じていませんでした。ほんとうにおいでいただけるなど、素晴らしすぎてありえないことのように思われたのです。でも、きてくださった！　感激です。ほんとうに、ほんとうにありがとうございました。

私はコンサートの後も、十二月末までの間に三つ演奏会が入り、うちひとつは「ひだまり」と別プログラムによるソロリサイタルでしたので、ものすごい忙しさと緊張の日々を過ごしました。その間に九人分の卒業論文とも付き合い、ほんとうに疲れ果てましたが、倒れることなく何とか無事に乗り切れたのは、「お正月にまた能登に行ける」というご褒美が待っていたからに違いありません。昨年、父の散骨に行ったときに、「お正月にまた会いにくるからね」と約束して、能登を後にしましたので、一年間想いのなかで温めた能登行きでした。

一月二日朝、善通寺を発ち、列車で金沢まで行き、そこからレンタカーで三日間かけて、能登半島をほぼ四分の三周しました。静かな旅でした。まったくのひとり旅ですから、三日間ほとんど誰とも話さず、人の声を聞くことさえ、あまりありませんでした。半島自身も沈黙のなかにあり、聞こえてくるのは風と波の音ばかり。お正月であったこと、暮れからの寒波に日本列島がすっぽり呑み込まれて、雪が多かったことから、数十分に一台くらいの割合でしか車に遭いません。一時間に一人くらいしか道を歩いている人を見ません。海辺ですのに、三日間猫が一匹もいません。野良猫が生存するには寒すぎるのでしょうか。目にするものは日本海と空と、半島を取り巻く海辺の道と、そして海鳥たちだけです。

気ままな旅でもありました。夜間は道路が凍結するので、日没からあまり時間をおかずに宿泊先のホテルに入るということ以外、何の予定も拘束もありません。気が向けば車を停めて海を眺め、お腹が空けば持参のおむすびをほおばり、ホテルの前の自販機で買ったお茶を飲む、また走る、ということの繰り返しです。

けれども、ぜいたくな旅でした。自分だけのために三日間を使うというだけでも夢のように贅沢な上、車の右前にずっと日本海を独り占めしていたのですから。風が強すぎて海辺には雪はまったく積もらず、代わりに直径七—八センチメートルもある大きな波の花がボンボン飛んできます。ときどき、波除(なみよけ)を越えて車の上に波しぶきも飛んできます。まるで自分がもう海のなかにいるような錯覚さえ覚えたことです。

もののけのすぐ隣にいるような旅でもありました。初日、能登半島の付け根にある七尾市までは行こうと思って、高速道路を走っていたときのことです。後二十分くらいで着くかなというところで、車に取りつけられたナビゲーターが次の出口で高速を降りろと言います。少し早いのではと思いつも知らない土地ですので、いわれるままに降りました。するとそこは雪深い村里。狭い田舎道が延々と続きます。標識も何もない。車もいない。人もいない。

幸いまだ明るく、道は車が安全に走れる程度の積雪でしたので、能登の田舎の風景を堪能しながらナビの指示通り走ること約四十分。それでも「七百メートル先、高速入口です」とナビから流れてきたときは、ちょっとほっとしました。ところが、その辿りついた高速入口はなんとさっき降ろされたインターチェンジだったのです。あの四十分はいったい何だったのでしょう。「狸に化かされたんじゃない?」という友人もいますし、「ゆっくり見て行きなさいって、お父さんが誘ったのよ」という友人もいます。さて、どうでしょうか?

また、この旅はいまではもうほとんど見られなくなった昔からの〈村〉を意識する旅でもありました。能登には伝統的杜氏(とうじ)がいまもたくさんいて、それぞれに地酒を作っていると出発前から聞いていましたので、いろいろなお酒を買って帰りたいと思っていました。電信柱にはずっとその土地の地酒の広告が出ています。ところが、能登はすっぽりお正月休み。行けども行けども酒屋は閉まっています。やっと開いているお店を見つけて、ついさっき看板でみたお酒の名前を言いますと、「ああ、それは隣の町の酒だから、置いてない。ここの地酒ならある」というのです。町境から数百メートルくらいしか離れていないところの酒屋です。次に開いている酒屋ではまた、まったく別の地酒を売っています。ビールは日本中どこでも見る銘柄のものを置いていますが、日本酒は地酒のみです。

けれども、「隣の町のお酒だからない」という、おばあさんの言い方が、意地になっている様子でもなく、プライドが高いという風でもなく、昔からずっとそうだから、当たり前のことだからとでもいうかのように、淡々としているのが、とてもいいのです。とうの昔に日本から消えてしまった〈村境〉がここではまだ当たり前に生きている、という感じなのです。輪島まで出て、大きな観光酒屋を覗いたときにも能登の地酒は各種あっても、金沢や加賀地方の酒はまったくありませんでした。旅から帰って、かろうじて手に入れた三本の地酒の飲み比べをしましたが、三本ともまったく違う味でした。〈村〉の境界は厳然としてあるのです。

いまの日本は、東京で買うものも、四国で買うものも大差はなく、情報も一瞬で全国を駆けめぐります。そのメカニックな、あるいはメタリックな速さ、軽さにいつの間にか慣らされています。それに反して、同じ日本の、大きいとはいえひとつの半島のなかで、数キロ先ではまったく違う味が醸(かも)され、互いに交わることなく、歩いて行けるような範囲でのみ共有されているのです。日本の懐にはまだ深い暗がりがあって、生き物としての人間が生きている。そう思わされたことです。

さて、能登はほんとうにお正月休み。道の駅さえ閉まっていたりします。輪島で泊まったホテルは、なんとレストランがお休みでした。近くにいくらでも食べるところはあるから、といわれて近辺の居酒屋の地図を渡されました。外に出てみましたが、街灯もなく、真っ暗で、雪と海の境がわからず、危なくて歩けそうにもありません。歩くのは諦めて、自動車道のほうを行くことにし、もう一度車を出して、数分先にあるコンビニでお茶と少しの食べ物を買ってきましたが、外に食べに出た他の宿泊客が、「店も閉まってるんだよなあ」と言いながら帰ってくるのが聞こえます。翌朝の輪島朝市も出店者は少なく、「いやあ、まだみんなお正月気分抜けてないし、酒も抜けてないから、開かないよう」とおじさんが教えてくれる始末。もう、のんびりするしかない旅でした。

私自身のこころのあり様も、昨年、散骨にきたときのあの切羽詰まった状況とは大きく異なって穏やかで静かでした。一年という時間は、人に距離を与えるのですね。日本海は大きく深く、荒れているにもかかわらず、優しく迎えてくれました。「帰ってきた」という落ち着いた安堵感がありました。でも、父のところに帰ってきたという感覚は薄く、日本海に帰ってきたという感覚のほうがはるかに大きかったのです。父はもうすでに、日本海の一部になっていました。そして、日本海は変わらず迎えてくれる場所でした。

三日間、海を見ていましたが、父は会いにきてはくれませんでした。半島の北端にある禄剛崎（ろっこうさき）の岬突端に立ったのは夕方の四時前、寒くて日暮れが近いこともあり、三百度四方が日本海という絶景の岬にいたのは私一人でした。もし、父が会いにきてくれるならここしかない、という想いと、いや会いにこないだろうという予感との両方がありました。少し呼んでみました。それから大声で呼んでみました。父の好きな砂山と浜千鳥を大きな声で歌いました。でも、父は会いにきませんでした。私も父を恋い焦がれませんでした。そして、がっかりしない私がいました。

代わりに能登にきてからずっと私のなかにあった安堵感がますます深くなるばかりでした。私にはいつかまた、還（かえ）ってくる場所がある。還ってくるのを待ち続けていてくれる場所がある。それはこの海かもしれない。もしかすれば別のところかもしれない。しかしそれがどこであろうとも、ここにつながる場所であることに違いはない。そしてその還るべきところとの、約束された距離をいま自分は歩いている。どこを歩こうが、その途中にいかなる風景を見ようが、私は約束された距離を歩いている。父と私との「あいだ」にも、必ず再会することを約束された距離が、静かに豊かに具わっている、そう感じました。約束された距離は約束された広がりなのかもしれません。生きていくということは、この距離を信頼して、その距離に向かって自分を開いていくことなのかもしれない。そんな気がしています。

来年もお正月に能登に帰ってくるのか、もうくる必要はないのか、いまの私にはわかりません。秋になったら考えようと思っています。

終　章　回心と静寂
──神の息を呼吸する──

定年　老いはこのようにしてやってくる

得永幸子　二〇一三年十月二十五日

今日は大学が台風の影響で休校になりました（今年はほんとうに台風が多いです）。けれども、もうその荒れも治まりつつあり、静かな静かな夕暮れの研究室にひとりでおります。落ち着いてものを考えられることに、幸せを感じながら、この文を書いております。

この一、二年、自分の作業効率と作業意欲とが落ちてきたことに気がつくようになってまいりました。老いとはこうやって訪れてくるものなのだと実感しております。以前はもう少し、なんでも早目早目に片づけなければ気がすまない性質だったのですが、だんだん仕事に追いつかれるようになってきました。追いかけられ、追いつかれたとき、私は一気呵成に仕事を仕上げるということがまったくできない人間なので、死に物狂いの意地のように、寝ないで延々と仕事をするか、すっかり放棄してしまうか、どちらかになる傾向があります。そして、この一、二年、放棄したくなる頻度が増しつつあるような気がします。もうそろそろ、ゆっくりと自分のペースで本を読むという生活になりたいな、というのがこのところのこころの通奏低音です。そして、「そうか、定年制度というのはけっして残酷な制度ではなく、去る側にとっても、後を引き継ぐ側にとっても、まっとうで理にかなったものなのだ」と納得がいくのです。私自身の定年まではまだ少しありますが、ほんとうに自分のしたいことだけができる生活として、その日を楽しみに待つ気持ちに少しずつなってまいりました。とはいえ、ほんとうにそうなったとき、単に自堕落なだけの怠けた生活を送らないと言い切る自信はないのが情けないところなのですが。

ふっと、退きたいという気持ちがおきたのは、おそらく、少し人間に対して悲観的な気持ちになっていることも、きっかけであろうと思います。自分を含めて個々の人間の〈ただの自我〉のあまりの強さが、耐え難いと思うことがあります。もちろん、他者の自我の強さに振り回され、疲れさせられることもあるのですが、ほんとうに悲観的になるのは、自分自身の自意識の強さ、自我の依怙地さです。先生の『〈はたらく神〉の神学』〈岩波書店、二〇一二年〉を読ませていただいて、一番に私を打ちのめしたのはこのことでした。限られた時間しか自由にならないため、少し読んでは置いておく。また読めるときがくると、続きからではなく、かなり前に戻って読み返しながら、読み進む。刺繡にアウトラインステッチといって、返し針をしながら一本の線を縫い取りする手法がありますが、ちょうどそんな感じで、繰り返し繰り返し読みました。当然、読んでいない合間が何度も挟まるのです。そういう読み方をするから余計そう感じるのでしょうが、読んでいるときの自分の意識と、普通の暮らしに戻っている自分とのギャップの深さが、慄然とするほど深いのです。その度に、「何もわかっていない自分」と、「わかったつもりの自分と、生きられた自分」との間に横たわる深淵に、何ともいえない悲しみを感じます。結局私を虜にしているのは、どこまでいっても「ただの自我」に過ぎないのだろうか……と。何より悲しいのは、人との関わりのなかで、本から顔を上げたとたんに、いえ、ひどいときには読みながら、〈わかった〉と思うその刀で、誰かを切ろうとする自分に繰り返し繰り返し出会うことです。他者のあり方を批判するために、あるいは他者より自分を優位に感じるために、先生のご本を読むなどもってのほか、最低の読み方だと思います。けれども、隙間から立ち昇ってくる自我に振り回されている自分の姿が、読むことを通してあぶりだされるのをとめることはできません。

自我に死んで、自己に生きる。私が生きることがそのままで、キリストを表現する。本来、人はそうあるようになっている。私がそう願わなくても、もちろん努力しなくても、それはそうなっていることなのだ。しかし、そのことを生きることは、私にとっては限りなく続く祈りのような気がしています。もちろん、他者との関わりの只中に置かれたこの生を、けっして脱ぎ捨てたいとは思いません。それどころか、悲しみが深まれば深まるほど、自分の周りにいる人々を求める気持ちが深まることが、とても不思議です。ご本を読んでいるときに、学生たちが研究室に入ってきて、ふっと顔を上げると、彼らの体温や息遣いがふわあっと香り立って、恥ずかしいくらい愛おしいと思ってしまいます。そのとき、私を超えたはたらきが私のなかで、私を人との関わりに向けて動き出させるのを、感じたような気がするのですが……。

散々ご無沙汰した挙げ句のお返事が、こんな読後感にもならない、貧しい理解で申し訳ありません。

伝道一〈はたらく神〉

八木誠一　二〇一三年十二月四日

「老いはこのようにしてやってくる」というお言葉ですが、フィリピンの小島にまで行って潜ったり漕いだりして楽しく遊べるのだから、老いはまだまだ予感のうちでしょう。ぼくなんか、そもそも飛行機旅行がもう億劫で、かなり前からビジネスクラスを使っていましたが、空港での手続きや乗り換えも面倒だし、いまやファーストクラスでも御免です。ところで大腸の内視鏡検査ですが、小さなポリープが五つあったということで、悪性のものではなかったけれど、全部切除してくれました。組織検査の結果は、ひとつだけ前癌状態になりかけているのがあったそうです。これは二、三年は放っておいても無害だけれど、そのあと癌になるかもしれないのだそうで、切除したから問題はないとのことです。やはり検査してよかったということでしょう。去年秋から体調を崩して独り暮らしの身には結構辛かったけれど、この機会にいろいろ検査をした結果は、前信で申し上げた通り、血糖とコレステロール（ＬＤＬ）の値がいくぶん高めだったほかは特に異常なしということになりました。からだの全体を細部にわたって検査したわけではないけれど、体力が年相応に回復すれば、まだしばらくは仕事ができそうです。

拙著を丹念に読んでくださってありがとう。あの本を出して以来、関心が「いかにして『神のはたらき』に目覚めるか」という問題に移り、この一年間、それればかり考えていました。結論は当たり前のところに帰着したようです。まず「神のはたらき」に目覚めるための確実な「方法」はないということです。なぜなら「目覚め」は、相対的にせよ自律性を持つ身体／人格の出来事だから、その生起を原因・結果や手段・目的関係を使って操作することが不可能だからです。それは必ず病気を治したり、健康にしたりする薬はないのに似ているといえるでしょう。とはいえ健康の場合と同じく、何もできないということではありません。身体の場合には、からだが求めることを正しく行うのが結局は健康への道で、薬は補助でしょう。さて、世界と人間とに及ぶ「神のはたらき」（統合作用）があるのは、拙著で書いたように事実です。そして統合作用とは、他律や必然ではなく、自由を媒介として現実化するものです。この場合、人の側では「神のはたらき」が求めることを果たすのが「正しい」ということになります。パウロは「信仰義認」と言いますが、義とは要するに「正しいこと」で、神が人に求めるのは「信仰」だから、「信仰が義と認められる」というわけです。われわれの場合も、統合体の現実化を求める「神のはたらき」が事実なら、つまり「神のはたらき」が、人それぞれがコミュニカント（コミュニケーションを営む者）となり、「キリストのからだ」といわれるコミュニケーション・システムを形成することを求めているなら、まずは世界と人間とに及ぶ「神のはたらき」に自分のすべてを委ねることが「正しい」ことになります。それがつまり「信」です。信がなければ瞑想も祈りも「単なる自我」の営為になってしまうことが多く、これでは宗教に到達しません。

信といっても、伝統的な教義を疑わずに信じるとか、神様が常にこの身を守ってくださることを信じるとか、そういう意味での信仰ではありません。そうではなくて、人間の自由を媒介として、自己実現を求める「神のはたらき」にすべてを委ね、その現実化に参与するという意味での信です。この意味での「信」は、「ただの自我」――ぼくは「単なる自我」といっていますが「ただの自我」でも結構です――から出るものではなく、それ自身が「神のはたらき」、すなわち「自己」に根差すものだから、「自己」つまり「わが身に及ぶ神のはたらき」の自覚を喚び起こすでしょう。しかし、「覚」は操作論的な目的や結果ではなく、もし結果というならば、それは自然に成り立つ結果です。およそ自己（神のはたらき）に根差すものは「自然」です（『マルコ福音書』四章二八節の「おのずから」を参照）。それに対して「ただの自我」から出るものは人為とか作為などといわれるもの、仏教語でいえば、はからい、自力（自力作善）というようなことです。

そもそも自力（ただの自我のはからい）とは、まずは単に「こうだといわれた」というだけの理由でそうだと思い、単に「こうしろといわれた」というだけの理由でそうする、「他律」のことです。そういう自我は、自分自身の本来が虚しいことに気づくと、自己強化と自己栄化を求めるようになり、自分でも気づかないうちにエゴイストになっていきます。新約聖書では単に（旧約）聖書に律法を守れと記してあるという理由で、律法を守れば神に義とされると思い込んで、「ただの自我」の律法主義に陥ってしまった「パリサイ人」の行為――パウロがいう「律法のわざ」――がその典型です。これは親鸞がいう意味での「自力作善」にほかならず、だから仮に律法を完全に守ったとしても、それでは「義」とされるどころかその反対になる、というのが――伝統的キリスト教では、ほとんど理解されていないけれども――、イエスの認識であり、パウロの真意であり、また「モーセが与えたマナを食べた民は死んだ」というヨハネの立場でした（『ヨハネ福音書』六章四九節）。

さらに「ただの自我」の営為が加わってきます。前述のように、「ただの自我」が自分を眺めると、何の根拠もないことに気づいて自己充実をはかるのです。つまり、エゴイズム（我執・我欲）です。何か自分の利益になるとか、自分が偉くなるとかという理由で目的を設定して、それを実現しようとする努力のことです。それは宗教では、あってはならないことです。ですから信といっても信じられないことを無理やり信じ込むのではなく、宗教的なものに接しているうちに自然に成り立ってくる（成り立っている）信のことです。この信のなかで――覚をともなって――現実化するものは結局「統合作用」ですが、それには諸面があります。それは「清らかなやさしいこころ」、「平和への願い」、「自分の不利になっても真理を求める意志」、「この世の無意味にめげない意欲」というようなものです。そして、これらはより広く深い「直接経験」に通じています。ところでこれらは『マタイ福音書』五章三―一〇節（幸いなるかな）に対応するものですが、これらが統合作用を成り立たせることは明らかでしょう。これらは「ただの自我」からは出てこないものです。この際、「神のはたらきの神学」は統合作用を認識する助けにはなるでしょう。

さて、これらが生じてきたとき、われわれにできることは、ただの自我の求めるところを放棄し、つまりはエゴイスティックな思い煩いから離れた、静かな瞑想のなかで、あるいは同じことですが、他の何があってもなくてもいいから真理をお与えくださいという「祈り」のなかで、これらのこころや願い、さらにその底にある「平和・平安」（エイレーネー。仏教語では涅槃寂滅（ねはんじゃくめつ）、無心）に意識を集中することです。そうするとこれらの願いが、だんだんと意識の全体を領して「自我」を動かすようになります。「ただの自我」が滅びるのです。自我の能力は、「考えて選ぶこと」で、選択の基準や動力はエゴイズムだったり、もろもろの欲情や情念だったりするわけで、それ以前に社会通念というものもこの際、大いに作用しているのですが、「信」においては、自我を動かすものがそれらから「神のはたらき」に変わってくるのです。これが「主体の交替」です（『ローマ書』七章一七、二〇節と『ガラテヤ書』二章一九―二〇節を比較してください）。いきなり「ただの自我」を滅ぼそうとすると、滅ぼそうと意志するものが「ただの自我」の「はからい」だから、滅ぼそうとする努力がかえって「ただの自我」を強化することになり、そこからあろうことか我執・我欲が――一見、宗教的な営為にかたちを変えて――育ってきます。それが「パリサイ人の偽善」といわれたものの正体です。これでは何にもなりません。「ただの自我」の我執や我欲は、「信じる」自我が「神のはたらき」を表現する営為に変わってゆくうちに、自然に薄れてゆくものです。

この手紙は、印刷されるものとしてはおそらく初めて書いた「伝道的文書」になりました。まだほんの少ししかいえていません。私としては『〈はたらく神〉の神学』の各論より、「伝道」とは何かを突き詰めるほうが大切であるように思われます。だから何かご質疑があれば、大いに歓迎です。

追伸
『マルコ福音書』四章二八節の「おのずから」はイエスのメッセージの中心だといえますが、マタイとルカにはすでに解らなかったのでしょう、この大切な譬え自体を削除してしまいました。「おのずから」に対応するパウロの言葉は「ヘコーン」（我意）に対立する「アコーン」（無心、『第一コリント書』九章一七節）ですが、さすがにルターは正確に訳しているのに、残念ながら日本語訳では聖書協会の口語訳も共同訳もまるで見当違いです。原意は、「（単なる自我が）伝道を、何かためにするところがあって（ヘコーン）やっているのなら、私は（当然）報酬をもらうけれども、私は伝道を何らためにするところなく（無心に、アコーン）行っている」。伝道は「キリストが私のはたらきとして行うことだから」（『ローマ書』一五章一八節）、「私に委ねられた務めであり（報酬はいらない）」。では、私が手にする報酬とは何かといえば、福音を無償で提供すること、それ自身だ」ということでした。

『マルコ福音書』四章二八節の「おのずから」は、法然・親鸞の「自然法爾（じねんほうに）」と正確に対応します。「自然法爾」とは「法（阿弥陀仏のはたらき）がそうさせるから、おのずからそうなる」ということです。これは一見すると矛盾ですが、神のはたらきと人のはたらきとの「作用的一」の構造を言い当てています。

ひと息ひと息、神を呼吸している

得永幸子　二〇一四年二月十日

暦の上ではもう立春を過ぎましたから、やがて花の便りも聞かれましょう。散歩コースにはもう蠟梅（ろうばい）が透き通った黄色い花を咲かせ、馥郁（ふくいく）とした香りを漂わせて楽しませてくれます。

お返事が今回も遅くて申し訳ありません。この冬も相変わらず猛烈な忙しさでした。いつもどおり、卒業論文指導と学校のクリスマス行事に加えて、地域の未就学の子どもたちによる、子どもオペレッタ公演が年明け、一月二十六日に行われました。年末年始は、その他にもクリスマスを中心に演奏会が畳み掛けるように次々あって……といっているうちに二月に入ったとたん、二十数年ぶりにインフルエンザに罹りました。多分身体が休みたい！といっていたのだと思います。症状は比較的軽く、熱も順調に下がりましたが、五日間は出勤停止。急なことだったので（だいたい急性の病気はみんな急に決まっていますが）、家に仕事や本をもって帰っていなくて、ただただぼおっとするしかなく、とてもよい休息になりました。何度も書いた気がしますが、病気というのは癒しの始まりだと、今回もしみじみ思わされました。やっと禁足が解かれて、今日九日、久しぶりに学校にきました。静かな日曜日の夕暮れです。キャンパスで雪だるまを作る学生たちの、なんとも楽しそうな稚い声が聞こえてきます。それを聞きながらこのお便りを仕上げています。

さて、「単なる（ただの）自我」をねじ伏せようとしても、そうすればするほど、自己は遠ざかるという先生のお言葉、ほんとうに身に沁みます。私などはものすごく自意識の強い、自我の勝った人間（二歳のときにもう、四歳年上の姉に勝るほどの「わたし」意識を見せ、先が思いやられたと母がいっていました）ですので、手なずけられない自我に振り回されてきたこれまでの歩みです。一瞬たりとも「わたし」という自意識から自由になったことのない、これまでの人生だったといってもよいかもしれません。当たり前のことなのかもしれませんが、「わたし」に対する拘泥は、他者に対する尖った眼差しと表裏一体で、他者に対する批判的な目が、これまた意識のなかに絶えずべったり張りついているのも、怖いなあとつくづく思います。教師などという職業、そして教師の集団という知を競い合う現場に身を置くことが、いっそう自意識と他者への批判的眼差しとを鋭敏化させるような気がして、そろそろこの場所から降りたい、と思い始めています。他者の自分に向ける眼差しに傷つき、他者が他者に向ける振舞いや言葉を見聞きすることに傷つき、自分のなかにある、そのすべてよりもさらに鋭い「裁き」の姿勢に最も傷つき、ああもういい、疲れた、と感じることが私の「老い」の序奏かなと思うのです。まだまだ、予感に過ぎないよ、と笑っていらっしゃる先生の声が聞こえてきますが……。

それでもこの歳になってようやく、自我と格闘してのたうち回る学生たちを見るときの意識に、少し余裕が出てきたかなとは思えます。彼らを縛る自我の縄目は、すべてかつての私自身のものでしたし、トゲトゲと向かってくる彼らの刃もまた、私自身のものです。彼らに、自己との出会いについて、私もつたないなりに話してはみますが、ことごとく撥ね返されてそのあたりに砕け散ってしまいます。その砕けた言葉のかけらを眺めながら、それもまたやっぱり自分の姿を見ているようで、怒ることも、がっかりすることもできないなあと思ってしまいます。いつか、呪縛が緩んだらいいいね、早く緩んだらいいいね、と一緒に願いながら、そばにいてやれるようになったのは、ほんの小さな私のなかでの変化です。内なるキリストとの出会い、その出会いの自覚が、「自然に成る」ということなら、日々を生きつつその出会いを信じ、期待し、祈ること、丁寧に人との関わりを紡ぎ続けること、それしかないのでしょうか。私の自覚という方向から見れば、それは自然に成り立ってくるということだけれども、私がどうこうしなくても、もともとそのようになっている、神はそのようにはたらきたもう、とすれば、はたらきの視点から見れば、それは必然なのかなと考えたりもいたします。もし神の必然であるなら、それを拒否したり、自分でどうこうしようというのは、自分がいったい何様だからと考えてのことなのでしょうか。

さて、無心からは程遠い私ですが、唯一、自分が生きる営みのうちに、自己が生きているのを感じられるのは、歌っているときです。

あの遠い昔、病室で呼吸することは宇宙に満ち満ちた神の愛とひと息ひと息出会うことなのだ、自分は呼吸を通して神と一体になっているのだと感じて以来、歌うことは私にとって、最も祝祭のときとして感じられるようになりました。当時、たくさん読んだ本のなかに、大石邦子〔一九四二―　年。歌人・エッセイスト。『この愛なくば』、歌集『くちなしの花』〕という女性の書いた手記がありました。彼女は全身麻痺のため寝たきり、微かに動く指で手記をしたためたもののなかに、「動けない自分にとって、指の先一センチは無限の宇宙だ」という一行がありました。私のこころにその言葉は大きく重く残りました。毎日毎日、そのことばかり考え続けました。

眠れない夜、ベッドに腰かけて窓の外をずっと何時間も見ています。夜は空気が澄んで遠くの海が見えます。海の上の真っ暗な夜空も見えます。ずっと見ていると目が慣れてくるのでしょう。真っ暗だと思っていた夜空が決して真っ暗ではなく、深い無限の色に満ちているのが見えてきます。水平線がだんだん膨らんでくるように見えてきて、海が空に溶け込んでいくのがわかります。微かに明るんできたようにすら思えて、時計に目をやりますがほんの十分くらいしか経っていず、夜明けはまだはるか遠くだとわかります。また外に目を戻して、じっと空と海の境に目を凝らします。大石邦子のいった宇宙がほんとうにすぐ窓の外の世界に満ち満ちていることが、そしてその宇宙が自分の肌に触れにくることが実感されます。もちろん科学的にいうなら、成層圏とその先の中間圏との境目、さらにそのずっと先の宇宙圏との境目というのは厳然として存在し、私の肌に宇宙が触れてくるなどということはありえないのでしょうが、自分もまたベッドからまったく動けないその頃の私にとっては、ベッドの向こう十五センチの窓の外は、無限のかなたで、経験的には宇宙そのものだったのです。そんなことを考えていると、ベッドは空に取り囲まれている、私自身も空のなかに寝ている、私自身は全身の肌で宇宙に触れている、と感じるようになりました。それはとても不思議な安らかな感覚でした。

正統的で真面目なクリスチャン・ホームに育った私は、子どもの頃から、神様は天国にいると教えられていました。夢見がちな子ども時代、雨上がりの夕暮れ、雲が砕けた隙間から透明な夕陽が差すのを見て、「天国が見える」とよく思ったものです。あの光輝く雲の上に神様はいる、とごく自然に思うようになったのです。ところがいま、自分は空のなかに寝ている、ここも宇宙の辺縁だと感じるようになると、空の上にいると思っていた神は、この病室の空にもいることになる、ここも空なのだから……、そう思い始めました。次に考えたのは、では私が呼吸している空気も空ではないのか？　これも空の一部ではないのか？　私は宇宙の先端をひと息ひと息呼吸しているのではないか、と思い始めたのです。

そうして、私はひと息ひと息、神を呼吸しているのかもしれない。私のなかに呼吸という営みを通して神は住んでくださるのではないか、と。あれから四十年、その実感はあるときはとてもクリアで、でもあるときは生き急ぐせっつくような私の呼吸が、勝手に走り出して、宇宙どころかそこいらじゅうに自我の残骸を吐き散らしながら突っ走っています。それでも、歌うとき、特にステージで歌うとき、宇宙のなか、神のなかにすっぽり抱かれていること、自分の声が神の息吹と重なるのを感じることができます。年齢とともに声は衰え、コントロールする筋力も衰えてきますが、まだステージに立とうとするのは、おそらくこのためだと思います。その意味で、歌だけではなく、朗読という呼吸のスタイルを与えられていることは、何という大きな恵みでしょうか。

まだしばらく、生き惑う学生たちのそばにいてやりたいと思いますし、まだしばらく歌い続け語り続けたいと祈っています。

伝道二　神の息を呼吸する

八木誠一　二〇一四年四月十七日

実は二月十二日に奈良在住の義兄が亡くなったのです。義兄は「奈良キチガイ」で奈良が大好き、退職して奈良に引っ越し、奈良三昧に耽って、ぼくも何度も案内してもらいました。さて二〇〇〇年に横浜のホテル・ニューグランド――新婚のマッカーサー夫妻が泊まったとかいうホテル――で両親の記念会があり、兄弟姉妹が集まったのですが、義兄は出席のために家を出ようとして脳梗塞で倒れ、そのまま入院ということになってしまいました。倒れたのが外出先でなかったのは幸いでしたが。退院してからは家のなかを歩くことはできたし、見舞いにゆくとかなり雄弁でした。一時期、家庭裁判所の調停員をしていたことがあり、相続問題の厄介さを身に沁みて知っていただけあって、遺産の相続ともろもろの手続きを三菱信託銀行に依頼し、ぼくにもぜひそうしろと勧めるのです。ぼくにはたいした遺産があるわけではなし、子どももひとりだから問題はないのですが、それでも遺書はきちんと書いておけよというから、その年末に一応遺書を書き、遺産の一部は「場所論研究会」に寄付するようにしてあるのですが、最近は研究会自体の影が薄くなっていて困ったことです。

ところで義兄は、一時は友人の奈良観光の案内をすると言い出すまでに回復したのですが、再度倒れてほんとうに寝たきりになってしまい、会話も不自由になって、見舞いもはばかられるような状態になりました。それでも結局十四年も持ったのは、姉の看護がよほど行き届いていたからに違いないのですが、二月十一日でしたか、肺炎を起こして危篤状態という知らせがあり、翌日出発の準備をしていたら亡くなったという連絡が入りました。宿に着いたのは十三日、その夜から雪が降り始め、翌日は奈良でも何十年ぶりという大雪になっていました（今年の冬、二度目の大雪）。仙台在住の別の姉のところからは、東京の図書館を定年退職して実家に帰っていた姪がきてくれました。

さて、八十八歳の姉はショック状態で事後処理が難しくなっていたし、義兄は献体の約束をしていたから、ぼくが病院と葬儀所と医科大学との連絡をとるはめになって、何とか手筈は整ったのですが、なにしろ大雪でタクシーを呼ぶのに二時間もかかる始末。降りしきる雪のなかを姪と一緒に葬儀所に着くと、病院から運ばれた遺体は膝までの雪に囲まれた霊安室に安置してありました。事情が事情だから姉を連れてくることも止め、むろん親しかった友人知人に集まってもらうこともできず、花を枕元に飾るのがやっとで、医科大学から遺体を引き取りにくるまでの間、遺体を損なわないようにあまり温度を上げられない霊安室で姪と二人きり、故人の遺志にしたがってモーツァルトの「レクイエム」のCDをかけ、それから姪と賛美歌をいくつもいくつも歌いました。これが義兄の告別式でした。帰宅すると東京も大変な雪でしたが、玄関先と家の前の道路の雪かきはすんでいました。隣家の人がやってくれたのでしょう。

話変わって。もう亡くなりましたが、駒沢大学に鈴木格禅（かくぜん）（一九二六―九九年。仏教学者。駒澤大学名誉教授）という優れた禅者がいて、親しくしていただきましたが、「クリスチャンに坐禅とは何かを説明するのはみなさん難しいというけれど、自分なら簡単にできる。要点は神様が土をこねてアダムを創り、鼻から息を吹き込んだという、あれだ。坐禅とは神の息を呼吸することだ」といっていました。

禅宗は呼吸法を重んじるのですが、実際、呼吸は面白い営為で、普段は意識せずに自然に呼吸していますが、ある程度は意識的にコントロールすることもできます。だから呼吸において、身体的自然と意識との統一を部分的にではあっても実現・自覚することが可能なわけで、それは一般に意識（自我）が身体的自然の一部・一機能であることを実感する手がかりになります。自我が身体からいわば独立して、一方的に身体を動かし支配しようとしているときは、身体と自我とが乖離して、身体は肉体と化し、自我に反抗することになります。他方、切り離された自我（単なる自我）は不安となり、支配どころか虚無の不安克服のために生まれるエゴイズムに逆に支配される結果となります。だからエゴイズムに気づいた「単なる自我」が、エゴイズムを克服しようとしても、それはまったく不可能で、「単なる自我」のエゴイズムを強化するだけなのです。

しかし、自我が身体の一機能に復帰するとき、自我と肉体との乖離は失せて、人は身体となり、身体的営為の全体が自覚にのぼることが可能になります。するとそこでは、「神との一体感」（実体的一ではなく、作用的一。たとえば、自分の呼吸のなかに神のはたらきを覚えること）が成り立ちます。サッちゃんは自然にそれを体得していたわけです。

歌は、自我と身体との乖離が失せた全人格的一性の実現・表現であり得ますから、歌という営為に神との作用的一を感じることは当然可能です。サッちゃんがいっていた、「音楽における聖なるもの」はここに見出されるわけでしょう。まして音楽は――すべての音楽がそうだとはいえませんが――音の統合体であり、人格的統合のシンボルまたは表現でありうるから、それに共感しつつ歌う行為自体も同様でありうるわけです。サッちゃんに必要なのは、歌うときに実現している身体的一性（自己・自我）をはっきり自覚して、その自覚を生の営為一般に――たとえば、指を動かす営為（大石邦子さん）にも――及ぼすことです。

実はこれで終わりではありません。いずれ詳しくお話する機会があると思いますが、統合のレベルだけだと、人間は絶望に追いやられます。身体的統合も、我と汝の統合も、まして社会の統合も、実現ははなはだ困難だからです。しかし、抜け道があります。「自己」の奥底には統合の成否にかかわらない不動の静寂とでもいうべきものがあって、仏教徒なら「寂滅」と、クリスチャンなら「平安」というでしょうが、瞑想を実修してここに意識を集中すると、それが意識の全体を占めて静かな落ち着きをもたらします。一般にこころに去来する想念に意識を集中すると、その想念が意識を支配するようになります。これは恐ろしいことでもあり、ありがたいことでもあります。「不動の静寂」についても同様です。ここで、絶望も焦燥も、深いこころの傷もいやされるものです。

まだ閉じられていない人生への開けに

得永幸子　二〇一四年八月二十二日

ほんとうに妙な夏です。こちらは梅雨が逆戻りしたかのように、じめじめと蒸し暑い毎日が続いております。東京も大差ないのではないでしょうか。ご無事でお過ごしでいらっしゃいますか？

八月始めの善通寺での研究会も台風で流れてしまい、お目にかかれなくてとても残念でした。

さて、今年の『風跡』合評会では、しばらく「書簡のなかでの伝道は、いつもの誠一先生の著作での語りとどう違うのか」が話題になりました。「伝道」を意識した場合と、しない場合とどこが違うのだろうか、と八木洋一先生が口火を切ったのです。「何を語るか」はおそらく変わらないだろうから、「どう語るのか」という方法が違うのだろうか。しかし、「どう語るか」は結局は「何を語るか」を問うことになるので、What は How であり、How は What だろう。では、「初めての伝道文書」とはどういうことなのか、意識のウエイトの問題なのか……等々。主に洋一先生と私との間でこんなことが言い交わされました。先生ご自身はいかがお考えですか？　私は何となく、難しいこと、大切なことを、それにもかかわらず難しい言葉をできるだけ排して、日常的レベルに落とし込んで語ろうとなさる先生の目線のことかな、という気がしていますが……。

もうひとつ、合評会では話題になりませんでしたが、「統合のレベルだけでは絶望する」と先生が書かれた、前信の最後の部分が、私には強くこころに残っております。統合を成り立たせまいとするはたらきが私の内にどれほど強くはたらいているか、それはもうほんとうに日々痛感しています。また、私と他者との関わりにも、日々これでもかこれでもかというくらい、疎外関係ばかりが押し寄せてきます。日本社会もまた、激しく、しかし不気味に静かに、見えないかたちで破壊へと舵を切りつつあります。

そのこととなんらかの関わりがあるのかは定かではありませんが、こんなことがありました。抽象的で漠然とした罪の意識ではなく、非常に具体的に自分を支配していた憎しみに気づくことがありました。詳細はあまりにも個人的過ぎるので省略しますが、自分を支配していた憎しみに気づくと同時に、自分の内にある憎しみを直視しなくてもすむように、自分がしてきた巧妙なすり替えにも気づかされました。自分が誰かを憎んでいて、その憎しみによって自分の日々の言動が生まれていたのだ、と気づくことは、自意識にとっては耐え難いので、私ではなく相手が自分を憎んでいるのだ、とすり替えてきたのだということに、はっきりと気づかされたのです。一瞬、うろたえました。私のなかの加害者・被害者の図式が天地逆になってしまい、自分が後生大事に抱えて、傷を嘗めてきた図式が崩落したからです。それなのに、なぜか一瞬のたじろぎの後、私はとても楽になってしまいました。まるで、これまで姿の見えない幽霊に怯えていたのが、正体を見極めたら、底が割れて、もうそれ以上の恐れや不安は必要なくなった、そういう感じです。そして、しかもその気づきは、「単なる自我」にとってマイナスの気づきであったにもかかわらず、私を縛りつけていた見えない呪縛から私を解放してくれたのです。こんなことがあり得るのを、初めて知りました。長い年月を経て、そういう気づきにまさに導かれ開かれるのはほんとうに不思議です。極めて具体的に罪の意識を持っているにもかかわらず、絶望するどころか、なぜか自由と安心を与えられて、驚きつつすごく素直になっています。ずっと、「私を一方的に憎んでいる」と思い続けてきた人に、いまこころのなかで、「ごめんね、おあいこだったんだね。私もひどかったよね」と話しかけています。

生きていくことで、これからどれだけ、新しい自由へと解放されていくのか、まだ閉じられていない人生への開けに、楽しみだな、と感じるこの頃です。

変な方向に話が行ってしまいました。私はやっぱり、とても具象的な日常からしか物事を考えられないみたいです。

伝道三　転換と信

八木誠一　二〇一四年十月六日

台風で研究会がお流れになったばかりではありません。ほんとうに暑い夏でした。三十五度に達する日が何日もあって、冷房があるから部屋のなかにいればいいのですが、日課の散歩にも日がかげってからでないと出かけられず、帰ってくればシャツは汗びっしょり。近年、ひぐらしの数が減ったような気がします。ひぐらしは暑いところが嫌いのようで、九州では数百メートル以上の山で鳴きますが、こちらで減ってきたのは温暖化のせいではないでしょうか。代わりに東日本にはいなかった熊蟬を何度か聞きました。騒がしい熊蟬の鳴き声を聞くと善通寺での集中講義を思い出すのですが、とうとう箱根山を越えてきたようです。

さて、「伝道文書」というのは、これまでの著作は研究書だったけれども、そこ、伝道文書では「神のはたらき」を身心に実感するためにはどうしたらよいかという「方法」を語り始めるという意味です。研究書で書いたのは、以下のようなことでした。イエスと、伝統的キリスト教はイエスが説いた宗教とは違う。原始教団のキリスト教とも同じではない。イエスと、それを何とか受け継いだ原始教団の宗教の中心は、むしろ「場所論的」であり、それは「世界と人は、神のはたらきの場のなかに置かれている。世界と人は、神のはたらきが現実化する場所である」ということです。内容的には、「神のはたらき」とは世界と人間とに及ぶ「統合作用」で、人はそれを身心で実感しつつ（自覚）、その表現となって生きるものだということです。ただし人間が、「単なる自我」になっているときにはそれは不可能です。単なる自我とは身体／人格としての人間の深みを見失って、エゴイストとなりがちな自我のことです。その自我とは、まず他人からこうだと教えられてそうだと思い、こうせよと指示されてそうする自我、つまり直接かつもっぱら世の言語情報に基づいて考え行動する、つまりそれに支配されている自我のことで、自分自身の奥から自分を動かす「深み」を見失った自我のことです。こういう自我は、自分の空虚さに気づくと不安となり、不安から逃れるために富や名誉や権力を求め、あるいは強者に縋（すが）って自分を守ろうとします。我欲です。また、自分で勝手にこうと決めた自分を守り貫き、さらには他者に押しつけようとして、我執に陥るわけです。

自我は情報を処理して行動を選択する機能ですが、自我自身には情報を選択する生得的な基準もないし、自我を動かす動力も欠けています。自我の行動選択を方向づけ、実際に行動させるはたらきは自我の外からきます。現代世界において自我を動かし、自我に行動選択の基準を与えているものは、要するに上記のような社会的通念と自分が作り出すエゴイズム（我執、我欲）です。もちろん欲望や感情や決心や情熱は自我を動かすのですが、実はその底に社会的通念とエゴイズムとがあって、それが自我をはたらかせる事実上の「主」となっている。宗教が目指すところは、自我を動かすものが身体／人格としての人間の本性、イエスが「神の支配」と呼び、パウロが「私のなかで生きるキリスト」と呼んだものになることです。それをぼくは自我と区別して「自己」と呼びますが、要するに世界と人間とに及ぶ「神のはたらき」、内容的には統合作用のことです。

人間は言語文化を作り出して以来、単なる自我になる強い傾向を持っています。それはなかんずく近代になってから顕著で、近代文明は自我（事実上、「単なる自我」）の文明だといえます。近代人は人間の本質は自我だと理解するにいたり、身体は大脳（自我）の容器だと思うようになってしまった。その結果、近代以降、軍事・政治・経済・法律が文化の中心となった。つまり自我は、自ら求め、かつ与えられた言語情報だけに頼って考え行為する閉鎖的・自己完結的な情報処理機能となっていて、知らず知らずのうちに我執的・我欲的自我となっている。それだけに身体／人格性、換言すれば人間性の本質が意識に現れて自我を動かすことが難しくなっている。その結果、宗教までが自我（単なる自我）の宗教となり、教条の理解を欠いたまま教えられた通りに受容して、指示された通りに教会生活に参与し、「キリスト教倫理」を守ることが宗教的生活だとされている。こうして宗教的言語情報に動かされる人間は、自我は自我を超えた深み（自己）から直接に生かされ動かされるものだということを見失って、キリスト教の伝道も「異教徒の自我」にキリスト教の教条と生活規範を押しつけ、信徒を「宗教的」単なる自我にすることになってしまった。しかし、それは違うのです。中心的な問題は、自我を動かすものが、通念的な言語情報から「神のはたらきの実感」に変わるということです。一般に現代は儲けること、勝つこと、楽しむことに熱中して、自我を事実上はたらかせているものが何であるかという重大な問題はまったくなおざりにされていますが、それではいけない。それでは外面の繁栄とは裏腹に人間性が劣化してしまいます。

「キリスト教」とは本来、イエスが見つけた泉から直接飲んで、身体／人格としての人間が「神のはたらき」の自覚的（実感的）表現となることだ。つまり自我をはたらかせるものが、通念＋エゴイズムから統合作用に変わることだ、というのがぼくの「研究」の結論です。しかし研究を発表し始めた頃から、ではその転換はどうしたら起きるのか、という質問が寄せられ、それに対しては然るべき答えを与えることができずにいました。しかし、「方法」まで明らかにしなければ、研究も完成したとは到底いえません。それで苦労していたのです。つまり、ぼくにとっては、イエスが見つけた泉から飲んで「神のはたらき」が自我に明らかとなり、自我をはたらかせるようになるためにはどうしたらよいのか。その「方法」を示すことが「伝道」であるわけです。

しかしこうすればよい、という答えはない。それは、こうしさえすれば健康になって病気はすべてなくなる、という健康法がないのと同じです。でも、健康を維持するためにまったく何もできないということはない。そして人間のからだに関する正しい知識は、それがあれば健康になるというものではないけれども、健康を保つ助けにはなるでしょう。同様なことが伝道についてもあると思います。宗教は、信仰や祈りや瞑想というような、「悟り」や「救い」にいたるさまざまな方法を開発してきました。むろんそれは無用ではありません。また教会は救いについて、「聖霊がくだる」というような説明をしてきました。しかし、思うに、「悟り」とか「救い」とかいわれるものに到達すると、人間のどこがどのように変わるのかを、つまり自我をはたらかせる力の転換を、経験可能な仕方で明らかにする必要があるのではないでしょうか。それは「修行」や「瞑想」の少なくとも助けにはなるでしょう。ぼくの「研究」には、純粋に学問的であろうとしながら、他方ではそういう狙いがあったことも事実です。だから、八十歳を過ぎてからやっと「研究」を踏まえて「伝道」的なものを書き始めようとしているわけです。

宗教とは、何か尊いものが、世界と人間の「無限のかなた」（これはもちろん比喩です）から、世界と人間のなかに現れてくる事実に基づきます。この事実を宗教は一般に、「神がそこに宿ってはたらく」というように言い表したのです。あらかじめ「神」を認識してこういったのではありません。「そこに神が宿りはたらく」とは、そこに無限のかなたから尊いものが現れるという事実の言い表しなのです。「神」はヤスパース風にいえば、そこで解読されるべき暗号だといえるでしょう。そしてほんとうは、そこから神話や祭儀や教義や教団が発展するのだと理解することができます。

ところで「尊いもの」とはわれわれの場合、具体的にいえばまずは「統合作用」です。自然世界はもっぱら自分の都合で動いているけれども、だから地震も津波も噴火もあるけれども、そのなかで——宇宙の創生以来——原子ができ、星ができ、銀河ができ、太陽系ができ、地球ができて、その上に生命が発現し、人間にまで進化してきたという、一本の客観的な「統合の現実化」という線があります。キリスト教はそこに「神のはたらき」を見たのだと思います。他方、統合作用を主体的に自らのなかに実感した人々が、自我をはたらかせる力として統合作用を選び、これに参与して、世界・人類の統合体を形成すべくはたらき出した。簡単にいえば、これがイエスを受け継ぐ本来の「キリスト教」の中心だと、ぼくは理解しているのです。

人間のなかに現れてきた「尊いもの」とは、砕いていえば、やさしい清らかなこころ、平和への願い、損得を度外視した真実の探求、無意味に負けない強さです。これが相はたらいて、「統合体」を形成することは明らかでしょう。さて統合体とは、欠けるところなく、差別も格差もない、広義のコミュニケーション・システムのこと、つまり各自が自分にできるものを作り、必要とする人に提供し合うシステムのことだから、「尊いもの」とは、主体の側では、コミュニケーション・システムを実現しようとする意志・願いだということになります（従来は、これを「愛」「正義」と称してきた）。

さて、身体／人格としての人間には自分自身である面と関係性の面とがありますが、コミュニケーションへの意志・願いは関係性の面の事柄で、他方、瞑想のなかで「清らかなこころ」に意識を集中して、自分自身である面を突き詰めると、不動の静寂が、言葉もイメージも、思想も意図も消滅した無心というようなあり方が出てきます。この面は、仏教の寂滅・涅槃に通じるものです。以上に、人間性の深みに達する道が示されているのではないでしょうか。あるいは、「損得を度外視した真実の探求」から始めて、言語情報をいきなり真実とする間違い、世界と人間に関するイメージを事実そのものと混同する誤謬に気づき、もっぱら自我の力に頼るエゴイズムにも気づいてこれを放棄すること、こうしてコミュニケーション・システムの形成力に目覚めて、それへの道を歩むことが「転換」に導くでしょう。ただし、そのためにはまず「統合作用」があり、世界と人間とにはたらいているという事実への「信」と認識が必要です。それはまた、その力に自分を委ねる決心(決断)でもあります。その信が「覚」に導くでしょう。以上が、まだまだ完成には遠いけれど、やっとぼくに見えてきた「方法」です。

解放はどこから？

得永幸子　二〇一四年十二月二十四日

大学は二十二日月曜日が授業最終日、卒業論文締め切りということで、学生が慌ただしく右往左往する風景でしたが、今日は嘘のようにしんと静まり返った冬枯れのキャンパスです。今夜はクリスマスイヴ、今年のように寒い夜が続くと、荒野で野宿をしていた羊飼いたちの物語に、おのずから想いが引き寄せられます。当時の社会のあらゆる構造的不平等・差別を一身に受けたような羊飼いの存在。真っ暗な夜空、真っ暗な彼らの人生。そこに突如現れた輝く星。その星を頼りに、荒野のあちこちに散らされ分断されていた羊飼いたちが集められ、群れとなって歩いていくさま。一見、牧歌的なこの物語が、実はいのちがけの旅であったこと。そして、イエスに会った後、羊飼いたちが神を賛美しながら帰って行った、という私が一番好きな場面。幼子イエスに会ったからといって、彼らの生活状態は少しも変わらなかったと思われます。来た時と同じように貧しく、見捨てられた存在であり、弱くてみじめな人々のままだったでしょう。荒野には寒さと飢えと孤独と危険とが、帰ってくる彼らを、いままでと同じように待ち受けていたに違いありません。でも彼らは、来る前とは根源的に違う彼らになっていたのだと思います。厳しい苦しい現実〝にもかかわらず〟彼らはその生の内側に消えることのない光が射しているのを実感していたのではないか。その生き生きとした喜びが賛美となって溢れ出たのではないか。絶望の代わりに希望に溢れて歌いながら、自分たちの現実の只中に、連れだって帰って行く羊飼いたちの姿が、私にとってのクリスマスです。

そういう私は、羊飼いの歌をうたっているのかな……。羊飼いの何倍も、溢れんばかりに余計なもので自分の自我を装飾してきたのではないのかなと思います。私の歌の原動力というか源泉は、どこにあるのでしょうか。自己に根差し、自己の促しに応える歌になっているとはいえないのではないか。いつかはそういう歌をうたいたいと希求しながら、なおも道のりははるかだという気がします。たしかに、歌うときの身体感覚は若いときに比べ、ずいぶん力みが抜け、世界と仲良ししながら歌えるようになりました。吸う息に大気を感じ、吐く息が無限のかなたに溶け込んでいくのを感じることもあり、それはとても心地のよいことです。そんなとき、身体の境界は柔らかいコロイド状のものになって、もはや境界ともいえない体感がします。けれども、いつもそれを保つわけにいかないのが、悲しいかな私のいまの姿です。実は、演奏会が近づき、さんざん練習を重ねてくると、ある時点で、必ずといっていいほどこのコロイド状の境界が固まり始めるのです。息は自分の身体の外壁に張りつき、強張り、ひと息ひと息努力しないと呼吸できず、声は喉元に絡みつきます。「ああ、今回も練習に裏切られた。努力は人を裏切らないなんて、誰がいったんだ」と恨めしくなります。それからの二―三週間、時には数カ月は、まさに悪戦苦闘の修羅場です。どこの筋肉の使い方が間違っているのか、どこが固まっているから全身が固まるのか、声の響きが下がっているのか奥に引っ込んでいるのか、喉が締まっているのか。ありとあらゆる可能性を考えて、それらをひとつずつ潰そうと試行錯誤を重ねます。でも、この時点ではどれをとって改善しようとしても、けっしてうまくいかないことばかりで、毎回「今度こそ駄目かもしれない。このまま本番を迎えるかもしれない」という恐怖心でだんだん眠れなくなります。そこで、考えるのはやめようと思い、ひたすら筋トレに励むのですが、そんなに急に筋肉がつくわけもなく、さらに負のスパイラルの加速度を高めるばかりです。そして、そのどん底のまま遂にやってきた本番のわずか一日か二日前、ときには諦めかけた一時間前のゲネプロで、ふっと呪縛が消えて、あのコロイド状の宇宙が帰ってくるのです。

まるで、憑き物が落ちたように、あるいは疲れ果てた子どもがこくんと眠ってしまうときのように、ふわっと力が抜け、急に周りが広々します。調子を落としていたときの悪戦苦闘のせいで喉を傷めつけているので、けっして絶好調の演奏というわけにはいきませんが、それでも、それまでの状態が嘘のように、伸び伸びと歌うことができるようになるのです。ここ数年、本番の度にそのパターンを繰り返しています。悪戦苦闘の二―三週間、間違いなく私の自我は暴走して私の主人と化し、強烈な自意識の内に私の身体を縛りつけるのだと思います。テクニックの問題ではないので、何をやってみても努力すればするほど身動きできなくなり、悪戦苦闘すればするほど、強くなるのは我執のみで、虚しいこと限りありません。そこまでわかっていながら、やっぱり同じ轍を性懲りもなく踏む私です。それなのに、なぜ本番寸前になるとふっと呪縛が消えるのか、とても不思議です。私が自力で振りほどいたのではありません。投げやりになって放り出したり、達観したのでもありません。懲りない私は最後の最後まで悪戦苦闘し続けていますから、解放は私のなかからやってくるものではないと思います。もっとまるで贈り物のように、ふっと訪れるのです。私はただ、喜び勇んでコロイドのなかにダイヴィングしていくだけです。そして、あまりにも毎回このパターンが繰り返されるため、つい先日の本番では、負のスパイラルに墜ちていくその最中に、憂鬱ではあるけれども、うろたえることなく、「いまは、墜ちるとき、でもきっとまた本番までに解放が訪れるよ」と信じている自分がいて、びっくりしてしまいました。でも、いつか練習プロセスの最初から最後まで、大気と和解したまま本番を迎えられたら、どんなにいいだろうと切に切に願います。それができたら歌をやめてもいいなと思いますが、そのときには歌いたくて歌いたくて、止まらないのでしょうね。いまはまだ、「単なる自我」が私の歌に表現されて、聞いていてしんどい、という先生の評価がまさに当たっている状況だと思います（自分の演奏録音を聴いて、自分でしんどくなりますから）。

さて、「自我は情報を処理して行動を選択する機能」でしかなく、自我自身には選択の基準も動力も生得的にない、選択の基準や動力は自我の外からくる、ということを改めて考えています。私はこれまで、自我＝単なる自我と勘違いしていました。というより、単なる自我に堕した自我しか知らない、という不幸にいままで気づくことができずにきました。単なる自我に取り込まれない自我は、自己によって生かされる無限の可能性を持っているという受け取り方をしてこなかったと思います。ですから、自我と自己は、私にとっていつも対立軸にあり、つまり別のものであり、だからどこかで自我をねじ伏せよう、捨て去ろうという自己救済的な堂々巡りのなかに閉じ込められてきたのだと思います。統合作用のなかに置かれたとき、自我は自我本来の機能を果たし、しかも喜んで生き生きとその機能を果たすことができるのではないか、いま頃やっとそんなことを思います。歌でいうならば、無心に歌おうと思うこと自体、願いである前にかちとるべき課題のようなものにすり替わっていたのだな、と思わされます。そして、一所懸命努力しつつ、努力する自分を我執・我欲として、脱ぎ去ろうとし、一方で開かれた歌をもぎ取ろうとする。なんと愚かなことを繰り返してきたことでしょう。それにもかかわらず、贈り物のように訪れる歌うことの喜び、自由な翼を与えられるような解放感。ほんとうにいったいどこから、それは与えられるのでしょう。統合作用のほうが、一方的に私に触れてきてくれるのでしょうか。そんな恵みがあってもいいのでしょうか。いまの私は、〝にもかかわらず〟生かされ歌わされるこの贈り物をひたすら享受したい、素直にそう思います。

回心と静寂

八木誠一　二〇一五年二月二十六日

大切な内容のお手紙をいただいてから、もうふた月もたってしまいました。その間——あとで多少お話することになるとは思いますが——いろいろなことがあって、お返事が書けませんでした。もう春近くなってようやく筆をとった次第です。まずはこの前の手紙の続きを書きましょう。

要するに自我は、本来は身体の有機的な一部であり、そのときに自我は選択・調整という本来の機能を果たすことができるのに、自我が身体から乖離・独立すると、自我が身体の動きすべてを支配しようとするようになる。すると身体を動かすとか、止めるとかいう、もともと自我だけの仕事ではない不可能をあえてすることになって、身体はぎこちなく硬化してしまうのでしょう。もっと詳しくいえば、自我がもっぱら他律的な通念や義務や規範を自分に課して行おうとするとき、あるいは自我が自分勝手にこうと決めたことを遂行しようとするとき、自我は身体から切り離された「単なる自我」となり、人間的「自然」を見失い、「自然」の発露を妨げてしまうのです。それに反して、自我が身体の一部に復帰したとき、「単なる自我」には見えなかったことが見え、できなかったことが——自然に——できるようになります。むろん、これは通常は些事というより、人間的営為のかなり大きな面にかかわるときのことです。この場合、自我にはまずは目標を達成しようとしてひたすら頑張り、壁にぶつかって崩壊し、主役をおりて身体の一部に収まるというプロセスが必要になることがよくあるわけです。こうして自我が努力しているときは気づかないまま、いつか身体に準備されていた「自然」に取って代わられて調整役に収まると、人にはそれまでできなかったことができるようになるわけです。このような「自我を動かすもの」の交替が、思考や行動一般という主体性の中心部で起こるのが、キリスト教で「回心」(メタノイア、こころを入れ替えること)、仏教で「悟り」と呼ばれているものでしょう。サッちゃんには、歌を通じて、それが経験的にわかってきたようです。

さて、この手紙が遅れた理由ですが、前の手紙で書いたように去年二月に義兄がなくなり、姉は独りで暮らすようになりました。毎日電話して様子を聞くと、いつも「大丈夫よ」というのですが、今年の一月始め――正月休みの期間です――何だかおかしいので介護センターに連絡したら、ヘルパーさんが医者と一緒に訪問、なんと脱水症状でかなり危険な状態だったとか。即時入院ということになりました。その連絡を受けて一月六日、仙台在住の姪にも連絡して一緒に奈良に駆けつけ、姉の居宅と介護センターと銀行と……駆けずりまわる羽目になり、十日に疲れて帰宅。それから他のことでひどくアタマにくることがあったりしたせいでしょうか、数日後、いつものストレッチ体操のあとで、とくに何もしないのに突然血圧が上がった感じで、計ってみたらみるみる百六十、七十、八十と上がってゆき、ついに二百二十五になりました(最低血圧、百十)。それから数時間で一応はやや高めのところまでさがったのですが、初めてのことだからさすがに心配になって、息子の義父が――もう引退した――内科の医者なので電話したら、とにかく翌日いらっしゃいというのです。もともと翌日は息子・義父と会食の約束があったから早目に行ったら、近くの循環器科を紹介してくれて検査を受けました。採血、レントゲン、心電図、エコーなどかなり時間をかけて検査を受けた結果は、血圧は百八十でしたが、心臓に特に器質的な異常はないということで、本態性高血圧という診断をもらいました。つまり原因不明ということです。息子の義父によると、医者はそういうとき本態性高血圧という病名をつけるんだそうです。そしてこういう場合は薬を飲まずに、しばらく様子をみるのがよいのだそうです。

さて、その夜は東京のホテルに泊まり、翌日（二十四日）は前から依頼されていた「鈴木大拙を読み直す」という、在家仏教協会主催の、数人の学者による連続講演の一回分を済ませ（演題は『禅問答と悟り』について」）、東京駅前のビルの会場からそのままタクシーで帰宅しました。きっと血圧が高かったのでしょう。少しふらふらして机に手をついて話をしましたが、幸い聴衆は異常には気づかなかったようです。

それから発作的に血圧が上がること数回。ところが瞑想中は血圧が下がるということを思い出して、実際にやって気持ちを落ち着けると必ず下がるんです。それが重なると逆にこころの平静度が血圧計で計れるということになります。これは面白いと何回も実験を繰り返して、その結果、前信で言及した、こころの「静寂」の状態が一番効果的であることがわかりました。これは自我活動の沈静化である「平静」とは違って、もっとこころの奥にある、こころがどんなに乱れていてもそこは乱れていないという、あえていえば自我ではない「自己」の奥にある、波風も焰もない静けさです。自己は、外に向かってはたらくときは「統合作用」として人をコミュニカントたらしめますが、内に向かっては「静寂」で、これはさらに深めれば、仏教のいう涅槃に通じるものでしょう。新約聖書の用語ではエイレーネー（平和、平安）に当たるでしょうか。そこに意識を集中するのです。伝統的クリスチャンには、「言葉なき祈り」といったら通じるかもしれない。こうすると静寂がだんだん広がって意識を占め、ついで私が静寂になるのではなく、静寂が私になるのです。

たまたま高血圧は、最後の仕事との関連で「瞑想」ということを考えていたときだったから実験には絶好の機会だったわけです。とにかく、こころを「静寂」に保つと血圧が下がるので、これは高血圧が心因性だった証拠だと思います。つまり、瞑想をすればどんな高血圧でも下がるというのではありません。たまたまぼくの場合、心因性のものだったから、こころのなかの「静寂」をいわばクリックすることで下がったのでしょう。だからこれは、さしあたり普遍性を要求できない、まったくの個人的経験です。でも、今度書く本のためには大変参考になりました。

さて、それからひと月あまり、高血圧は徐々に収まって、いまでは運動や入浴をしてもあまり上がらず、ほぼ正常に戻りました。突然血圧が上がり、動悸までして脈が「早鐘のように」打ったときには、これで脳血管が破れるか、あるいは心臓がもたなくなったら、もう一巻の終わりだと覚悟したのですが、幸か不幸か死なないで済んだというお話です。因みに、姉はまだ入院中。回復したらリハビリセンターに入り、それから有料老人ホームに入る手続きをしてきました。これは病院内の地域提携センター（といったかかな）でお世話してくれたものです。

もうひとつの生き方と記憶

得永幸子　二〇一五年十一月三日

今回は、お電話でお約束いたしましたとおり、昨年夏のギリシャ旅行のご報告をいたします。楽しさと腹立たしさがないまぜになった旅で、昨年の往復書簡ではどうも取り上げる気になれませんでした。そのうちお話しようと思っていた矢先、そのギリシャの経済破綻、政情不安のニュースが連日のように新聞やテレビを賑わすことになりました。夏の遅い夕暮れに歩いて回ったシンタグマ広場が毎日映像に映し出されるようになると、わずか数日の滞在に過ぎないギリシャを、どうも捨て置くことのできない気分になって、ハラハラ気を揉んでしまいますから不思議です。

旅はまず、サントリーニ島から始まりました。それはそれはよいお天気で、毎日雲ひとつない真っ青な空が広がり、移動の車中では、チャコ〔新宮久子〕と二人で真剣に雲のかけらを探すのですが、どんなに目を凝らしても綿毛ほどの雲さえ見つけることができません。サントリーニ島はほとんど平地がなく、海面からすぐに、切り立った崖がそそり立ち、急な坂道か石段が、港から島の中央の小高い丘まで張りめぐらされています。そして、道の両脇に崖に張りつくように、かの有名な白い壁と青い丸屋根が特徴の家々が建っています。その青は海や空に浸した筆で塗った色を、強烈な太陽がそこから水分だけ抜き取って、さらに純度を高めたような、ほかで見ることのできない明るい輝く青でした。太陽は数分素肌を曝しただけで水膨れができそうな強さで、当然気温もおそらく四十度近かったと思います。絶えず水分補給をしていないと、全身干上がってしまいそうです。私も一度脱水症気味になり、チャコが飲み水を求めて、走ってくれたほどです（同じように歩いていて、私はへたり込んでいるときに、チャコは走って行って、水を買い、走って戻ってくるのですから恐るべき体力です）。一昨年の夏休みにフィリピンに行きましたが、同じ赤道付近でも、アジアの熱帯の持つ湿度の高い暑さと、ギリシャの乾いた灼けるような暑さとは質が違う気がします。アフリカが距離的にも気候的にも近いことを思わされました。

サントリーニ島の後、アテネに移り、パルテノン神殿を中心に遺跡群を見て歩きました。ここでも交通機関は使わず、ひたすら歩き回りました。歩くことで、地面を足裏で感じ、体全体で空気や太陽を感じ、匂いを嗅ぎ、風や町のざわめき、人々の話す現地語の語感などを楽しむことができるからです。よほどのことがない限り、ほっつき歩くのが私たちの旅のスタイルです。アテネは掏摸（すり）が多いから気をつけろと、どのガイドブックにも書いてありますが、深夜といってもよいような時刻でも何も危険な目に合うこともなく、危険の気配すらなく、むしろひどく長閑（のどか）だという印象です。人々はとても穏やかで、明るいけれどもうるさくなく、せかせかしたところはどこにもなく、私たち旅行者だけでなく、勤務中のホテルの職員も、郵便局の窓口の人も、警察官までみな夏休み中のお昼寝気分という感じです。何かを尋ねれば、親切に笑顔で教えてくれますし、ホテルの近くのカフェの主人も昔からのお友達のように、くつろいだ自然な態度です。ただ、その結果、仕事は信じられないほど遅く、郵便局で、はがきに貼る切手を買うのに、少しも混んでいなかったにもかかわらず三十分以上かかりました。誰も「効率」ということは考えていないし、客のほうも少しもせかさない、時間は悠久の古代から悠久の未来に向かっていくらでもたっぷりあるから、という雰囲気です。

ほんとうに国全体、国民全体が遺跡なのです。よく町に遺跡があるのではなく、遺跡のなかに町があるという言い方をしますが、ギリシャは人も国もひっくるめてその全部が遺跡そのものです。もっといえば、私たちの感覚からみれば、永遠のまどろみのなかにいる不動の塑像群がギリシャという国です。帰ってきてすぐに思い出話を語りたくなかった最大の原因はそこにあります。サントリーニ島でもアテネでも、ホテルのバスタブの排水がきちんと流れず、排水溝から逆流してきて、毎晩脱衣場まで水浸しになりました。苦情をいっても、一度もホテルの支配人、従業員どもは誰も状況把握のために部屋を見にくることはせず、チャコには「よくあることなのよね」と女主人、私には「あんたがお湯を入れすぎて、溢れさせたんだろう?」と若い支配人。結局、一度も謝罪はありませんでした。観光以外に外貨収入の道がないであろう、ギリシャです。そのホテルでこのテイタラク。そりゃあ、経済破綻も起きるさ、と思って帰ってきたことです。そのあと聞いた国の労働者の五十パーセントが公務員という話に、「切手一枚三十分」が思い起こされて、大好きな国だけにう〜んと唸ってしまいます。パルテノン神殿の修復工事用のやぐらはいったいいつからあの姿をしているのでしょう。まるで神殿の一部のように風景に溶け込んでいる巨大クレーン車のアームは、いったい一度だって動いたことがあるのでしょうか。

けれども、だからこそ、人々はあれほどおおらかで、朗らかで、子どものように素朴なのだとすれば、ギリシャを追いやったのは誰が悪かったのか、再びわからなくなります。経済破綻をきたした理由は、ユーロ圏の金融市場経済が彼らを食い物にしたという背景もあるでしょうし、遺跡観光立国の上に胡坐をかいて安眠をむさぼってきた彼ら自身にも責任があるといえばあるのでしょうし、その両方であるに違いないのですが、もっとそれ以前、どうしてユーロ圏に入らなければならなかったのか、ユーロの論理とはまったく別の時代、別の世界の住人だったのを、そのままにしておいてもよかったのではないか、そんな気がしてなりません。もし、あのまま自分たちだけでやっていたら、貧しいことは貧しかったでしょうが、それなりのバランスのもとに、彼らなりに平穏に暮らしていけたのではないか、それではいけなかったのか、そう思ってしまうのです。

人や国が生きていく論理や基準が内発的でないとき、それはやはり不幸な結果を生む。無理やお仕着せは、内側からの生き生きとした営みを殺す。ここでもそういえるのではないか、と考えさせられた旅でした。

今回はギリシャの報告で終わってしまいました。

いつの間にか季節はめぐり、冬の気配さえしてまいります。この時期の夕暮れの匂いは、必ず私をどこかわからない、とても懐かしく、とても悲しい、記憶とも言い切れない世界に連れて行ってくれます。それは幼い日々の私自身の記憶なのか、母の胎内の記憶なのか、父や母の記憶の継承のなかなのか、不明です。いずれにしろ、悲しいのに懐かしく、けっして不幸ではない、記憶のさらに深い記憶の世界です。

瞑想　創造的空へ

八木誠一　二〇一五年十一月二十三日

現代ギリシャの話を聞いて、こころならずも思い合わされたのが、申し訳ないのですが、現代の教義・教会主義的キリスト教会。伝統と遺産の上に胡坐をかいてまどろんでいる。自分たちは絶対に正しいと信じているから変わるわけはないのですが、実は全体が「遺跡そのもの」になっていて、このままではいけないと思い始めているのかどうか、自己改革の意欲も能力もなく、学会の発表も過去の歴史と文献と思想の研究ばかり。創造は止まったまま、たまに試みがあっても見向きもしない。このままでは大変なことになると、五十年間改革を促してきたけれども、経済的にはともかく、思想的には「ギリシャ的長閑さ」でぬるま湯に浸かっている多くの方々には、藪蚊のように迷惑がられるばかり。

それでも性懲りもなくキリスト教の自己改革に向けて、最後の本を書きました（『回心　イエスが見つけた泉へ』ぷねうま舎、二〇一六年）。伝統的キリスト教にはどうしても改革されるべき点があるからです。こうすればキリスト教は現代人にもこころから納得できるものとなるのに、ということなのです。ところで、「いつもこれで最後だといっては、また次の本を書く」と冷やかされるのですが、今度こそほんとうに最後でしょう。というのは、老化が進んで、もう本を書く体力と気力が尽きました。

最後のテーマは、メタノイアすなわち「回心」。イエスがいうメタノイアとは、「こころを入れ替える」こと。現代という文明を築き上げた自我中心性はもう行き詰まっている。求められるのは、我執・我欲に駆り立てられる生き方から、イエスが説いた「神の支配」（神のはたらき）に生かされるあり方に変わること。伝統的キリスト教から新約聖書へ、新約聖書からイエスへ、さらに一歩進めて、イエスから、イエスが見つけた永遠の泉に赴け、ということです。

それはいったいどういうことか、それをできるだけ正確に解りやすく書いたつもりです。ほんとうは泉に辿り着くためには何をしたらよいかを書くべきなのですが、この往復書簡にもいつか書いたように、そのための絶対確実な方法はありませんから、できることを書きました。そのなかで信と瞑想に触れましたが、瞑想の実践は二〇一五年二月二十六日の手紙に書いた高血圧をきっかけにして本気になってやり始め、展開したものです。最後の章は、清らかなやさしいこころ、平和への願い、損をしてもいいからという真実探求の志、意味・無意味を超えた生の意欲、これは「山上の垂訓」冒頭の「幸いなる人」（『マタイ福音書』五章五―一〇節）に対応するものですが、これらを併せて統合心といえば、信に基礎づけられた瞑想のなかで統合心が目覚めてくる。これはひと言でいえば生きる意欲ですが、さらに統合心の底に「創造的空」がある。これはイエスのいう「神の支配」（上記の泉。これが何かを語ることが今度の本の眼目）に生死を委ねる信と、然るべき瞑想のなかで明らかになる、ということです。瞑想においてこころの内容が無になったとき、カラッポになったこころそのものは創造的空であることが露わとなる。自他と世界のありのままが受容され、統合体形成への希望も絶望も消え、新たに形成へと押し出される場です。この創造性が無意味（虚無）

に克つ、つきることのない「泉」です。泉に最も近いのは社会福祉に携わる方々でしょう。ただし信も瞑想も人為（自我の作為）にとてもなりやすいので、イエスのいう自然（おのずから）が結局は根幹なのですが、統合心を生む自然は「創造的空」から成り立つことです。眼の黒いうちに、とにもかくにも全体の締めくくりになるこの本が書けたのは幸いだったというべきで、もって瞑すべしというところか。

　体調はあまりよくありません。高血圧は治りましたが、本を五月頃書き始めて、割りとすらすら書き終えたあと、十月になって、メニエル氏症候群のような目眩に襲われたり、不眠になったりして、眼は霞み、耳は遠くなり……という老いの実感。そろそろ独り暮らしが不可能になったか。仕事が終わってしまったわけではないから、まだ死ねないのですが、他方では、もう終末が近いのかなと思ったりしています。サッちゃんとの往復書簡も、目標の第百信に到達するかどうか、こころもとない次第。せいぜい頑張ることにいたしましょうか。

還っていく泉

得永幸子　二〇一六年二月十二日

　立春を過ぎ、空の光が明るくなってまいりました。不気味なまでに暖かい毎日に、ときおり唐突に交じる寒さの厳しさが際立つ、まことに奇妙な冬でしたが、春はどのような足取りでやってくるのでしょうか。今日は台風並みの西風が吹き荒れ、朝の散歩では池の土手で危うく吹き飛ばされそうになり、犬と一緒にうずくまってやり過ごしたことでした。私にとっては、この春の風はアレルギーの大敵。これから二カ月くらいは要注意です。一昨年は激しいアレルギー性の鼻炎と喉の症状に、免疫力を奪われたのか、二種類のインフルエンザに罹り、奉職以来初めて、合計二週間も欠勤するはめになってしまいました。もっともすでに春休みに入っており、授業がない時期でしたので、それほど困った事態には発展しませんでした。逆に多忙を極める日常生活が、果たしてほんとうに多忙なのか、どうしてもしなければならないことは意外に少ないのではないか、とふと振り返ったことです。この冬はいまのところ元気に過ごしておりますが、今日の風は少し嫌な予感がします。

さて、新しいご本『回心　イエスが見つけた泉へ』の出版、おめでとうございます。お送りいただき、ほんとうにありがとうございました。お礼が大変遅くなってしまった失礼をどうぞお許しください。これがほんとうに最後だ、と本の帯の「遺言」という文字が自己主張していますが、四国では誰も信じている者はいないようです。

「もう、歳をとったから」と電話で話される少し元気のないご様子と、『回心』の生き生きとした筆致の間に隔たりがあって、どちらが先生のお姿なのかな……と思いながら読ませていただきました。読者の反響に応える必要に迫られて、また次作をお書きになるのでは、と私も思っております。

今回のお手紙は『回心』を読み終えてから書きたいと願って読み進めてまいりましたので、それでなくても筆の遅い私は、大変大変遅くなってしまいました。

さて、第四章「主体の交替」はなぜかとても懐かしい気持ちを喚び起こすのです。知識として知っていることだからでもなく、昔どこかで経験したことだからという意味でもなく、もっとこころの奥のほうでそう感じるのです。香り立つような言葉と行間の豊かさが、読んでいる私のうちに満ちてきて、なんともいえない柔らかい気持ちになります。内容のひとつひとつは私にはたいそう難しいです。ときどき、読み返し読み返しして少しわかった気になって、次を読むと、いま私がわかったつもりになったことの、真逆が書かれていたりして、ほとんど投げ出したくなるほどなのですが、読んでいるこの時間と、豊かなこの香りのなかにいるということそのものが、とても懐かしいのです。もっというと「憧れ」というしかないこころの高ぶりが混じった懐かしさなのです。もしかすると、私がずっと恋い焦がれてきた「還(かえ)っていくところ」はここだったのではないか。その泉が私をいざなってくれているのではないか。そんな気持ちにさせられ、なんとも幸せでした。

つたない読者ですが、ゆっくりだけではなく、何度も読み返そうと思いますし、きっとそうするだろうという気がしています。

さて、ここで少し近況をお話することをお許しください。

実は義兄(長姉の夫)が夏に腎臓癌のため片腎の摘出手術を受けました。八十歳を過ぎての全身麻酔による手術ではかなりの頻度で起こる副作用だと、後から聞かされたのですが、術後、全身が衰弱し、一気に老いの坂を転がり落ちつつあります。一度は退院できたのですが、すぐに病院に舞い戻ることになり、いまも入院中です。手術前は八一を過ぎても翻訳を業としており、またそれが生き甲斐でもあり、洋画を観ることと音楽を聴くことが趣味という、穏やかで静かで学究肌の義兄でした。それが見る影もなく衰え、肺炎を繰り返して、食事も口からはとれなくなって、一時は最悪の事態も覚悟する状況でした。二月に入って、いまは少し回復しつつあるようですが、何もかも義兄に頼り切っていた姉も病院通いで疲れ、入院。その姉を支え助けていた二番目の姉も、おそらく知らず知らず無理を重ねていたのでしょう。体調をくずして入院。まるでドミノゲームのように順番に倒れる事態となり、年末年始は何とも気の重い日々でした。

老いの無残さが襲いかかってくるのを、どうにも撥ね返せないまま、家族で屈服する日々です。いつかは順番に歳をとり、順番に死を迎える、それはわかっていたことですし、人が生きることには死ぬことも含まれていること、そのこと自体を撥ね返そうと思っている訳ではありませんが、本人がささやかな幸せと充足とを感じられる老後の日々と、自然で穏やかな最期を迎えさせたい、と願わずにはいられません。けれどもそのはかない願いは、いざその時を迎えてみると、まるで奇蹟のように実現困難なことなのだと思い知らされております。せめて優しく対応してくれる施設にと願いますが、公立の施設はどこも何年も待たなければならないほどいっぱいで、有料老人ホームに入れるだけの貯えのない者にとって、終（つい）の棲家（すみか）をどこに得られるかというのは、途方に暮れるほど難しい課題です。

私自身も来年、定年を迎える時期となり、人生の終わりに向かう（おそらくはかなり長い時間をかけての旅になるでしょう）という新たな課題が示されてきたのを自覚しています。どう終わりたいか、その前に、いわゆる老後をどう過ごしたいのか、いまはまったく白紙状態です。その白紙さを、実はとても新鮮に感じ、「何が現れるか見てみよう」と楽しみにしてきたのですが、義兄の姿を見ると、わくわくするばかりではすまされないのかもしれません。ですが、どちらかというと努力が服を着て歩いているような、くそ真面目だった私が、「老後はこれこれを新しく始める」とか、「老後はこれまでやれなかったこのことを極める」というような力こぶを作らないで、白紙状態を静かに受け入れたいという気持ちになっているのは、それ自体、ものすごく「新しい」ことかもしれません。あるいは単に歳をとって、老人性鬱を発症しかかっているにすぎないのかもしれませんが……。

先生は、きっと執筆、出版で力を使い果たされ、お疲れのこととお察しいたします。でも編集室は待ってくださると思いますので、どうぞ、出版後の近況や、ご本への反響などお知らせいただければ、『風跡』読者は喜ぶことでしょう。

新しい創造原理へ

八木誠一　二〇一六年二月二十二日

二月十二日のお手紙、ありがとう。ああいう読後感をいただいたのは初めてです。本への「郷愁」とはどういう感じなのかよく解らないけれど、著者を元気づけてくれることは確かです。ところで本への反応ですが、本を差し上げた方からの返事はありますが、「教会」からの反響はまだありません。キリスト教会はこのままでは、せっかく委ねられた尊い真理を「世の光」として掲げられないまま衰亡してしまう、放っては置けない、という危機感からぼくは書いているのですが、伝統を守ることに専念している「教会」は批判を一切無視することに決めているらしく、統計上も信徒の数は減っているのに（若い人は多分激減している）、自分たちが持つ絶対の真理が消滅するはずはないと「信じて」いるのでしょうか、自己改革の意欲も能力もない。そもそも必要すら感じていないように見えます。

愚痴っても始まりませんな。若い頃に、はからずも新約聖書思想の成立と時代を超えたキリスト教の真理性という大問題とかかわってしまい、以来五十年。結論は、キリスト教徒になるとは教会教義を受け入れ、信仰を告白して洗礼を受け、教会生活に参与することではない。その中心にあるのは「主体の入れ替わり」ということだ。それは罪の力が自我を支配している「単なる自我」の状態から、「キリストが私のなかで生きている」というあり方（自己・自我）に替わることで、仏教用語でいえば、煩悩が自我を支配している状態から、仏心が私になり、それが自覚されている状態に替わること、つまり語る面は違っても、基本的に「悟り」と同義だ。新約聖書はそれを語る文書であって、ただし二千年前に書かれた古代の文書だから不正確なところがあり、そこに伝統的「キリスト教」の不適切性が根差している。それを改めれば、キリスト教は「単なる自我」の文明になりさがった現代にとってこそ、ほんとうに不可欠な真理を語る宗教となるのに、ということです。

そのためには信仰論や神学ではなくて、すでに書いた『イエス』〔清水書院、一九六八年〕や『新約思想の構造』〔岩波書店、二〇〇二年〕でも足りなくて、さらに自我とその機能、言語の本質、自我の知性のはたらき方（情報処理の仕方）、エゴイズム、他方では自己、統合作用、統合心、その底にある静寂（平安）の自覚、創造的空と超越との関係、というようなことの分析と知識が必要だから、誰に頼まれたわけでもなく、むしろ教会からは迷惑がられるのを承知の上で書き上げたのが『回心』でした。実は書き溜めた文章を集めて手を加えれば、全体が仕上がるだろうと思っていたのですが、実際にやってみたらそれではまるで気に入らない。結局、全体を書き下ろす羽目になりました。面倒臭いなあと思いながらも、書き始めると熱中してしまい、どう書いたらいいのか壁にぶつかったことも二、三度あったけれど、全体としては割りにすらすらと三カ月ほどで書き上げたものだから、もし文章に勢いがあるとすればそのためでしょうか。他方、校正などの作業をすべてすませて本が出たら、いつものことながら、まるで卵を生み終えた鮭のように気息奄々（きそくえんえん）になってしまった。

ところでもし、ぼくがこれからも本を書くとしたら、読みやすい一般向けの本でしょうけれど、出版状況が四十年前とはすっかり違っていて、本というものがさっぱり売れなくなっているんです。出版社は「壊滅状態」だといわれているのはご承知の通りで、簡単に本が出せる状況ではありません。であればこそ、いましなければならない別のことがあるのではないでしょうか。『回心』の「むすび」に書いたことですが、回心に一番近いのは、老人介護のような社会福祉の現場で仕事をしている人たちだと思われるのです。近代を作ってきたのは、この点では資本主義も共産主義も同様ですが、「単なる自我」たちだった。だから歴史と文明の進歩と言いながら、実際に起こったのは強国による世界の植民地化、続発する戦争、経済優先の社会と競争と格差の増大、儲けること、勝つこと、楽しむことにしか関心のないあさましき世俗化、さらには地球をだめにしかねない大規模な環境破壊だった。いまの状況で、近代文明を手放しで礼賛できるでしょうか。こうした状況のなかで、社会福祉の実践のなかから、「単なる自我」の文明を克服する将来の世界の創造原理が出てくるのではないかと思われるのです。

宗教にとって最も大切なのは理論ではなく実践です。従来は伝道、布教といっていた、回心のすすめです。

回心とは従来、イエスが救済者であることを信じること、イエスが「神」であることを信じること、とされてきました。それをいきなり否定するつもりはありません。問題はただ、「イエスが神である」とはいかなる意味かということです。それは「イエス」が——客観的に——天地の創造者、全知全能の超世界的・超人間的な絶対者だということではない。これは新約聖書の記事にも、歴史的事実にも反します。それは『ヨハネ福音書』の言い方を借りれば、「(世界のなかではたらく神)ロゴスが受肉した(人間的現実となった)」ということ、内容的には「主体の入れ替わり」の完成態のこと、浄土教信徒が「私は阿弥陀仏ではないが、阿弥陀仏は私だ、阿弥陀仏の願(衆生救済の願)が私の願になった」というのと同じです。そして、そのイエスのこころが私たちのこころとなる。これが私たちのなかにおけるイエスの「復活」です。こう考えて初めて新約聖書が全体として了解もされるし納得もされるわけです。現代における回心のすすめとはこの方向にあるはずです。

もし、なおいのちながらえるなら——「末期」高齢者のぼくにはもう不可能だと思われるけれど——、その方向に仕事をしたいと思う。幸いにして「場所論研究会」というものがあり、毎回二十人ほどの人が参加する。これを「学会」や「研究会」ではなくて、思い切って――従来の古めかしい言葉遣いでいえば――、こころから納得できる信仰と瞑想の「道場」にできないか。実は道場とか修道とかいう言葉には、ぼく自身ひっかかるので、何かもっと適切な言葉を考えなければならないのですが、いまあるいくつかの読書会を、善通寺と静岡・浜松と東京での「読書と瞑想の会」に変えて、夏の研究会を年一回の全体会にできないか、これは儚い老人の夢でしょうか。あるいは懐かしい善通寺に向けた「遺言」なのかもしれません。

エピローグ　還りの道に立って

異邦人として

得永幸子　二〇一六年十月十日

来年〔二〇一七年〕三月末をもっての定年退職。今年度はいささか蚊帳(かや)の外(そと)的存在になるのかと予想しておりましたら、とんでもない。後から後から仕事が追いかけてきて、売れっ子状態です。おかげで感傷に浸る間も、ひとつひとつの仕事に対し感慨にふける暇もなく、相変わらずトラクターがそのあたり一帯をなぎ倒すような勢いで仕事に励んでおります。昨日、通常の授業以外で主な予定を、三月末まで一覧表にしてみましたら、A4用紙一枚がびっしり埋め尽くされ、まるで障害物競争みたいだと、呆れてしまいました。これから、ひとつひとつ塗りつぶしていくことに快感を覚える半年になりそうです。世の中は確かに忙し過ぎます。絶えず走っていなければ、生きていないかのように自分も周りも思ってしまう病に取りつかれているような気がします。行きつけの接骨院の先生は、「これまで走り続けてきた人が、来年急に暇になるのは危険だなあ」と心配してくれていますが、いまのところ、四月からの真っ白なスケジュールを見てほくそえんでおります。

先日来、少しずつ研究室の片づけに入って、毎日三十冊くらいずつ書籍を自宅に持ち帰っています。そうすると、私が自分のなかで、テーマとして大切に思っている分野の本が、本棚の一番奥に押し込まれていたことがほんとうによくわかります。在職中、音楽関係の授業を受け持つことはほとんどなく、大学内の音楽関係の活動にかかわることもまったくないまま、周辺的なことを担当し続けてきました。そのため、ずっといつでも、専門外のことを教えている後ろめたさがつきまとってきました。そして、その分野に関する知的蓄えのなさを何とか努力で補おうとして、死に物狂いで勉強する年月であったと思います。その結果、音楽、身体論、思想関係の本はどんどん本棚の奥へと追いやられていったのです。久しぶりに懐かしい本たちとの再会を楽しみながら、少しずつ片づけております。何しろ三月二十四日まで、責任ある仕事が詰まっていて、おそらく二十七日くらいには研究室を明け渡さなければならないと思いますので、どこかで集中してお引っ越しというわけにはいきそうもないのです。

ソプラノの寿命として、あと何年ステージで歌えるかはわかりませんが、四月からは今度こそ、歌にこころゆくまで時間を使いたいと思っています。もっともチャコにいわせると、「サッちゃんはじっとしてないと思うよ。勤めていたときより忙しいと言いながら、何やかや走り回ると思うよ」とのことですが……。

さて、そんななかでとても不思議なのは、これほど売れっ子のごとく学内のさまざまなところにかかわり、おそらくキャンパスで私を知らない人はいないだろうと思うくらい、学校にどっぷり浸かってきたにもかかわらず、私はここには帰属していなかった、ずっと異邦人だったという感覚が、いま自分のなかにあることです。それならば、どこに帰属してきたのかと自分に問うと、やはりどこにも帰属していない、世界の辺縁をかすめながら、あるいは彷徨いながら生きてきたにすぎない、という気がしてなりません。私の歌も、やはり音楽の辺縁にいて、それでも歌うというところでかろうじて成り立ってきたのかもしれません。けっして不幸な身の上だというつもりはなく、不遇であるともまったく思わず、単に「そうだなあ」という自己認識があるだけです。それでも生きてこられたんだなあ、歌ってきたんだなあと妙に感心している今日この頃です。

ずいぶん前、往復書簡のなかで、〈還っていくところ〉を探している自分に延々とこだわっていた時期がありました。あの頃は〈還っていくところ〉を見つけなければ自分の存在の定点がない、とまで思い詰めていたような気がします。もしかすると、忙しさに隠されてきただけで、私はほんとうはあそこからあまり変わっていないのかもしれません。つまり、やっぱり〈還っていくところ〉を見つけられないでいるのかもしれません。ただ、いまは寄留者である自分を感じても、「そうだったのか」とそのままに受け止めて、悲壮にならない静けさが与えられているようです。

かつて、父が年老いた日々に、親しい人のところ、懐かしい場所に連れて行ってくれと毎日せがんだ時期がありました。そのとき、私は一番に父が四十年近く勤めた大学の研究室を見せにいきました。ところが、父はまったく興味を示さず、「ふうん、そうかね。ぼくはここで働きよったんかね」とまるで他人事のようでした。父のこころはここには所属していなかったのだろうか、そのときの私にはほんとうに不思議でした。父の記憶からすでに多くのことが抜け落ち、赤ん坊に戻りつつあったからなのかもしれませんが、心血を注いだ仕事場は終わりの日々のこころの容れ物としては何の役にも立たなかったのだと、いまは少しだけ理解できる気がします。

容れ物を探すのではなく、風のように生きられる来年からの日々だと、どんなにいいでしょうね。

さて年明けすぐ、一月二十八日（土）に大学の礼拝堂で退職記念コンサートを行います。在職中、ほとんどコンサートを開けませんでしたし、私が歌をうたうということさえ知らない学内で、「最終講義に代えて」という意味を理解してもらうのに、あっちでもこっちでも相当大変でした。先生がきてくださったら望外の喜びですが……。年齢的にフルサイズのコンサートを歌い切る体力があるのかどうか、こころもとないので、筋トレのようにひたすら練習する毎日です。

一匹狼として

八木誠一　二〇一六年十月三十一日

チョー多忙中にお便りありがとう。一読して物思いにふけってしまった。こんなに学校にどっぷり浸かっていたのに、「私はここには帰属していなかった、ずっと異邦人だった」というくだりを読んで、そうか、サッちゃんも学校ではほんとうにやりたいことはさせてもらえなかったんだなあと、いまさらながら了解した次第です。ぼくが東京工業大学にいたとき異様に感じたことですが、会議に出ると教授たちが——東工大卒でなくても——「東工大では」とか「この大学では」などといわずに、何の屈託もなく「ウチでは」ということでした。これにはどうしても馴染めなかった。この人たち、ウチで働いてウチに帰って寝るんだなあと感心しても、ぼく自身は遂に一度も「ウチでは」といえなかった。理工系の東工大だから当然のことながら、自分の専攻科目を担当できなかったぼくには、東工大はついに「ウチ」ではなかったようです。

回顧すれば、ドイツ留学から帰って、関東学院大学神学部に講師として雇われたとき、たしかにぼくの専門である新約学を担当したのですが、まずは語学と歴史と新約緒論（各文書の著者、内容、成立年代などの解説）の講義をしました。ヨーちゃんが神学部に入学したのはこの頃です。二年後に『新約思想の成立』（新教出版社、一九六三年。東京大学大学院の指導教官はまったく評価してくれなかったけれど、いまでは日本の新約学の名著のひとつに数えられている）を書いたら、学生の評判になってしまった──なり過ぎたようで──学部長に呼ばれて、「お前さんに教室で新約聖書の思想を講義してもらっては困る。いままで通り語学と歴史と緒論だけを教えさせる」といわれて、現在にいたるまで一貫してぼくの関心事である「新約思想の解明」のための講義は担当させてもらえませんでした。キリスト教の成立は、超自然的な啓示や奇蹟ぬきで、生き方の転換の出来事として説明できる、という聖書の批判的理解が過激だと思われたのでしょう。神学部では異邦人というより一匹狼でした。

それからしばらくして東工大のドイツ語担当の友人から、東工大でドイツ語教師を公募しているから応募しないかといってきたので、どうせドイツ語を教えるなら東工大のほうがましだし、国立大学なら研究に干渉されることもなく、ましてそれでクビになることもないと考えて、応募したら幸い採用になりました。関東学院大学の神学部は（大喜びで？）了承してくれました。それから語学教師を勤めること二十三年。学生は優秀だし、語学を教えるのは好きだけれど、ぼくは二重の「異邦人」でした。二重というのは、言語はたしかにぼくの大きな関心事ではあるけれども、中心ではないというばかりではなく、ドイツ語そのものが東工大ではとかく無用視されたからです。ただし、生協のアンケートでは、ぼくのドイツ語授業は、最も面白い授業の上から十位内に入っていた。専門外だからといって、いい加減な授業にはしなかったということです。

さて定年の四年前に、桐蔭横浜大学（工学部）が創立されることになって、私も移ることにしました。定年になっても、ドイツ語教師としてはむろん、神学部にも再就職のあてはなかったから、波に乗ろうかと思ったのです。そしたらすぐ採用になってしまった。ただし、一般教育の哲学・倫理の教師としてでした。哲学、倫理学、教職課程の宗教学、これはぼくの専門と無関係ではありませんが、やはり専門そのものではありません。法学部ができてからは、大教室で二百人以上の学生に講義をした。内容としては、学生時代にこういう講義をしてもらっていたらどんなに助かっただろうと思う講義をしましたが、学生にはどれだけ通じたやら。ま、ほんとうに関心があって出席した学生は二百人に一人ぐらいでしたかな。なかには哲学をやりたいと言い出して哲学科のある大学に転学した学生もいますが、どうなったことやら……経営にはまったくタッチしなかったから、桐蔭横浜大学の教授会では発言した覚えがほとんどありません。それでもなんでも、大学主催の生涯学習（テーマは「宗教と現代」）の講師は八十四歳になったいまでも続けていますし、桐蔭横浜大学（六十八歳定年。のち客員教授として七年勤務）のおかげ様で、東工大にいたら六十歳定年なのに、その後も無事に食べてゆけました。ぼくにしてはうまくやったと思う。

結局、専門ないしそれに近い講義をしたのは非常勤で雇われた大学でだけでした（つまり、やはり蚊帳の外）。十以上の大学で非常勤講師を勤めたけれど、前にも書いたように、そのなかに神学部・神学科はゼロ。招いてくれた神学部はスイスのベルン大学とドイツのハンブルク大学だけでした（講義題目はともに「仏教とキリスト教」）。

若い頃は、学会こそ真理探求の場だと思っていました。実際、三つの学会の設立に尽力しました。会長とか理事長などにもなった。しかし、学会は結局、真理探求の場ではなく、若い人の業績作りの場でした。伝統的キリスト教の教義に批判的な研究は、正しくても、だから一応は評価されても、教会のみならず学会からも、反論はできないが受容もできないとして無視黙殺され、結局は生かされないのです。伝統的教団の身になってみれば、これは至極当然のことで、また、実にうまい戦略だと思わざるを得ないのですが、いまや伝統的キリスト教は滅亡に瀕しているのに、総力を挙げて自己改革を試みないでいいのでしょうか。キリスト教には、現代にこそ必要な真実が伝えられているのだから、不要な殻を捨てて真実を明らかにしなくてはいけないのではないか、といくらいっても馬の耳に念仏です。結局、「ウチ」と思えるのは場所論研究会と桐蔭の生涯学習のクラスだけかもしれない。しかし、どちらもウチにしては一緒に過ごす時間が短過ぎます。

サッちゃん同様、不幸だったと思ったことはありません。不遇だと思ったことは、ないことはない。しかし最も不合理というか、納得し難いのは、すでに書いたけれども、ぼく自身の聖書解釈、「仏教とキリスト教」論、また宗教哲学（哲学的神学）が完成したのは最近のこと（正確にいうと、もう一冊本を出したら）、つまり定年のずっと後のことで、せっかくぼくに可能な最上のものを提供できるようになったときには、もう定年過ぎで講義ができないことです。ぼくには結局、大学で専門の研究者を養成することもできませんでした（ヨーちゃんは、特にぼくが大学で養成したというよりは自分で勉強したのです)。とにかく、ウチがなくても努力が虚しくても、それでもここまで生きてこられたというのは、サッちゃんと同じですな。ニヒルが消滅する場所がある、というのはぼくの思索の結論ですが、これは「蚊帳の外」に追い出されていたからこそわかったことだといえるでしょうか。

サッちゃんの退職記念コンサートには是非行きたいけれど、もう遠くでの講演なども断ることが多い状況で、いまのところ健康と体力にあまり自信がありません。どうなりますか。

私の人生の必然

得永幸子　二〇一六年十二月二十九日

やっと冬休みになりました。そして、静かな研究室でやっとお便りを書いています。この宝物のような「とき」をそおっと手のひらに載せつつ……。なぜか、私は原稿の類のものを夕暮れ時にしか書けません。多くの方は夜、ほんとうにひとりになって静かな時に書くと仰るようですが、私は日没から夕映えに向かう空を眺めながら書くのが一番こころが落ち着き、言葉を紡ぐことができるのです。いつの間にか長居してしまった研究室は北西側に向いていて、寒くて暗い上、音楽担当教員のレッスン室に隣接しており、うるさくてかなわないだろうと、他の教員から敬遠された部屋です。でも、私はとても気に入っています。窓からは子どものときから大好きだった天霧山(あまぎりさん)が見え、その向こうに日が沈む、最高の眺めの部屋だからです。今日は一日、降ったり止んだりの不安定なお天気で、空には分厚い雲がいくつもの塊になって浮かんでいます。その割れ目から冷たく澄んだ冬空が見え、そろそろ日が西に傾いてきました。天霧山の稜線が黒々と見えています。後ろの空がほんのり黄色味を帯びてきました。私の一番好きな時間帯に、お便りができる幸せを満喫しております。

さて、前信で、大学で他の先生が大学や学部のことを「ウチ」と呼ぶのを異様に感じられたと書かれているのを拝見して、少し虚を突かれた思いがいたしました。私はどうだったろう、と振り返らずにはいられません。きっと無反省に、しかも頻繁に使ってきたと思います。なにしろ、子どものときはまさに、四国学院のキャンパスは「ウチ」でしたから。小学校や中学校から帰宅する先が、四国学院のキャンパスだったわけです。でもそれは、キャンパスが「ウチ」だった訳で、四国学院という大学組織体とはあまり関係のないことでした。その割りに父がなんでも食卓でしゃべってしまうため、内部事情に通じた外野でしたが。その後、四国学院は私の母校になり、職場になり、まさに生涯を通じて「ウチ」であり続けたのでした。その上、私は環境順応性の極めて高い人間で、大学時代のゼミの先生に、「あなたはどこの職場に行こうと、どこの大学院に行こうと、そこに順応して、そこの人間になり切る人ね」といわれたほどです。「浅はかだ」といわれたのとほとんど同義だと思いますが、当たっていると自分でも思います。私はほぼ意識的に、そして積極的に大学で行われていることにコミットし、仕事を買って出、学生たちと差し向かいで係わってきました。そんな私が、ここにきて、四国学院は「ウチ」ではなかった。私はここでも異邦人だったと感じるのですから、自分でも不思議です。人生の六十五年中六十年近くを過ごしたこの世界の異邦人だったということは、私は人生の異邦人だったということなのだろうか。いまそのことを考える毎日です。

つまり改めて、自分にとってメインは何だったのだろうか、と考えさせられるのです。自分が打ち込めることは明らかに歌なのですが、だからといって秀でた能力があるわけでも、恵まれた楽器としての身体があるわけでもありません。どうやったらもっといい音（声）が出るのだろう、と貧弱な楽器を突いてみたり、叩いてみたり、さすってみたり、ときには呆れかえってただ眺めていたり……という年月でした。普通だったらもうとっくに諦めただろうと思うのですが、まだ執念深く自分のからだと付き合っています。けれども、留学中の数年を除いて、歌はこれまで一度も生活上のメインになることはありませんでした。いつでも時間と体力を盗みながら、演奏機会に忍び込みながらの演奏活動に、師匠にまで「諦めないねえ」としみじみいわせたほどです。最近やっと、その意味がわかりかけている気がします。好きなのに楽器がよくなかったのでも、本気なのに仕事としてのポジションが得られなかったのでも、能力があるのに認められなかったのでもなかったのだ。すべて必然だったのだ。そう思い始めたのです。もし、仕事としてのポジションが得られていたら、楽器と才能の貧弱さに私は押し潰されていたと思います。認められていたら、単純かつ自意識の強い私は、ほんとうに自分が表現したかったことを見失っていただろうと思います。そして、やはり楽器と才能の貧弱さを努力で覆い隠そうとして、がんじがらめになっただろう。そして、もし楽器と才能に恵まれていたら、ともすれば傲慢になって、才能で周りを蹴散らし、傷つける歌をうたって自滅していただろう、と思います。神様は、そんな私が潰れないように壊れないように、歌い続けていけるように、際どい辺縁にそっと私の歌を置いてくださったのだ。ここそが、お前の歌いたい歌を一番うたえる場所だよ、と仰って。大学でも歌の世界でも異邦人であること……そうあることが、私の人生の必然だったのだ、そう思います。だから、異邦人のままでいいのだと思います。〈還っていくところ〉が見つからないこともまた、そのままに受け取っていいのではないか。もっといえば見つけようとする必要はないのではないか。私が見つけなくても、きっと還っていくべきところに還っていくのだろうと思います。そしていまは、必然に身を任せて歌えることを喜びとして受け入れたい、そうひしひしと感じています。一月のコンサートは、そんないまの私にできる、私らしい歌をうたいたいと願っています。

四月からの身の振り方は、大学の後任人事の都合で振り出しに戻ったまま、宙ぶらりんの状態がずっと続いています。

では、今日はこの辺で失礼いたします。夕映えはとっくに褪(あ)せ、いまは夜の帳(とばり)がキャンパスを包んでいます。夜の校舎はほんとうに静かです。

死を受容する生/創造的空の統合化

八木誠一　二〇一七年二月八日

退職記念コンサートはいかがでしたか。申し訳ないけれど、ぼくは結局行かなかった。年末に熱海で行われた「統合学国際研究所」例会で、これが最後だろうと思う研究発表（「仏教とキリスト教の統合？」）をしました。これは講演、指定された研究者によるコメントと質問、それへの応答、フロアとの質疑応答、中途の休憩を入れて、全部で四時間という、研究発表としては恵まれたものですが、すっかりくたびれてしまい、帰宅した翌々日から咳が出て、二、三日寝込んでしまいました。一月にも「宗教間対話研究会」で講演。これは場所は東京、全部で二時間でしたし、夜だったから会場のホテルに泊めてもらったけれど、これも結構しんどかった。外国はもちろん、国内でも遠距離の旅行がつらくなったのは、若いときとの大きな違いです。これはサッちゃんの記念コンサートに行かなかった言い訳ですが、最近書いたものを読み直すと老人の愚痴めいたものが多く、前信の「異邦人論」もそのひとつでしょう。四国学院大学のキャンパスで一生（？）を過ごしたサッちゃんでさえ異邦人なら、ぼくなど諦めるのが当然なんですが……。ぼくはもう、

朝起きてまず白梅の花を数える

八十五歳のオジイちゃん。上記の研究発表は、要するにいままでの締めくくりです。キリスト教はせっかく現在でこそ必要な真実を伝えているのに、このままではもう先がない、という危機感から研究を続けてきたけれど、聖書研究の部分を見てみれば、処女懐胎や復活や奇蹟物語などが文字通りの史実ではないということも丁寧に語ってきた。これは実はプロテスタントの原理、「聖書のみ」の否定ではなく、聖書は何を伝えているかを明らかにするという意味で、むしろ遂行なのですが、

教会では非難されて、他方一般の世界では、「そんな当たり前のことをいまさら何で……」ということになってしまう。さらに聖書が伝えていることを、「宗教哲学的」に語れば――宗教哲学とは元来、理性による宗教理解なので、その意味ではぼくの営為は「哲学」とは違うのですが――「難しくて解らない」といわれる。実はやさしく語っても同じことなのですが、ぼくとしては語らないわけにはいかなかった。

あと残っている仕事は、「仏教が悟りと言い、新約聖書が主体の交替というあり方に、どうしたらいたれるのか」という問いに答えることです（伝道）。これは今度こそほんとうに最後になるだろう本の内容ですが、本ができるまで目が黒いかどうかわからないから、この紙面を借りて大綱を記しておきます。一方的な言いっ放しです。本といえば、万事手軽かつ簡単にわかって、ためになる本が売れる現在では、書いても売れないにきまっているけれど。

いまヨーちゃんから電話があって、サッちゃんの記念コンサートの話を聞きました。サッちゃんはとてもリラックスしていて、サッちゃんらしい歌で、大きな花を咲かせたって。会場も満員だったそうで、おめでとう。伴奏はチャコでしょう。いい記念でしたね。

さて、問題なのはやはり「単なる自我」です。法律や道徳や社会的良識を破るのはむろん悪だけれども、むしろその底にある「単なる自我」をなんとかしなくてはいけない。近代は「単なる自我」

の文明といってよく、これは未曾有の繁栄と悲惨をもたらした。実は宗教は、キリスト教も仏教も、「単なる自我」の克服を目指したのに、これがはっきりと認識されていない。「単なる自我」とは、まずは、こうだと教えられてそうだと考え、こうしろと教えられてそうする通念的自我のことで、だからこの世に生まれれば誰でも、まずは単なる自我になるのですが、そのどこに欠陥があるかといえば、他律に陥ることによって、自分の内にある人間性に気づかず、その表現を無視・圧殺してしまうことです。そのような自我が今度は自分から、自分のために、自分に都合のよい思想・行動を選び取り、これが知らず知らずのうちに我執・我欲を生み、エゴイズムに陥ってゆくのです。それは「単なる自我」が自分を顧みるとき、自分を支える根拠が何もないことに気づき、不安からまずは保身に走るからで、この根拠のなさは、やがてニヒリズムにつながる。ニヒルとは人生には根拠も意味もなく、あくまで守るべき尊いものものもない、という感覚・認識です。

しかし、キリスト教は「内なるキリストのはたらき」を、仏教は「仏心」のはたらきを説いてきた。事実、それは存在するのです。ぼくはそれをとりあえず「統合心」と呼んでいますが、世界をみると、ビッグバンから始まって、原子―星雲―太陽系―生体―人格共同体形成という統合化(コミュニケーション・システムの形成。そのなかには芸術という統合化の営為もある)の歴史が事実としてみられます。他方、人のこころには、やはり事実として、清らかなやさしいこころ、平和への願い、たとえ損をしても真実を求め語る誠実さ、無意味にめげない強さ、という諸面があります。これが統合化をもたらすことは明らかです(ぼくはそれを明らかにしようとした)。つまり、世界と人とのなかでは統合作用が実際にはたらいているわけで、それを明らかに自覚するにはどうしたらよいかということが問題になるわけです。

以下では共同体形成への行動は措いて、仏教が「己事究明」といっている方向（自覚の深まり）を述べますが、これにはやはり瞑想がいいのです。瞑想といっても、必ずしも正規の坐禅のかたちでなくてもいいと思います。坐禅は確かに安定していていいかたちですが、一般には脚が痛んでかなわない。自覚どころではなくなってしまう。他方、プロテスタントは、「徳を積んで救いという報酬を要求する」という意味での瞑想修行（単なる自我の行）を排したけれども、瞑想は実はまったく逆に「単なる自我」を滅ぼす道でありうるのです。しかし実際をみると、たとえば坐禅も、まずは悟りという目標を設定する「単なる自我」の努力になりやすい。これはむろん排されていますが、坐禅は、まずは仏行を知らないままの自我の行為だから、こうなり易いのは仕方ないことです。しかし、こうしていたのでは坐禅が「単なる自我」の強化となってしまい、方向がまるで逆になってしまう。それに気づくのにも長い、長い時間がかかる。

そうならないためには、やはりまずは「信」が必要です。信といっても、教義を疑いなく受容するという意味での信ではなく、「私たちのうちにはたらいて、（統合に向かう）はたらきと意欲を成り立たせる神」（『ピリピ書』二章一三節）への信頼、むしろ「生と死をつかさどる神」に自分を一切を委ねる信のことです。実は、この信こそがまずは決定的に重要なのです。それはこの信のなかで「単なる自我」が、その自己絶対化が崩壊するからです。しかしそれを知らない「単なる自我」にとっては、「信」がなかなか簡単ではない。この「信」すらが、教義を信じる信仰同様、「単なる自我」の決心になってしまいかねないのが、「宗教」の最大のネックのひとつだと思います（しかも滅多に気づかれていない）。

「単なる自我」が滅びれば、信のなかに「統合心」が生まれます。さて、ここで対社会的行為ではなく、「己事究明」（自覚）の方向を求めるならば、「他者へのかかわり」より「自分の事柄」である、「清らかなこころ」が取り上げられます。瞑想の過程で、まずは「清らかなこころ」（日本人には、こういうのが最もわかりやすいと思う）に意識を集中すると、「静寂」を通って、だんだんと仏教で「無心」といわれることがわかってきます。「平和への願い」から始めると、「赦し」を通って無心にゆきます。「真実を求めるこころ」から始めると、言葉の世界は真実ではないことが明らかになりますから、「直接経験」を通って、やはり無心にいたります。もろもろの悪念、怒りや嫉妬や強欲や不満や焦り、不安やニヒルな気分などはもちろん、そもそも「自分は何であるか、何をするか、何をしなければならないか」という思念がなくなること、換言すればいわゆる自己理解、実は我執、我欲、我意などが消失することです。

静寂ですが、もろもろの思念、情念、欲望などの自己主張、対立抗争が静まり収まることだから、清寂というほうが当たっているかもしれない。これはまた、自分と自分、自分と他者、自分と世界、自分と「神」との対立が失せ、和解がなされるところ、換言すれば無意味感も消滅して平安が訪れる場所です。ぼくはこの世界が大好きですが、実はここにとどまっていてはいけないのです。

こころには、もろもろの感覚や思念や感情や欲望などという、こころの内容の面だけではなく、それらを入れるいわば「容れもの」の面があります（容れものといっても、袋のような限界があるわけではありませんが)。無心になることとは、つまりこころの中身が「無」になること。言い換えれば、「生」を、あるいは「死」を求める「我」がなくなることです。このとき、容れものとしてのこころは「空っぽ」、つまり「空」です。しかしこれは単なる空ではなく、創造的空です。空は、生だけではなく、あらゆるものを入れる空ですが、実際上、また具体的にいうと、われわれが生きているうちは、「統合心」が成り立たせる創造的空です。この創造力に触れると、無心から再びこの日常世界へと帰ってくることになり、そこでは自我がいまやこの世界で統合心を具体化する機能を担うことになります。これこそがわれわれの居場所、「第三のふるさと」です。換言すれば、だからこそまずは「統合心」に目覚めることが必要なので、そうでないと、日常生活に帰るとき、統合体形成をバイパスしてしまう。さて、ここで営まれる生は、死を含んだ生、死が生の完了、生き了えることであることを弁えた生の営みです。では、それは結局、ニヒルなのか。たしかにそうともいえるかもしれないけれど、生は不死を求める生ではなく、生の内に含まれる、生の完了としての死を受容する生だということです。逆にいえば、生きている限りは、統合化を求める生だということです。

創造的空とは、こころだけの事柄ではなく、世界の事柄です。世界は創造的空のなかにあるということです。この世界には、統合どころか、地震も津波も噴火も洪水・旱魃もある。人間世界には病気も貧困も、戦争も抑圧もある。しかし、世界（宇宙）には、創生以来の混沌のなかで、しかし極めて稀な、恵まれた条件のもとで、秩序（統合）が成り立ってくる。つまり、比喩的にいえば、世界を包む「創造的空」の統合化のはたらきがあるわけで、これは人間のこころに現れる創造的空の類比です。われわれの生では、この不完全というよりは悲惨が多いこの世界、しかも数十億年先には多分滅亡するだろう世界のなかで生きている限りは、統合化を選び取ってゆくことだといえます。

元来、キリスト教は上記のようなところを見て、それを「神」のはたらきといったのだと思います。一方では、「神」の歴史・共同体形成的なはたらきの面を、これは「人格」相手の事柄だから、キリスト教は「人格」神の行為として描いてきた。「神」は人ではないから、「人格」神は比喩です。他面では、「神」は人のこころのなかではたらく「創造的空」の面があり、これは各人の自覚の事柄で、「場」の比喩を使って、「場所論的」に語られるものです。

今年も「場所論研究会」が開催されるようですが、ぼくは参加するとすれば、これが最後かもしれないなと思います。だから、今度の会では、上に述べたことを、もっと詳しく語るつもりです。これはぼくのいままでの仕事の締めくくりとしては、最も適切なものでしょうから。最後はほとんど独白になってしまった。ごめんなさい。

平安な呼吸のなかで

得永幸子　二〇一七年一月十日

退職記念コンサートは無事に終わりました。今回ほど、落ち着いた心持ちで迎えた本番はかつてなかった気がします。学生の間で流行していた口唇ヘルペスに罹ったものの二日で完治し、それ以外体調も崩しませんでした。喉の調子もずっと平気でした。プログラムを通しで歌い始めた十月に、自分の体力、声帯の柔軟性、声を支える筋肉のどれをとっても、若いときに比べると格段に落ちていることを嫌というほど思い知らされました、この年齢でフルサイズのリサイタルをやる歌い手があまりいないことには理由があったのだと、気づいたときにはもう計画は走り始めており、逆戻りはできませんでした。したくもありませんでした。そこでほぼ毎日、本気でからだを使いながら二回通して歌うという練習を繰り返すことで、筋力をつけるとともに、楽器の使い方を記憶しようとしました。そうすると不思議なことに、この歳でも筋肉の持久力は増すのだということを知ったのです。それは一方では、「できないこと」もはっきりと自覚できるようになるということでもあり、本番前の十日ほどは、その「できないこと」をひとつずつ認め、諦める日々となりました。その結果、本番前には「ここの筋肉がこう開いていて、息がここを通っていけば、そしてその息に筋肉が柔軟に寄り添えれば、絶対表現したいことができる」という状態になっており、多少体調が悪かったり、緊張していても大丈夫、という安心感がありました。自信というほどの気負ったものではなく、平明なこころというようなものでした。残っていた不安は、本番が始まってお客さんの姿を見たとたん、この平明なこころは瞬時に壊れるかもしれない、という未知への恐れだけだったように思います。そうして迎えた本番は、一曲一曲に集中することができ、お客さんも集中してよく聴いてくださり、お客さんと一緒に気持ちよく呼吸しながら音楽に運ばれていたら、いつの間にか終わっていた、という感じです。演奏会の後、いつもは疲労と不全感とで人嫌いになる私ですが、今回は本番の平安な呼吸がそのまま続いています。有頂天というのとも少し違う、静かに満たされた想いでおります。

実は、演奏会の前、十月頃からチャコも私も身内の者が危険な状態にあり、その意味では緊迫感のなかにありました。チャコのお母さんはコンサートの直前に亡くなり、私の義兄は直後に亡くなりました。そのはざまで迎えた本番でした。チャコは十月から出雲と善通寺の間を細切れに行ったり来たりする生活でしたし、お母さんを亡くした空白感、寂しさのなかで迎えたであろう本番でした。そういう意味では苛酷な状況のなかにあったのですが、そのさなかでも二人がずっとお互いの呼吸を感じ合い、音楽を共有できた、不思議に穏やかなひとときでもありました。

さて、私は大学の人事の都合で、来年度も再雇用されることが正式に決まりました。いったん、退職人事が発表され、研究図書返却指示、研究室明け渡し指示も出た後、何より私自身が辞める気満々の状態にありましたので、ちょっと方向転換に手間取っています。自由の身になって存分に歌いたいという願いはまたお預けになりましたが、やはり私はあくまでも辺縁で歌うのがよいようです。

実は義兄が亡くなったことで、ひとり暮らしに不安を覚える姉と、四月から同居することになりそうです。そうすることが、どのような変化を受け入れることになるのか、いまはまったくの未知数です。とんでもない修羅場が待っているかもしれません。思いがけず優しい時間を過ごせるのかもしれません。なるようにしかならないし、なるようになるのだ、と思っています。

そんななか、最後のお便りを書いております。一九九〇年の十一月に始まって一九九八年の二月まで、そして六年の中断を挟んで二〇〇五年の春から二〇一七年二月まで、通算二十七年にわたって交わしも交わしたり、という気がいたします。こんなにも長丁場の往復書簡は世にも稀なのではないでしょうか。前信で、先生がこれから書かれるご本の前味を味わうことができ、往復書簡をしてきてよかったな、としみじみ思います。あらゆる意味で、先生のお相手を務めるには不足だらけの私でしたが、だからこそ、先生が力を抜いたところで自由にお書きくださったのではないか、と多少の自負を感じております。また私は私で、とても先生のお相手は務まらないのに無理をしてもなんにもならないから、私も書きたいことを書こうと思ってまいりました。なんだか噛み合ったのか、噛み合わなかったのか。摩訶不思議な往復書簡であったのかもしれません。それでも、ときには精いっぱい背伸びをしたり、お釈迦様の手のひらの上の孫悟空のように暴れてみたり、しみじみこころの内を語ったり、と私にとりましては、幸せな往復でございました。またいつか、もしかしたら百歳と八十歳で、第百一信をスタートするということもあるかもしれませんが、先生の新しいご本をこころから楽しみにしつつ、ひとまず筆をおきたいと存じます。ほんとうに長い間、ありがとうございました。

あとがき　往復書簡を終えて

日常の営みのなかに、非日常が影を落として脅かす様を語りながら、何を主題にするのか、当てもなく手紙を交換するうちに、いつか足は同じ方向に向いても、行く先は定かならず足並みも揃わない。

それでも日々の経験、旅や仕事、病や死など、心に残ることを伝えようとすることが、愛と憎悪、希望と絶望など、葛藤を紡ぎ出す心のしこりを見つめることになったのだろうか。回を重ねるほどに、いつしかしこりはほどけ、始めはそれと知らずに求めていた行く先、帰り着く〈ふるさと〉が仄(ほの)かに見えてくる……。

かたちのある結果を性急に求める忙しい世の中に、こういう閑(ひま)なやりとりもあっていいのではないかと、ほぼ二十年にわたって同人誌に連載された往復書簡を上梓することとした次第。

八木洋一さん〔ヨーちゃん〕が神学部博士課程を修了して四国学院大学に赴任した縁で、私は同大学で集中講義をするようになった（一九七九—八四年。以下断続的に一九九三年まで）。大学には洋一さんを中心とする十人ほどの院生、学生のグループができていて、得永幸子さんも新宮久子さん〔チャコ〕もそのメンバーだった。私もそのグループに加わり、集中講義の間、一緒に食事をしたり、講義が終わった後で小旅行を楽しんだりした。そのうちこのメンバーが中心となって、同人誌『風跡』が発行され、私も寄稿することになった。得永さんの処女作『「病い」の存在論』(地湧社、一九八四年)は、『風跡』に連載された彼女の修士論文が単行本として出版されたものである。

さて、これまでの私の著作の約三分の一が対談集である。仏教とキリスト教の対話が国際規模でなされていたし、私も仏教との対話を媒介として思索を進めていたので、対談の相手は仏教の思想家が多く、内容も、ある主題をめぐる議論である。私はもっと広い領域に開けた、自由で、できれば文学性もある対話をしてみたかった。

ハンブルクに行くことになったとき、往復書簡を『風跡』に載せませんかと得永幸子さんを誘ったのは、『「病い」の存在論』を読んで、得永さんが人生を経験レベルでも思想レベルでも語れる人だとわかっていたからである。幸い彼女が応じてくれたので、往復書簡は第百信まで続いた。書簡の交換が終わる前に、すでに洋一さんたちから出版を勧められていたのだが、なかなか決心がつかなかった。あるきっかけで、ぷねうま舎の中川和夫さんが承諾してくださり、短縮版として出版の運びとなった。

シナリオがあったわけではない。読み直してみると、内容が専門的な議論にならなかった点は予定どおりだが、衝突したり、ダンスをしたり、平行線を辿ったり、全体としては曲折しながら絶えずひとつの方向に向いていたようではある。最後の部分は、老いて先を急ぐ私の独白となってしまった。因みに、プロローグ「白い道をゆく」は、中川さんが『風跡』のなかから見つけてきて冒頭に据えたものである。奇妙に本書の内容と合っている。
終わりに、相手をしてくれた得永さん、応援してくれた『風跡』同人たち、編集と出版を引き受けてくれた中川さんに、こころからの感謝を捧げる次第である。

二〇一七年八月十五日

八木誠一

あとがき　新しいはじまりへ

四国善通寺という片田舎の町で小さな同人誌『風跡』が創刊されたのは、一九七九年のことでした。ひとりひとりが各々の「生きる」を求めて「自分のもの」を書こう、そうすることで、「書き手にとっても、読み手にとってもひとつの風貌になること」を願いたい、と主宰の八木洋一先生は創刊号の編集後記で書いていています。それから三十五年余りの時が流れ、二十代や三十代だった初代の同人たちは、それぞれの風の跡を残しつつ、筆を重ねてまいりました。

「往復書簡 風のように」は、この『風跡』誌上で一九九一年第十七号から七年間に三十六信が交わされ、いったん中断。二〇〇五年第三十一号で再開され、二〇一七年第四十三号での百信をもって、終結したものです。その時々の「生きる」をなぞるようにしたやり取りでした。以前から、一冊にまとめてはどうか、との声が同人の間で上がっていましたが、お互い個人的な内容にあまりにも深く立ち入っており、広く公開するのは支障があるから、というので実現せずにおりました。

ところが、百信で終結した直後、八木先生から「本にしようと思うんだけど、サッちゃんは困る?」とのお電話がありました。実は、歌い手はいつでも真正面から全身をお客様に見せ、その上、大口を開けて歌っております。自分をさらけ出すことには慣れているといってもよいかもしれません。ですから、「困る?」と聞かれて、ほとんど一瞬で「私は大丈夫です」とお答えした次第です。

考えてみれば同人誌とはいえ、活字になった段階で、すでに私どもの手からは離れているわけですからいまさら困るというのも変な話でした。

こうして百信のうちおよそ三分の二を抜粋して、『終をみつめて――往復書簡 風のように』は誕生することとなりました。

それからはぷねうま舎の中川和夫さんのご尽力により、あっという間に出版の日を迎えたのです。


出版に際して、百信すべてを読み返しましたが、二十六年の歳月がもたらした恵みにこうべを垂れる思いでいっぱいです。荒れ狂う自意識のままに、先生に怒りをぶつけ、呪詛を並べ立てていた前半の書簡が、恥ずかしくも、いとおしくも思われます。二十六年のあいだにはそれぞれに大切な家族を見送るとき、仕事を離れるとき、自身が病むとき、さまざまな出来事がありました。そのひとつひとつが生きることの根源を尋ねる歩みを導いてくれたと思わずにはいられません。そして百信全体を通して、「語る」ことよりも「読む」(聴く)ことがどれほど難しいかをひしひしと教えられた気がいたします。二人はお互いのなかに何を聴き取ってきたのだろうか、お互いのあいだにどんな風貌を描き出してきたのだろうか、もし読んでくださる方がいらっしゃったら、その判断は読者にお任せするしかないと思われます。

そして、いつの日か第百一信を交わす日に向けて、まだ見ぬ終の風に身を委ねてまいりたいと希っております。

最後に「往復書簡 風のように」を生み育ててくださった八木洋一先生をはじめ、『風跡』の仲間に、筆の遅い私を忍耐強く待ってくださった八木誠一先生と中川さんに厚く御礼申し上げます。

二〇一七年　盛夏

得永幸子

八木誠一

1932年生まれ．専攻，新約聖書神学，宗教哲学．東京大学とゲッティンゲン大学に学ぶ．文学博士（九州大学），名誉神学博士（スイス・ベルン大学）．東京工業大学教授，ハンブルク大学客員教授，現在，東京工業大学名誉教授．著書:『新約思想の成立』(1963),『イエス』(68),『仏教とキリスト教の接点』(75),『パウロ』(80),『覚の宗教』（久松真一との対話，80),『キリスト教の誕生――徹底討議』（秋月龍珉との対話，85),『パウロ・親鸞＊イエス・禅』(83),『宗教と言語・宗教の言語』(95),『新約思想の構造』(2002),『場所論としての宗教哲学』(2006),『イエスの宗教』(2009),『対談評釈 イエスの言葉／禅の言葉』（上田閑照との対話，2010),『〈はたらく神〉の神学』(12),『回心 イエスが見つけた泉へ』(16) ほか．

得永幸子

1951年，香川県善通寺市生まれ．四国学院大学大学院社会福祉学専攻修了．米国ニュー・イングランド音楽院声楽演奏学科卒業．ニース英国国教会ソリスト．帰国後，大学，小学校，市民コーラス等で後進の指導にあたりつつ，演奏活動を行ってきた．

主たる演奏活動は，『風のかげ』『母に歌う子守歌』『マリヤの声が聞きたくて』『ひだまりの中で　えほんとうたのコンサート』『さよならの前にもう一度』等多数のソロ・コンサートをいずれも新宮久子とともに開催．オペラでは『イル・カンピェッロ』『脳死をこえて』等に出演．その他，教会，小学校公演等多数．また，子どもオペレッタの制作も手がけてきた．

四国学院短期大学英語科教授を経て，現在四国学院大学社会福祉学部教授．著書に，『「病い」の存在論』（地湧社，1984）がある．

終をみつめて　往復書簡 風のように

2017年9月25日　第1刷発行

著　者　八木誠一・得永幸子

発行者　中川和夫

発行所　株式会社 ぷねうま舎
〒162-0805　東京都新宿区矢来町122　第二矢来ビル3F
電話 03-5228-5842　ファックス 03-5228-5843
http://www.pneumasha.com

印刷・製本　株式会社ディグ

ISBN 978-4-906791-73-6　Printed in Japan

宗教

回心 イエスが見つけた泉へ
八木誠一
四六判・二四六頁　本体二七〇〇円

最後のイエス
佐藤　研
四六判・二二八頁　本体二六〇〇円

この世界の成り立ちについて
——太古の文書を読む
月本昭男
四六判・二一〇頁　本体二三〇〇円

パレスチナ問題とキリスト教
村山盛忠
四六判・一九三頁　本体一九〇〇円

イスラームを知る四つの扉
竹下政孝
四六判・三一〇頁　本体二八〇〇円

3・11以後とキリスト教
荒井　献／本田哲郎／高橋哲哉
四六判・二三〇頁　本体一八〇〇円

3・11以後 この絶望の国で
——死者の語りの地平から
山形孝夫／西谷　修
四六判・二四〇頁　本体二五〇〇円

カール・バルト 破局のなかの希望
福嶋　揚
A5判・三七〇頁　本体六四〇〇円

死後の世界
——東アジア宗教の回廊をゆく
立川武蔵
四六判・二四六頁　本体二五〇〇円

たどたどしく声に出して読む歎異抄
伊藤比呂美
四六判・一六〇頁　本体一六〇〇円

『歎異抄』にきく 死・愛・信
武田定光
四六判・二六二頁　本体二四〇〇円

親鸞抄
武田定光
四六判・二三〇頁　本体二三〇〇円

禅仏教の哲学に向けて
井筒俊彦著／野平宗弘訳
四六判・三八〇頁　本体三六〇〇円

坐禅入門 禅の出帆
佐藤　研
四六判・二四六頁　本体二三〇〇円

さとりと日本人
――食・武・和・徳・行
頼住光子
四六判・二五六頁　本体二五〇〇円

跳訳 道元
――仏説微塵経で読む正法眼蔵
齋藤嘉文
四六判・二四八頁　本体二五〇〇円

ぽくぽくぽく・ち～ん 仏の知恵の薬箱
露の団姫
四六変型判・一七五頁　本体一四〇〇円

老子と上天
――神観念のダイナミズム
浅野裕一
四六判・二七二頁　本体三四〇〇円

ダライ・ラマ 共苦（ニンジェ）の思想
辻村優英
四六判・二六六頁　本体二八〇〇円

神の後に 全二冊
マーク・C・テイラー　須藤孝也訳
Ⅰ 〈現代〉の宗教的起源
Ⅱ 第三の道
A5判・Ⅰ＝二二六頁　Ⅱ＝二三六頁
本体Ⅰ＝二六〇〇円　Ⅱ＝二八〇〇円

グノーシスと古代末期の精神 全二巻
ハンス・ヨナス　大貫　隆訳
第一部 神話論的グノーシス
第二部 神話論から神秘主義哲学へ
A5判・第一部＝五六六頁　第二部＝四九〇頁
本体第一部＝六八〇〇円　第二部＝六四〇〇円

民衆の神 キリスト
――実存論的神学完全版
野呂芳男
A5判・四〇〇頁　本体五六〇〇円

聖書物語

ヨレハ記 旧約聖書物語　小川国夫
四六判・六二四頁　本体五六〇〇円

イシュア記 新約聖書物語　小川国夫
四六判・五五四頁　本体五六〇〇円

ナツェラットの男　山浦玄嗣
四六判・三二二頁　本体二三〇〇円

哲学

人でつむぐ思想史Ⅰ
ヘラクレイトスの仲間たち　坂口ふみ
四六判・二五〇頁　本体二五〇〇円

人でつむぐ思想史Ⅱ
ゴルギアスからキケロへ　坂口ふみ
四六判・二四四頁　本体二五〇〇円

時間と死
——不在と無のあいだで　中島義道
四六判・二一〇頁　本体二三〇〇円

哲学の密かな闘い　永井 均
B6変型判・三八〇頁　本体二四〇〇円

哲学の賑やかな呟き　永井 均
B6変型判・三八〇頁　本体二四〇〇円

香山リカと哲学者たち
明るい哲学の練習
最後に支えてくれるものへ
中島義道・永井 均
入不二基義・香山リカ
四六判・二四〇頁　本体二〇〇〇円

九鬼周造と輪廻のメタフィジックス　伊藤邦武
四六判・二七〇頁　本体三二〇〇円

湯殿山の哲学
——修験と花と存在と　山内志朗
四六判・二四〇頁　本体二五〇〇円

養生訓問答
——ほんとうの「すこやかさ」とは　中岡成文
四六判・二一〇頁　本体一八〇〇円

回想の1960年代
上村忠男
四六判・二六〇頁　本体二六〇〇円

《魔笛》の神話学
——われらの隣人、モーツァルト
坂口昌明
四六判・二四〇頁　本体二七〇〇円

秘教的伝統とドイツ近代
——ヘルメス、オルフェウス、ピュタゴラスの文化史的変奏
坂本貴志
A5判・三四〇頁　本体四六〇〇円

〝ふつう〟のサルが語るヒトの起源と進化
中川尚史
四六判・二一六頁　本体二三〇〇円

人類はどこへいくのか
——ほんとうの転換のための三つのS〈土・魂・社会〉
サティシュ・クマール著　田中万里訳
四六判・二八〇頁　本体二三〇〇円

『甲陽軍鑑』の悲劇
——闇に葬られた信玄の兵書
浅野裕一・浅野史拡
四六判・二五六頁　本体二四〇〇円

評伝

折口信夫の青春
富岡多恵子・安藤礼二
四六判・二八〇頁　本体二七〇〇円

この女(ひと)を見よ
——本荘幽蘭と隠された近代日本
江刺昭子・安藤礼二
四六判・二三二頁　本体二三〇〇円

民俗

安寿　お岩木様一代記奇譚
坂口昌明
四六判・三二〇頁　本体二九〇〇円

津軽　いのちの唄
坂口昌明
四六判・二八〇頁　本体三二〇〇円

ぷねうま舎
表示の本体価格に消費税が加算されます
二〇一七年九月現在